Édition préparée sous la direction
de Martina Wachendorff

NO SEX

DU MÊME AUTEUR

COMMENT PEUT-ON AIMER ROGER !, Actes Sud, 1990 ; Babel n° 645.
CARA MASSIMINA, Actes Sud, 1995 ; Babel n° 744.
EUROPA, Christian Bourgois, 1999.
DESTIN, Christian Bourgois, 2000.
ADULTÈRE ET AUTRES DIVERSIONS, Christian Bourgois, 2000.
UNE SAISON DE VÉRONE, Christian Bourgois, 2002.
DOUBLE VIE, Actes Sud, 2005 ; Babel n° 866.
RAPIDES, Actes Sud, 2006 ; Babel n° 983.
LE SILENCE DE CLEAVER, Actes Sud, 2007.
RÊVES DE FLEUVES ET D'OCÉANS, Actes Sud, 2009.
LE CALME RETROUVÉ, Actes Sud, 2012.

Titre original :
The Server
Éditeur original :
Harvill Secker, Londres
© Tim Parks, 2012

© ACTES SUD, 2014
pour la traduction française
ISBN 978-2-330-02753-7

TIM PARKS

No Sex

roman traduit de l'anglais
par Isabelle Reinharez

ACTES SUD

C'en est assez des affaires de ce monde !
J'attacherai mon esprit à la méditation,
en l'entraînant hors des mauvaises voies.

Le Bodhicaryāvatāra

Tous les passages en anglais dans le texte sont traduits en fin d'ouvrage, p. 271.

NO SEX

Le sexe est interdit au Centre Dasgupta. C'est l'un des gros avantages de travailler ici. En fait, on ne me paie pas, il ne s'agit donc pas *vraiment* d'un travail. J'ai un statut de bénévole. Harper dit qu'il n'est pas courant de voir quelqu'un remplir cette fonction pendant trois ou quatre retraites spirituelles d'affilée. Ce qui est logique. Nos parents ne nous paient pas des études pour que nous passions notre temps à faire la cuisine et le ménage gratuitement. Ils ont de l'ambition pour nous, ils ont des projets. C'est dur de les décevoir.

Ici, tous les bénévoles sont jeunes, ou plutôt jeunes, entre une chose et une autre en tout cas. Je suppose, si on y réfléchit, que tout le monde est toujours entre une chose et une autre, c'est comme ça et pas autrement dans la vie. Mais vous voyez ce que je veux dire. Petits boulots d'été, années sabbatiques. Je me demande parfois quelles sont les deux choses entre lesquelles je suis. Cela ne devrait pas être bien compliqué, je suppose, de dire ce que l'on a derrière soi, ce qui nous a amenés là où l'on est. La plupart des gens s'inquiètent de l'avenir. Mais moi, plus je reste au Centre Dasgupta, moins je suis certaine de ce qui s'est passé avant. Dans les premiers temps, ici, quand je tâchais de méditer, le passé frappait à grands coups dans ma tête. C'est pareil pour tous. On s'installe, on ferme les yeux, et les pensées se mettent à aboyer comme des chiens fous. Je l'ai vécu et ne l'ai pas oublié. Sauf qu'aujourd'hui je ne suis plus très sûre du sens de tout ça. Peut-être qu'à force de tourner continuellement, les vieilles pensées se sont usées jusqu'à la trame. Le supplice s'est estompé. La vérité, c'est peut-être qu'au Centre je ne suis pas entre une chose

9

et une autre. Peut-être que je vais vivre ici jusqu'à la fin de mes jours, ou que si je pars le Centre Dasgupta continuera à vivre avec moi.

Ce matin, je me sentais très paresseuse. Le gong retentit à quatre heures. Les bénévoles ne sont pas tenus de préparer le petit-déjeuner avant six heures, d'habitude je participe donc à la première heure et demie de méditation et quitte la séance dès que les chants commencent. C'est vraiment le meilleur moment de la journée. Pourquoi? Je ne sais pas trop. Rien n'est douloureux avant l'aube. On se rend à la grande salle de méditation dans le noir. L'air matinal est doux, tout est humide, baigné de rosée et très calme. Si on passe dans les premiers, on voit des lapins dans l'herbe. Il y a des étoiles, et ici les étoiles scintillent. Il fait frais. Les gens portent des polaires à capuche, on croirait des moines ou des fantômes. Tout paraît un peu fantomatique et en suspens. Dans la salle, notre coussin et nos couvertures nous accueillent. La lumière est tamisée. On ferme les yeux et on écoute les autres entrer, renifler, gigoter et tousser. Il y a de quoi vous rendre fou. Une voix s'élève dans notre tête : Hé! je ne me suis pas levée si tôt pour t'écouter tousser et péter, merci bien. Je me tape assez de mauvaises odeurs en nettoyant les toilettes. Et puis on se rend compte que les bruits sont douillets. Qu'ils nous protègent. C'est bizarre. On devient dingue à cause de quelqu'un qui n'arrête pas de se moucher, et en même temps on se sent protégé et plus humble. Cette personne fait un grand sacrifice en venant au Centre pour tâcher de transformer sa vie. De quel droit suis-je si critique? En fin de compte, c'est bon de se sentir plus humble et de se dire : Arrête de râler contre cette pauvre femme qui renifle, Beth Marriot. Tu n'as pas la moindre idée des emmerdes qu'elle traverse, ou entre quelle chose et quelle autre chose elle se trouve.

Alors j'oublie ceux qui toussent et qui reniflent. J'accepte ces bruits, comme une démangeaison, une crampe, ou les corbeaux qui grattent sur le toit du préfabriqué. Ces corbeaux sont capables de faire un sacré boucan. J'adore la séance du matin. C'est la meilleure. Mais aujourd'hui je me sentais paresseuse. Quand le gong a retenti, je ne me suis pas levée. Quelque chose doit être en train de changer. *Anicca*. Sens le changement. *Ahnee-chaaa, ahneechaaaa, ahneechaaaa.* J'adore la façon dont Mi Nu prononce ce mot de sa voix chantante d'Asiatique. Sens la palpitation dans tes poignets, Beth, sens le picotement dans tes joues. Changement. *Anicca.* C'est peut-être le même changement qui m'a poussée à prendre un stylo. Aujourd'hui, sous le coup d'une impulsion, j'ai pris un stylo. Écrire, encore un autre truc qui est interdit au Centre Dasgupta. Ça et le sexe.

Non pas que je me sois jamais souciée de l'interdiction d'écrire. La seule règle qui m'ait vraiment dérangée à mon arrivée, c'est le Noble Silence. Ne pas parler. Ne pas chanter. Il y a des moments où il me semble naturel de lancer bien fort : Bonjour, tout le monde ! Tu peux me passer la carafe d'eau ? Hé, tu as oublié d'enlever tes chaussures ! Et d'autres où il faut absolument que je me mette à chanter à tue-tête : *When the working day is done, girls just wanna have fun !* Il faut que je me balance, que je me trémousse et que je tape du pied. Alors le silence, c'était dur pour moi. En réalité, ce qui est sympa lorsqu'on est bénévole, c'est qu'on peut parler un peu, du moins à la cuisine. Non, on est *vraiment* obligé de parler pour que le travail se fasse. Quoique jamais aux méditants, bien sûr. Il ne faut pas déranger les méditants.

En fait, c'est un bobard. La règle interdisant de fumer m'a rendue dingue aussi. J'avais apporté trois paquets pour tenir les dix jours et je les ai fumés derrière les buissons en bas du pré. On a dû me voir. Mais je ne les ai jamais finis. Huit mois plus tard, il me reste encore la moitié d'un paquet. On pourrait croire que cela a été un événement majeur dans ma vie, de laisser tomber la clope. Dieu sait combien de fois j'ai essayé, avec Carl sur mon dos. Mais maintenant je ne me souviens même pas quand c'est arrivé. C'est l'effet de la méditation. Nous vivons dans une sorte de transe, ici. Un *jhāna* sans fin. J'aime bien ce mot. Un jour, j'ai découvert que je ne fumais pas. Un jour, je me suis aperçue que j'avais cessé de penser, à papa et à maman, à Jonathan, à Carl et à Zoë. J'avais cessé de penser à Pocus, cessé de penser à l'avenir. Donc la technique Dasgupta fonctionne. J'avais progressé dans le Dhamma. Sauf que me voilà brusquement en train d'écrire ces mots. Moi qui, avant, n'avais jamais rien écrit d'autre que des chansons. En fait, l'interdiction d'écrire ne me dérange toujours pas. Eh bien oui, c'était sympa de fumer quand je n'étais pas censée fumer. Je n'ai pas arrêté à cause du règlement. Et maintenant c'est sympa d'écrire en sachant que je ne suis pas censée écrire. Ce matin, j'étais intense à fond. Intensément Beth. La bénévole exemplaire de Dasgupta est peut-être sur le point de devenir une mauvaise fille folle, une rebelle violant toutes les règles. Alors on me flanquera dehors et je découvrirai quelles étaient les deux choses entre lesquelles j'ai passé tout ce temps.

Un des mecs bénévoles a un BlackBerry. J'étais plutôt furax quand j'ai vu ça. Ralph. C'est un Allemand. Les bénévoles sont en contact avec des membres du sexe opposé lorsqu'ils font la cuisine. Il n'y a qu'une seule cuisine et nous préparons les mêmes plats pour tout le monde, hommes et femmes, étudiants nouveaux et anciens, bien qu'il y ait certains trucs auxquels les seconds sont censés renoncer, bien sûr, comme les gâteaux et le fruit de l'après-midi. Je suis arrivée quelques minutes en avance pour prendre le service du petit-déjeuner, et Ralph était assis sur un des plans de travail, penché sur son petit écran. Ralph est fier d'être bénévole. Sa jolie frimousse en devient lisse de dévouement. Il aime penser au bien qu'il fait. Sans nous, les méditants n'auraient pas la liberté de vivre dans le silence, ils ne pourraient pas décharger leur mauvais karma et leurs *sankhara*, commencer à se purifier. Bon, il a d'abord tenté de glisser le machin dans la poche de son tablier, et puis quand il s'est aperçu que j'avais vu ce qu'il fabriquait, il m'a demandé si j'avais envie de jeter un coup d'œil à mes mails. Il voulait faire de moi sa complice. J'ai failli le dénoncer. J'aurais peut-être dû.

— C'est vraiment contraire à l'esprit du Centre, lui ai-je dit. Tu devrais avoir honte. À quoi bon créer ici cette atmosphère de pureté, si tu la pollues en regardant du porno sur ton BlackBerry?

Ça l'a vexé. C'était plutôt marrant. Comment pouvais-je penser qu'il regardait du porno? a-t-il protesté. Il a un fort accent allemand.

— Bourgoi du benzes za?

Je bataillais pour garder une mine impassible.

— Tous les hommes regardent du porno, lui ai-je affirmé. C'est une vérité éternelle.

— Sinon, pourquoi aurais-tu essayé de te cacher?

Mais si j'avais dénoncé Ralph aux Harper, ou à Mi Nu, ils se seraient montrés plus sévères avec moi, parce que je caftais, qu'avec lui à cause de son BlackBerry. Au Centre Dasgupta, chacun doit obéir aux règles *parce qu'il le veut.* Tant qu'ils ne perturbent la méditation de personne, ceux qui enfreignent le règlement n'ont pas à être réprimandés. J'aurais pu, je suppose, inventer que Ralph me perturbait, mais je ne suis pas certaine qu'un bénévole compte vraiment. Le bénévole, un ancien étudiant, est censé être au-dessus de ça. Sinon à quoi servirait d'apprendre la méthode ? Pourtant, cela me perturbe. Cela me démange de penser qu'il a accès à Internet, de penser à l'effet que ça me ferait de rouvrir ma boîte mail. Ou Facebook. Merde alors ! Maintenant que j'ai un stylo et du papier, je pourrais peut-être écrire un mot anonyme. RALPH A UN BLACKBERRY. IL SURFE SUR DES SITES PORNOS. Maintenant que j'ai commencé à écrire, peut-être que je vais aussi me remettre à fumer. Je pourrais finir mon dernier paquet. C'est *moi* que Ralph pourrait alors dénoncer. Je lui laisserais respirer mon haleine fleurant bon le tabac pendant la corvée d'épluchage des carottes. On me demanderait d'où je sors ces cigarettes, puisque je n'ai pas mis le pied dehors depuis des mois. J'avouerais, et dirais que je suis désolée. À Mi Nu, peut-être. Mi Nu Wai. Ça me plairait d'avoir une raison de lui avouer des trucs. Je pourrais lui raconter que j'ai filé au pub, certains soirs. Mais je ne crois pas que Ralph me dénoncerait. Ralph m'aime bien. Il est toujours là, après le déjeuner, pour m'aider à racler les assiettes et à sortir les cochonneries du trou de l'évier. C'est peut-être exprès qu'il m'a laissé voir son BlackBerry. Ralph m'aime bien, mais il est trop jeune, trop gentil, trop *allemand.* Je n'ai jamais craqué pour les garçons gentils. Il doit y avoir des dizaines d'hommes plus séduisants, ici. Et de femmes, d'ailleurs. C'est une bonne chose que le sexe soit interdit au Centre. Il y a peut-être de bonnes raisons pour qu'écrire soit interdit.

Je ne me suis pas rendormie quand je suis restée au lit. Les autres se sont levées avec cette merveilleuse soumission dont nous faisons tous preuve le matin. Elles sont parties à la séance de méditation. Moi, j'étais au lit à réfléchir. Au bout d'une dizaine de minutes, Meredith est revenue me demander si j'étais malade, mais les bénévoles n'étant censés parler que lorsque c'est nécessaire, je n'ai pas répondu. Meredith est une gamine potelée, plutôt mignonne, il faut croire. Elle a un joli sourire. Elle va entrer à l'université de Cambridge à la fin de l'été, à ce qu'elle dit. Je n'ai pas répondu. Je n'ai même pas hoché la tête. Maintenant elle va se demander ce qui se passe ou ce qu'elle a fait pour me vexer. Merde alors! Pourquoi suis-je tellement cruelle? Je ne sais pas. Ça me plaît. Ça me plaît d'être sympa et ça me plaît d'être cruelle. Je trouve que Meredith mérite un peu de cruauté. Elle a vraiment besoin de maigrir. Si jamais j'ai eu un jour la possibilité d'entrer à Cambridge, j'ai tout fait foirer il y a longtemps.

Je ne me suis donc pas rendormie, mais je suis restée au lit à réfléchir. Il y avait longtemps que ça ne m'était pas arrivé. Avant, quand je restais au lit à réfléchir, je faisais des plans des plans des plans. J'étais anxieuse et agitée. J'écrivais des chansons dans ma tête, je pensais aux répétitions, à la salle de répétition, aux concerts, aux mails, au site Internet, au fric. Mais quand je suis arrivée au Centre, je sautais du lit aussi vite que possible parce que les pensées étaient *atroces*. Dès mon réveil, ça me martelait la cervelle. Non, pas exactement. Il y avait une fraction de seconde de paix avant que les pensées dégringolent en avalanche et m'ensevelissent. Ensuite je maudissais cette fraction de seconde qui rendait l'avalanche bien pire. Il faut oublier ces pensées, ne cessais-je de me répéter. Y faut y faut. Il faut tuer ces pensées avant qu'elles te tuent. Tuer tuer tuer. Le Centre est l'endroit idéal pour tuer les pensées. Je m'en rendais compte. J'ai tout de suite compris la chance que j'avais eue de venir ici. Je serais morte. Mais ce temps-là est révolu. Il s'est estompé. Ce matin, je suis simplement restée au lit à réfléchir à la trouvaille d'hier. Je voulais passer un moment agréable à réfléchir à un truc nouveau qui est arrivé, le premier depuis des mois. La trouvaille d'hier m'avait poussée à me mettre à écrire. Je devrais me méfier.

Dans l'une des chambres des hommes j'ai trouvé un journal intime. Pendant que les méditants méditent, les bénévoles font le ménage. Les garçons nettoient les locaux des hommes et les filles ceux des femmes. Tous les jours les toilettes, tous les deux jours les douches et les lavabos. Remettre du papier-toilette, des serviettes en papier, des tampons et des serviettes hygiéniques, remettre du savon pour les mains et de la lessive bio en poudre pour ceux qui lavent leurs chaussettes et leurs slips. Repêcher les cheveux qui bouchent les tuyaux. Il y a encore des filles qui balancent des tampons dans les WC. Ça m'est égal, la journée s'écoule. C'est étrange à quel point on peut passer facilement de la méditation à la serpillière, comme si c'était la même chose. Mais nous n'avions plus de désinfectant. Bien sûr, je ne suis pas censée le faire, mais je suis allée chez les hommes. J'ai horreur de laisser une tâche en plan, et les méditants étaient tous dans la grande salle. Ralph et Rob désherbaient l'allée. "Placard au bout du couloir, avaient-ils dit. Dortoir A."

J'ai trouvé le désinfectant, et puis, en reprenant le couloir, j'ai poussé une porte pour voir à quoi ressemblaient les chambres des hommes. Pourquoi est-ce que je fais ce genre de trucs? Il y aurait pu y avoir quelqu'un, en train de méditer, seul, que j'aurais offensé par ma forme de femme. Ou même en train de se masturber! On ne sait jamais avec les hommes. Mme Harper en aurait eu une crise cardiaque.

C'était une chambre individuelle, donc pour une personne âgée ou handicapée, ou en quelque sorte importante. Pas question que j'aie une chambre individuelle, moi. Une valise était ouverte sur le lit, elle était pleine de cahiers d'écolier rouges, ce qui est contraire au règlement. Il y avait aussi des stylos, une demi-douzaine de bics. J'ai pris un des cahiers. Rien que de voir l'écriture m'a angoissée. Elle était haute et très penchée, comme si un vent violent soufflait le long des lignes, faisant ployer le sommet des lettres, les poussant vers le bord de la page. J'ai lu quelques mots et su aussitôt que le type avait de gros ennuis. *Comme de toute évidence tu es incapable de décider qui tu es tu peux aussi bien devenir rien du tout.* Des trucs dans ce genre. *Comme tu as détruit tous ceux à qui tu as eu affaire, ne leur dois-tu pas maintenant de te détruire à ton tour?* Non, c'était mieux écrit que ça. Je ne me souviens pas des mots exacts. Ou plus pompeux. Un vioque, pas de doute, me suis-je dit. Ou peut-être que non. Qu'est-ce que j'en sais? Peut-être un gamin handicapé et pompeux, ou le chouchou d'un prof. Un cahier n'était qu'à moitié rempli et dans les dernières pages on trouvait la date de cette même semaine, des trucs sur l'arrivée au Centre Dasgupta et le fait qu'il s'était rendu compte, trop tard, qu'il ne pourrait pas retourner au casier où il avait laissé son téléphone portable. *Pas de portable pendant dix jours entiers.* J'ai souri parce qu'il m'était arrivé la même chose, la première fois. Ça arrive à tout le monde. C'est un tour qu'on vous joue, ici. *Pourquoi est-ce que j'écris toujours comme si c'était pour quelqu'un d'autre ?* avait-il écrit. Ce qui m'a bizarrement excitée.

J'ai pris un des cahiers et l'ai rapporté dans la partie réservée aux femmes. Pas malin. Pendant que les autres étaient dans la grande salle, ce matin, je l'ai lu. Enfin, je l'ai feuilleté. L'écriture est affreuse et je ne suis pas persuadée que ça m'intéresse vraiment. Et puis au début de l'heure suivante, l'heure de Ferme Résolution, quand la voie a été libre, je l'ai rapporté en même temps que le désinfectant, avant de filer en vitesse à la grande salle. Nous devons tous assister à la séance de Ferme Résolution, les bénévoles comme les étudiants. Ce n'était pas malin parce que après avoir lu le cahier je n'ai pas pu me concentrer sur ma méditation. Soudain toutes les vieilles pensées, tous les vieux souvenirs se remettaient à hurler, à brailler et à taper du pied. Soudain, j'en suis à me demander si tout le temps passé au Centre n'a pas été que du temps perdu.

ABANDON TOTAL

Tous les dix jours il y a un changement d'effectifs au Centre Dasgupta. Le vœu de silence est rompu avant le déjeuner. Les méditants jacassent comme des fous le temps d'un après-midi, font
leurs dons pendant qu'ils sont encore sous le coup de l'exalta-
tion, et s'en vont le lendemain matin. Retraite terminée. Donc
si je ne retourne pas jeter un coup d'œil au journal intime dans
les huit jours, il disparaîtra avec celui qui l'a écrit et je serai sortie
d'affaire. Un autre groupe arrivera et je me replongerai dans les
habitudes du Centre. J'ai déjà réussi à tenir une journée. Je me
sens mieux, je retrouve mon équanimité. Je m'en rends compte
à l'état de tension de mes cuisses quand je médite. Évidemment, je n'ai aucun moyen de savoir qui l'a écrit parce que je ne
peux pas être chez les hommes au moment où chacun regagne
sa chambre. D'ailleurs, c'est seulement en étant dans le couloir
menant aux dortoirs que je pourrais voir qui se dirigerait vers
cette porte, ou bien juste à l'extérieur, lorsqu'il s'approcherait
de la fenêtre pour tirer ses rideaux. Je ne sais pas trop non plus
quelles femmes occupent quelles chambres. Pourquoi le saurais-
je ? Elles sont si nombreuses. Nous ne faisons pas le ménage des
chambres pendant la retraite, mais à la fin, lorsqu'on balaie sous
les lits, c'est fou ce qu'on peut trouver. Des paquets de cigarettes,
des emballages de confiseries et de gâteaux, des Cadbury, des
Mr Kipling. Une bouteille de cognac, un jour. Les participants
ont l'air tellement solennels quand, avant l'aube, ils rejoignent
la salle de Metta, la capuche remontée sur leur tête penchée, et
pourtant, dans leur chambre, ils ont presque tous des trucs qu'ils
ne devraient pas avoir.

"Ce que nous attendons de vous pendant les dix prochains jours, annonce Harper au moment où les gens arrivent, c'est un abandon total." C'est la seule fois où il prononce un vrai discours, et il adopte tout du long un ton morose et direct. "Vous devez vous en remettre entièrement à nous. C'est le seul moyen pour vous d'obtenir des résultats." Les participants ont la mine solennelle et résignée. Ils ont lu le baratin sur le site Internet, ce n'est donc pas une grosse surprise. Mais ils cachent tous quelque chose : un magazine, des cigarettes, un MP3, une part d'eux-mêmes à laquelle s'accrocher pendant dix jours de silence. Une fois, j'ai trouvé un masseur anal. Ce qui m'a contrariée. Et m'a fait rire. Je l'ai montré à Harper. Je me mets dans une sacrée colère quand les gens violent le règlement. On les voit échanger des regards alors qu'ils ne devraient pas. Le Noble Silence c'est aussi : pas de contacts visuels, pas d'intimité, pas de rires sous cape. On se dit : À quoi bon m'en faire, si eux ne s'en font pas ? Mais bon, j'en souris, et leur attitude me réjouit. Après tout, je ne me suis pas privée de parler les dix premiers jours où j'étais ici. Il y avait une Française sympa dans ma chambre, qui me prenait dans ses bras quand je pleurais et m'offrait des pastilles de menthe. Elle était gentille et très douce. Je ne me rappelle plus son nom. Carl et moi, nous parlions très souvent du don de soi. Il soutenait qu'en amour il n'y avait qu'une solution : se donner absolument, totalement, complètement. L'amour, c'était ça. Je répondais qu'il ne nous revenait pas d'en décider. Certains, qui ne le veulent pas, donnent tout, alors que d'autres, qui le veulent, n'y parviennent pas, et c'est pareil pour la musique et tout ce qui exige de l'engagement. On le fait ou pas, on en est capable ou pas, cela dépend de soi et des circonstances. Ce n'est pas une décision qui nous appartient. Et voilà que dans la salle de Metta je me suis mise à regarder les hommes à la dérobée, en me demandant duquel il pouvait bien s'agir. Pourquoi est-ce que j'ai envie de le savoir ? Il y a deux jours j'aurais été prendre refuge dans les Trois Joyaux. *Buddham saranam gacchami. Dhammam saranam gacchami. Sangham saranam gacchami.* Rien que de prononcer ces mots, c'était déjà un plaisir. Je prends refuge dans le Dhamma. Mais là, non. Pas maintenant. Quelque chose a changé. *Anicca.*

Trois refuges et aussi trois endroits, ici, où l'on peut observer les hommes. C'est incroyable ce que les gens du Centre Dasgupta sont astucieux quand il s'agit de séparer les sexes. Lorsque les nouveaux arrivent en voiture, ou en minibus, ramenés de l'arrêt de car, ils ont l'impression d'entrer dans une vieille ferme banale. Il y a un porche et un couloir – tout le monde bavarde, rit – puis un vestiaire sur la gauche. On dépose tout son attirail dans un casier, comme à la piscine, argent, livres, stylos, téléphone, ordinateur portable. Ensuite, lorsqu'on fait tourner la clé elle nous saute dans la main, on n'a donc pas l'impression d'avoir perdu le lien avec ses affaires. On a la clé. On peut revenir n'importe quand. C'est ce qu'on croit.

Après il y a une pièce immense, peut-être une ancienne grange, ou une étable, qui est occupée par des rangées de tables destinées aux repas, et les femmes vont s'inscrire tout au bout à droite, les hommes sur la gauche. Puis pendant que Harper fait son speech sur l'abandon total, le vestiaire est bouclé et la porte menant à l'entrée et au monde extérieur fermée et interdite d'accès. Et tandis qu'il conclut et souhaite à tous une agréable retraite, deux bénévoles déploient en silence une cloison au centre du réfectoire, entre les tables des hommes et celles des femmes, et la fixent au moyen de boulons. Et voilà. On ne peut pas retourner chercher ses affaires au vestiaire ni sortir sur la route, et on ne peut plus s'adresser à l'autre sexe. Maintenant la seule issue restante mène aux douches, aux dortoirs, à la salle de méditation et au terrain de détente, tous strictement séparés selon le sexe.

Parfois, lorsqu'il y a des couples, quelqu'un le prend mal. Ils savaient qu'on allait les séparer, mais ils n'ont pas eu le temps de se dire au revoir. Je me souviens d'une femme enceinte devenue vraiment hystérique. Il y a toujours au moins un couple qui attend un enfant, toujours son premier enfant. Ils veulent se sentir purs et consacrés. La création les intimide. Cette femme s'est précipitée alors que nous mettions les boulons en place. J'aime assez dérouler la cloison. Je me porte toujours volontaire. La femme s'est mise à crier et a frappé du poing sur le paravent.

— On surestime l'importance des adieux, lui ai-je lancé.

Après cette séparation, il y a trois endroits où l'on peut reluquer les hommes, ou plutôt les voir cherchant à nous reluquer.

La clôture grillagée qui va du bâtiment des sanitaires à la salle de Metta n'est pas encore entièrement recouverte de plantes grimpantes. Il y a des manques. Il s'agit bien d'apercevoir le sexe opposé à travers un grillage et des trouées dans le jasmin et les églantiers, nous en train de marcher, les hommes en train de marcher. Avec un peu de chance, on apercevra peut-être un hippie sympa, mais c'est surtout des grandes perches à l'air mélancolique ou des types âgés qui avancent en traînant les pieds, la tête penchée sur leur bedaine. Ce doit être dur pour les vieux, au Centre. Ils ont eu plus de temps pour amasser leur mauvais karma et leurs *sankhara*. Je parie que leurs cuisses et leurs chevilles sont en feu et leur font un mal de chien pendant la séance de Ferme Résolution. Les filles se débarrassent plus jeunes de toutes leurs merdes, je suppose. À trente ans, je pense que je serai purifiée ou bien morte.

Au-delà de la salle il y a une autre clôture qui partage le grand pré, et plus loin la forêt. Il n'y a ni lierre ni quoi que ce soit d'autre qui grimpe sur cette clôture, mais les deux allées sont très éloignées, et de part et d'autre l'herbe n'est pas tondue, elle est donc haute et mouillée. Si jamais on tourne la tête pendant qu'on fait le tour du pré, on verra peut-être un type déambulant à pas lents dans son ample pantalon de méditation et son haut débraillé. On est tous débraillés, au Centre. Ou peut-être qu'il y aura quelqu'un sur le banc tout en haut du pré, assis à contempler la campagne. Les gens s'installent et regardent sans vraiment voir. Mais c'est à peu près tout. Bien sûr, si on allait jusqu'au bout du pré, que l'on pénétrait dans la forêt et quittait ensuite le sentier pour se frayer un chemin à travers les ronces jusqu'à la clôture, là, théoriquement on pourrait parler face à face avec un homme. Je parie que c'est ce que font certains couples. En cas d'urgence, on pourrait même escalader le grillage pour s'embrasser. Il n'est pas haut. Au Centre, les couples doivent signer une clause spéciale stipulant qu'ils ne se parleront pas et n'auront aucun contact physique pendant les dix jours que dure la retraite spirituelle. Mais pourquoi est-ce que je pense à ça? Je ne devrais pas. Je ne devrais pas penser à la promesse que font ceux qui s'aiment de ne même pas chercher à se voir. Quel luxe! Imaginez un couple, amoureux, elle attend un bébé, il est en adoration, et ils font le vœu solennel de ne pas se parler ni même se regarder pendant dix jours.

Pendant dix précieuses journées de sa grossesse ils seront silencieux et pleins de ferveur, méditant et purifiant leur esprit afin d'être prêts pour l'arrivée de leur premier-né. Ils ne sont pas bien loin l'un de l'autre, physiquement – le Centre Dasgupta n'est pas particulièrement vaste – mais ils ne cherchent en aucune façon à entrer en contact, sauf bien sûr que dans leur tête ils se chuchoteront d'incessants messages de tendresse et d'encouragement : Je t'aime, mon trésor, je t'aime, très fort, notre bébé sera bientôt là, fort et beau, et je l'aimerai d'autant plus qu'il sera notre bébé, c'est toi que j'aimerai en lui, et bien sûr ces deux futurs parents sont tranquilles à la pensée que si pour l'instant ils ne sont pas enlacés, l'autre ne peut en aucun cas les tromper, c'est impossible, comment quelqu'un pourrait-il tromper quelqu'un au Centre Dasgupta ? Donc, pendant ces dix jours ils se sentiront purs comme tout parce qu'ils se seront abstenus de parler et de se toucher, et en même temps absolument sereins en sachant qu'à peine rentrés chez eux, toujours habités par ce sentiment de pureté, de sainteté, et tout en jacassant de leurs étranges et merveilleuses expériences de méditation, ils fileront tous les deux au pieu et feront l'amour de la façon la plus tendre et la plus délicieuse qui soit.

Je savais que je n'aurais pas dû me mettre à penser à ça. Je n'aurais pas dû me mettre à écrire. Une chose en entraîne une autre quand on pense et que l'on écrit ses pensées. Rêves factices et vides, douloureuses inventions de l'esprit, *sankhara*. Ces couples savent précisément quelles sont les deux choses entre lesquelles ils se trouvent lorsqu'ils viennent passer leurs dix jours au Centre Dasgupta. Ils sont entre baisers et caresses. Pas étonnant qu'ils ne se donnent pas la peine d'affronter les ronces dans les bois. Cela ne ferait que gâcher le moment fabuleux où ils glisseront de nouveau leur soi ou leur non-soi purifié entre les draps. Pas de préservatif puisqu'elle porte déjà leur bébé dans son ventre. Tant pis pour le renoncement à l'attachement ! Tant pis pour la victoire sur les désirs ! Je savais que je n'aurais pas dû me mettre à penser à ça. À la fois où Jonathan est rentré d'Australie. L'esprit est un feu. C'est un truc vrai que dit Dasgupta. Les mots sont des étincelles. Les idées sont des feux d'artifice. Vous allumez la mèche, qui est toujours trop courte. Les idées vous explosent à la figure. Mais je ne voudrais pas de leur bonheur. Vraiment pas. Ni de leur bébé. Oh, non. Ils se plaqueront bien assez tôt. Soyez-en sûrs. Tous. Ils vivront dans la crainte d'être plaqués, dans la terreur d'être celui qui plaque. Ou les deux. L'amour attend d'être trahi, peu importe lequel de vous deux est coupable, ensuite c'est le chamboulement, et le vide. Tant pis pour l'équanimité. Le type au journal intime le sait. Mais je ne veux pas de leurs illusions. Je ne veux pas écrire des chansons sur leurs illusions, ou leurs déceptions. Une chanson sur le bonheur est toujours une chanson sur la déception en devenir. Plus le bonheur est grand, plus j'entends les gens pleurer. Je ne veux pas écrire sur eux ni les imaginer. Leur bébé non plus. Papa et maman. Pourtant, je leur souhaite bonne chance. Oui. J'essaie. Qu'ils trouvent la lumière, qu'ils soient remplis de bonheur et de joie bienveillante, que leur enfant grandisse éclatant de beauté et de santé dans la voie du Dhamma. Que tous les êtres soient heureux et en paix, que tous les êtres soient libérés, libérés, libérés.

Le troisième endroit, disais-je, où l'on peut voir les garçons, c'est la salle de Metta elle-même. Ils sont sur la gauche, nous sur la droite. Soixante-dix tapis de leur côté, alignés, tous avec un coussin bleu et une couverture grise. Soixante-dix tapis de notre côté, avec un coussin bleu et une couverture blanche, ou plus ou moins crème. Et une grande allée entre les deux. Les hommes devant leur écran vidéo fixé en hauteur sur le mur d'en face. Et nous devant le nôtre. Nos regards ne doivent pas s'entremêler quand nous regardons les causeries filmées de Dasgupta. Un homme est une distraction pour une femme, et une femme une énorme distraction pour un homme. Bien sûr, si on arrivait en retard à la séance de Ferme Résolution, d'un seul coup d'œil jeté vers l'autre côté on pourrait, tout en rejoignant sa place, voir tous les hommes. Mais mon tapis est assez éloigné de l'allée centrale et je n'ai pas de raison de m'en rapprocher. Ce qui me convient. En quoi ai-je besoin de regarder les hommes ? À moins de trouver un prétexte pour aller m'agenouiller devant Mi Nu Wai, de trouver une question particulière à lui soumettre.

Les gens qui entrent dans la salle de Metta se déchaussent sous le porche, les hommes sous leur porche du côté gauche, les femmes sous le nôtre à droite. Ils avancent à pas feutrés en chaussettes ou pieds nus, rejoignent le tapis qui leur est réservé, tripotent leur coussin et leur couverture, s'installent, ferment les yeux. Personne ne regarde autour de soi, sauf les professeurs et leurs assistants. Deux assistants, deux assistantes. Ils pointent notre présence. Ils ont des listes. La vidéo ne démarrera pas avant que nous soyons tous à notre place. Ils contrôlent aussi notre tenue. Un jour, on m'a renvoyée dans ma chambre parce que j'avais oublié mon soutien-gorge. C'était il y a longtemps. Mon tee-shirt était moulant, m'a-t-on dit. J'étais gênée mais ravie. En chemin, je me suis arrêtée dans les douches pour me regarder dans la glace. Ils avaient raison. On voyait la pointe de mes seins. Quoi qu'il en soit, aujourd'hui j'ai levé les yeux et coulé un bref regard vers la gauche tout en passant entre les coussins. Mais comme les assistants du professeur sont tout le temps là à vous observer, on ne peut pas vraiment mater l'autre sexe. Ça se remarquerait. Et sans mes lunettes, qu'est-ce que je risque de voir, de toute façon ? Je ne vais pas commencer à mettre des lunettes pour méditer. Au fond, ça m'est égal de savoir qui est l'auteur de ce journal. Un homme tourmenté de plus. Un porc ou un loser. Peut-être les deux.

Une fois installée sur mon tapis, la seule personne que je regarde est Mi Nu Wai. Miiii Nuuuu Waaaiiii. Elle est assise à l'avant sur un large tabouret bas, presque une table, son coussin est blanc et elle porte un pantalon et une chemise amples de couleur blanche. Elle n'est pas plus large d'épaules qu'un oiseau, et lorsqu'elle s'enroule dans son châle on dirait que ses cheveux bruns sont le sommet d'un triangle pâle flottant un peu au-dessus de nous. Son dos est droit mais pas vertical, elle se penche légèrement vers l'avant, en direction des méditants, et son visage est levé vers le haut dans une attitude de fervente sérénité. Elle est tellement immobile, tellement pâle, tellement intemporelle, tellement presque pas là que l'on ne peut pas s'empêcher de la regarder, comme on fixe des yeux un point en train de disparaître sur l'horizon. Je m'assois et ramène mes chevilles contre mon pubis. Je veux être comme Mi Nu Wai. Je veux son immobilité, son allure spectrale. Beth Marriot est trop bien en chair et trop agitée, avec ses grosses cuisses et ses gros nichons comprimés sous sa polaire dans un haut de maillot de bain. Tu es un gloussement de nichons, Betsy M, me disait Jonathan, un glougloutement, un gloussement, un gueulement, un grésillement, un grommellement de nichons. J'ai toujours préféré les hauts de maillot. Je n'ai nul besoin de soutien. Juste cacher le bout des seins. Qui le rendaient dingue. Raide et dingue.

Arrête.

Respire.

Observe ta respiration.

L'inspir, l'expir.

La narine gauche, la narine droite.

Respirer c'est si beau, quand le plus infime va-et-vient vous picote à peine la lèvre.

Comment Mi Nu demeure-t-elle à ce point immobile ? D'un seul geste elle se pose et se rassemble, est aussitôt immobile. Pas comme quelque chose d'éteint ou de mort, mais plutôt sous tension, lumineux et vivant. Son immobilité luit comme la lune. Je la sens à cinq mètres. Mi Nu est la lune, qui se penche vers moi du haut de son siège, pâle, brillante et immobile. Un léger sourire relève les coins de sa bouche. Je dois devenir comme elle. Parfois je pense qu'elle se balance un peu, à peine, d'avant en arrière, comme si elle voulait s'immerger plus profondément dans l'immobilité et le silence. Ou c'est peut-être moi. Je suis en transe à regarder Mi Nu. J'ai les yeux mi-clos. Une tendresse alanguie et planante monte dans ma poitrine. Et je suis incapable de dire si c'est elle qui se balance, très doucement, ou moi. Nous sommes rivées l'une à l'autre, comme la nuit, à plat dos sur la plage, on a les yeux rivés sur la lune ou les étoiles infinies.

"Tu es dans la lune, ou quoi ? demandait Carl. À quoi penses-tu, Beth ? Mais bordel ! Parle-moi !"

Je ne quitte pas Mi Nu des yeux. Ce qui est passé est passé. Je dois devenir comme elle. J'aime ses cheveux noirs qui s'étalent sur le châle blanchâtre. Elle ne s'agite jamais lorsqu'elle s'installe. Le lainage doux et blanc l'enveloppe et s'immobilise. J'aime quand elle ramène ses cheveux en queue de cheval. Sa peau et son châle se confondent, et luisent, doux et fantomatiques. L'air est une auréole pour Mi Nu. Elle est un cône de lumière. Elle est un cône de lumière pâle qui rassemble la pièce autour de son immobilité. Mais déjà les chants ont commencé. Plus que cinq minutes. Mi Nu m'a attachée à son immobilité pendant une bonne heure. Je n'ai ni souffert ni gigoté. Pas besoin de ferme résolution. Que de l'adoration. Son visage ne réagit pas à la voix rauque de Dasgupta entonnant les chants. *Buddham saranam gacchami.* Même pas l'ombre d'une réaction. Le sourire flotte, lumineux et paisible. La lune traverse le temps, silencieuse et immobile. J'aime Mi Nu Wai.

Puis, l'enregistrement terminé, d'un seul élan elle est debout. Le châle glisse de ses épaules. Elle se lève d'un mouvement vif et ondulant, tel un serpent qui se dresse dans son panier. Pas trace de raideur. Elle regarde autour d'elle et sourit, avec pas mal de désinvolture, en fait, et rejette ses cheveux en arrière. Oh, j'adore Mi Nu. J'adore sa poitrine plate. Je veux être comme elle, me mettre à côté d'elle, manger à côté d'elle, méditer face à elle. Je veux être sur scène et chanter avec elle, qu'on s'envoie des coups de hanches. Je veux avoir mes règles quand elle a les siennes, partager la même salle de bains, le même lit, mettre en commun nos vêtements. Je veux sentir son haleine et lui attacher les cheveux. Mais qui donc s'intéresse aux hommes malsains et à leurs pompeux journaux intimes? Qui a besoin de leurs histoires de souffrances et de malheur? Mi Nu n'a pas d'histoire du tout. Elle est un flux d'immobilité. Pas comme la remuante Zoë, qui se bourre de comprimés et collectionne les amants. N'empêche, en me relevant je jette un coup d'œil vers les hommes. C'est plus fort que moi. Ils étirent leurs jambes ankylosées, traînent les pieds et poussent des gémissements. Il me faudrait mes lunettes pour y voir à cette distance. Un mec avec un bandana rouge. Pas lui. Un vioque balèze s'est fabriqué un fauteuil de coussins. Mais il y a soixante-dix types de l'autre côté. Je veux passer ma vie les yeux fixés sur Mi Nu.

DUKKHA

J'adore le bruit et j'adore le silence. Je me suis bousillé les oreilles à force d'écouteurs et d'amplis. Mon piano me manque, ma guitare, ma pédale wah-wah. Pas tant que ça, pourtant. Je me fiche un peu de ce que devient le groupe sans moi. J'ai renoncé à tout pour le groupe, et puis j'ai renoncé au groupe pour rien, renoncé à Carl. Je ne suis pas rentrée à la maison, je ne me suis pas inscrite en fac. Je n'ai pas fait signe à Jonathan. Ni cherché de boulot. Que tous les êtres soient libres de tout attachement. Que tous les êtres soient libérés. Tu aimes te dire que des trucs te manquent, Beth Marriot, mais ce n'est pas tout à fait vrai. Même pas chanter.

Est-ce possible ?

Ce matin, je me suis levée à quatre heures. J'étais dehors avant que les autres soient réveillées. Je me suis allongée dans l'herbe mouillée du pré qui s'étend au-delà de la grande salle. Aujourd'hui, je vais retourner jeter un coup d'œil à ce journal intime. Je ne l'ai pas vraiment décidé, mais je sais que je vais y aller. Comme lorsqu'on se disait qu'on avait arrêté de fumer, mais que dans un autre recoin de son cerveau on savait bien que non, on savait que tôt ou tard on allumerait une cigarette. Et c'était un plaisir de penser combien on l'apprécierait, cette première clope. Et c'était honteux, aussi. Une fois de plus, on avait échoué à prendre une décision. Incapable de décider de vivre avec Carl, incapable de décider de quitter Carl, incapable de décider de tout donner au groupe, incapable de décider de quitter le groupe, incapable de décider d'aller à l'université – quelle université ? pour étudier quoi ? –, incapable de décider de bosser chez Marriot, incapable de décider d'aller chercher ailleurs, incapable de rien décider. Rien. Mais cette première clope sera merveilleuse. La première bouffée. Bien sûr, dès qu'on sait qu'on n'a pas arrêté, on repousse le moment d'allumer une cigarette rien que pour le plaisir d'y penser. Mmmm. C'est extraordinaire d'être couchée dans l'herbe mouillée parmi les taupinières, avant l'aube. Il n'y a rien à décider ici. Le froid s'insinue en vous. Je le sens qui se diffuse dans mon dos. Il commence en bas de la colonne vertébrale et remonte vers les épaules. Le froid peut être tellement bon. Le ciel est gris, calme. C'est trop tôt pour les oiseaux. Il y a de la brume sur les collines. Écoute. Le silence gémit. En fermant les yeux, j'entends le ressac. Il est loin. Le ressac de la mer sur la côte, aspirant les galets. Dans les vagues il fait froid, vraiment froid.

Arrête.

Respire.

UNE NOYADE, JONNIE. JE SUIS EN RÉANIMATION.

Arrête.

S'IL TE PLAÎT, VIENS. S'IL TE PLAÎT, JONNIE.

JE NE PEUX PAS, BETH. JE NE PEUX PAS VENIR MAINTENANT.

Dukkha, Jonathan. Toute la vie est *dukkha*. Souffrance et insatisfaction. C'est un truc vrai que dit Dasgupta. Même le bonheur est *dukkha*. Oui. Il fait un froid fantastique sur mon dos dans l'herbe mouillée. J'ai la tête qui s'engourdit. Sauf qu'il doit y avoir un animal dans les buissons derrière moi. Qui gratte. Un lapin ou un hérisson. Le printemps arrive. Je vais retourner jeter un coup d'œil à ce journal intime.

Mi Nu Wai ne rejoint pas la séance du petit matin avant six heures, lorsque commencent les chants. J'ai médité une heure avant d'aller à la cuisine, de sortir les casseroles, de les remplir de carafes d'eau prises aux chauffe-eau, de mesurer les quantités de flocons d'avoine. J'adore la cuisine à l'aube. Cinq litres et demi de flocons d'avoine pour douze litres d'eau. Ça, c'est pour les hommes : quatre et demi pour dix, pour les femmes. J'adore aller et venir, brancher les appareils, en silence, seule. Dans leur bidon, les flocons d'avoine sont moelleux, secs et suaves. Pleinement avoine. Tout est très soi-même, le matin. Tout est simplement là, sans attendre que mes doigts allument la lumière ou remuent les assiettes. Simplement là. D'une immobilité parfaite.

La cuisinière, les allumettes, les louches qui pendent à leur barre, et miroitent.

Pendant que l'eau venait à ébullition, j'ai disposé les trucs du petit-déjeuner dans le réfectoire des femmes, tout réapprovisionné en céréales et en graines de tournesol, ouvert les pots de confiture, de beurre de cacahuètes, le miel, le houmous. Cette odeur poisseuse me gagne toujours, me met d'humeur de petit-déjeuner. Il y avait le lait à aller chercher, de vache et de soja. Les sachets de thé. La première règle pour un bénévole Dasgupta, c'est de ne jamais se croire indispensable. "Si vous vous sentez sous pression et ne pouvez pas travailler dans un esprit d'amour, arrêtez-vous aussitôt." C'est la règle. "Allez dans la salle de Metta, et méditez." Mieux vaut pas de bénévole du tout que quelqu'un qui inonde son entourage de négativité, multipliant les *sankhara*.

Sauf que je *suis* indispensable. Je suis toujours là avant les autres, quel que soit le tableau de service. À vrai dire, Mme Harper me délègue beaucoup de responsabilités, ces temps-ci. Je connais les tâches quotidiennes, les menus, les recettes. Les autres ne font que passer. Elle ne l'a jamais dit ouvertement, je n'ai jamais été de façon officielle responsable de la cuisine, on ne me prendrait pas au sérieux, mais c'est un fait. Le responsable de ce séjour n'est pas foutu de faire cuire un œuf. Et c'est un type qui picore. Un Paul sur un mur / Qui picote du pain dur… J'ai horreur des gens qui picorent.

Meredith apparaît, à moitié endormie.

Je demande :

— Et ton tablier ? Et ton calot ?

Rob se prépare une tasse de *chaï*.

— Est-ce que quelqu'un a sorti les pruneaux ? Est-ce que le couvert est mis du côté des hommes ?

J'ai toujours été indispensable. Au groupe, à Carl, à papa, toujours. Il n'y aurait pas eu de concerts sans Beth le Boss. Nous ne serions jamais arrivés à l'heure, nous n'aurions jamais été payés. Comment mes parents seraient-ils restés ensemble si je n'avais pas été là pour les écouter récriminer l'un contre l'autre ?

— Inutile de faire griller les toasts tout de suite, dis-je à Ralph. Allume simplement le four et pose le pain sur les plaques. Personne n'aime le pain grillé froid.

Ralph est le seul bénévole qui travaille dur. Pour m'impressionner.

— Du as le tos mouillé, Bess, dit-il.

Je fronce les sourcils. Je ne vais pas répondre.

— Bourquoi, Bess?

La parole appropriée est en général pas de parole du tout. Pas de parole, pas de contact visuel. Noble Silence. Et puis ce sont les chants – *Ananta pūnyamayī*. Il est temps de jeter les flocons d'avoine dans l'eau. *Ananta gunyamayī*. Tout est dans un état de constant changement, dit le Bouddha. *Anicca, anicca*. Tout advient puis passe. Souffrances, plaisirs, rapports humains. Adviennent puis passent. Mais chaque jour au Centre Dasgupta les chants se mettent en route à six heures tapantes dans la salle de Metta, et dans la cuisine. C'est branché en direct. *Ananta pūnyamayī*. Dans la salle, les nouveaux étudiants qui souffrent en position assise savent qu'ils doivent tenir encore une demi-heure, et les bénévoles qu'ils doivent se dépêcher de mettre à manger sur la table.

— Du dois être gelée, remarque Ralph.

Ananta gunyamayī. J'aime fredonner en même temps qu'eux. J'ai maintenant appris des passages entiers, même si je n'ai pas idée de ce que cela signifie. Comme lorsque Pocus faisait un numéro en japonais. On me disait que j'étais drôlement convaincante en japonais.

— Qu'est-ze qui z'est bassé? continue de jacasser Ralph. Tu es archimouillée, Bess.

Archimouillée, c'était l'expression de Jonathan. "Tu es archimouillée, Betsy M. Sale gamine. Mouille, mouillée, mouillette." Je n'ai jamais été indispensable à Jonathan.

— Emporte les fruits, dis-je à Rob. Vérifie que les pommes et les poires sont lavées.

Ralph dit :

— Zi du veux aller chancher de chemise, Bess, che m'occupe du porridge.

— C'est la première fois que tu es bénévole, hein, Ralph?

— Oui.

Il sourit. Il a réussi à me faire parler.

— Tu te rappelles ce qui est écrit sur le site Internet, tout au début? À la page sur le service du Dhamma?

Il a vraiment une jolie frimousse. Une grande bouche aux lèvres pleines.

— Il est écrit : Être bénévole est une occasion pour progresser dans le Dhamma en aidant les autres, et non une occasion de se faire des amis.

Bavatu sava mangelam.

C'est drôle mais je n'ai jamais compris où se trouvent les haut-parleurs, à la cuisine. On dirait que la voix de Dasgupta filtre par les orifices de ventilation du four ou par les tuyaux d'écoulement. Il en est maintenant à la bénédiction finale. Mais il adore la faire traîner. Trois fois. Chacune plus longue que la précédente.

Baavaatuu saavaa maaangelam.

Que tous les êtres soient heureux. J'ai jeté un coup d'œil au porridge dans les deux casseroles, attrapé les maniques.

Baaaaavaaaaattttuuuuu saaaavaaaa ma-angeh-laaaaaaaaaaaaam.

Dasgupta l'étire sans fin dans un dernier effet de supplice pour mettre à l'épreuve l'équanimité des méditants. Je crois qu'il a le sens de l'humour. À présent, les méditants ne sont plus qu'à trois lents *sadhu* du soulagement, à trois amen du petit-déjeuner.

Ralph s'exclame :

— Zette gasserole est trop lourde pour toi, Bess. Laize-moi faire.

— Mais non, voyons.

Saaadooouuu.

J'ai ôté du feu la casserole destinée au côté des femmes et l'ai posée bruyamment sur un chariot.

Saaadooouuu.

— Et puis écoute, c'est Beth, Ralph, Beth, *th th th*, pas Bess. Tu ne sais pas prononcer un *th* ?

— Bess.

Saaadooouuu.

Terminé. Ils sont libres. Ils ont faim.

J'ai franchi à grand fracas les portes battantes en poussant le chariot, longé le couloir, passé la porte donnant dans le réfectoire des femmes et hissé la casserole sur la table. J'aime sa chaleur dure et soudaine contre ma poitrine. Quand on ôte le couvercle, un flot de vapeur s'élève, dégageant une odeur chaude et familiale. Je grelottais, mes vêtements collaient à mon dos. Je me suis penchée sur la casserole en laissant la chaleur monter jusqu'à mon visage. Mais les femmes étaient déjà à la porte. Le troisième jour, seulement, et un groupe de lève-tôt s'est déjà formé. Elles ont dû quitter la méditation avant la fin. Elles veulent être sûres d'avoir une banane. J'ai signalé à Mme Harper que le nombre de bananes ne correspondant qu'à la moitié des méditants, nous faisions naître une situation où certains créeraient un mauvais karma en se précipitant dessus. Les kiwis et les oranges n'attirent pas du tout la même attention, et il y a des pommes en veux-tu en voilà.

— Nous devrions peut-être laisser carrément tomber les bananes, ai-je suggéré.

On voyait des femmes abandonner leur place dans la file d'attente pour le porridge et se jeter sur une banane, puis rejoindre le bout de la queue, contentes d'attendre, leur fruit à la main. Avant que j'inscrive sur un panneau UNE SEULE BANANE PAR PERSONNE, certaines nouvelles étudiantes en prenaient deux.

— Pourquoi les surveilles-tu ? a demandé Mme Harper en souriant. Nous ne sommes pas là pour chiffrer leur karma.

Si seulement j'avais cette conversation avec Mi Nu, mais elle ne vient jamais au réfectoire. Elle mange seule dans le bungalow réservé à l'enseignante. Mme Harper est une femme merveilleuse. Elle est très lente et très ronde, presque boursouflée, très gentille et très distraite, et elle semble se mouvoir sur des roues plutôt que marcher, tourner très lentement, vêtue d'amples robes lui tombant aux chevilles. Il y a peut-être bien des roues en caoutchouc cachées là-dessous, entraînées par un moteur silencieux. Doté d'une seule vitesse. L'allure d'un escargot. C'est extraordinaire ce qu'elle peut être lente. Mais ça me plaît. Elle ne s'affole jamais. Quand je vois le gros visage blême de Mme Harper, et sa frange coupée par ses soins, je pense à des mots tels que "matrone" et "Mouvement mondial des mères", et quand je lui parle, je remarque toujours que son alliance s'est noyée dans la bouffissure de son doigt. Impossible de l'imaginer l'ôtant en la faisant tourner et la jetant à la tête de son mari : "Va te faire foutre, ordure, hypocrite, sale tricheur!" Si j'avais été élevée par les Harper, je serais tout à fait différente. Ils sont si calmes ensemble. Cela m'étonnerait quand même qu'ils fassent l'amour. Cela m'étonnerait qu'ils aient des enfants. Lorsque j'ai montré le masseur anal à M. Harper, il fallait voir sa tête!

— Pensez-vous, ai-je demandé à Mme Harper, que les bénévoles devraient manger des bananes, enfin, dans la mesure où il n'y en a pas assez pour les méditants?

Elle a souri. Elle a un léger accent américain.

— Ma chère Elisabeth, si tu as envie de manger une banane, vas-y. Personne ne songe à t'en priver.

Ses yeux ont toujours une expression étonnée, pleine de générosité. Sa voix traîne et gazouille. D'un autre côté, elle ne cesse de nous rappeler que les bénévoles ne doivent pas manger avant que les méditants aient terminé, nous sommes là pour les servir, il faudrait donc, si nous voulions des bananes, que nous les mettions de côté *avant* d'apporter les fruits. Ce qui n'est pourtant pas dans l'esprit du Centre. L'esprit du Centre, c'est que nous cuisinons pour les méditants et finissons leurs restes. Nous ne cuisinons pas pour nous. C'est le règlement. Nous venons en second.

— Si tu veux une banane, ai-je signalé à Ralph, et je lui ai refilé le tuyau, tu ferais mieux d'en mettre une de côté avant que la foule débarque.

Il apportait le pain grillé aux hommes et il a baissé les yeux. Il avait déjà mis deux bananes de côté. Je le savais. Bien joué. Moi, j'ai horreur de ça, sinon il y aurait une sacrée pénurie.

J'ai ouvert la porte du réfectoire et les méditantes ont déboulé. Il y a un évier sous le porche pour se laver les mains, mais personne ne l'utilise. Il est six heures et demie et tout le monde est levé depuis quatre heures du matin. Ils n'ont pas mangé depuis le déjeuner de la veille, à onze heures. Les gens sont toujours contents d'eux après la séance du petit matin. On se sent vertueux de méditer avant le petit-déjeuner, et à cette heure-là la vertu paraît une bonne chose. Elle suscite la tranquillité d'esprit. Je me souviens que mon premier moment de tranquillité d'esprit au Centre est venu au cours d'une séance matinale. C'était la première fois où, à ma grande surprise, je me sentais bien après des mois de détresse. Dès que je m'en étais aperçue, la sensation avait dis**paru**, forcément. J'avais replongé tout droit dans le tourment et la confusion. Mais j'avais connu cette sensation l'espace d'un instant, ce qui m'avait donné de l'espoir. Plus tard, j'ai compris qu'il ne faut jamais se dire que l'on est tranquille. C'est un truc bizarre, au Centre. On peut apprendre à être calme, ici. On *pratique* le calme, en quelque sorte.

On peut se rendre soi-même serein et très lent, au point de se sentir amalgamé à ce qui nous entoure. Notre corps *est* le lapin dans la rosée à l'aube, ou les sycomores derrière la grande salle quand le vent secoue leurs feuilles. Je ne sais pas comment l'expliquer. Mais à l'instant même où on le *remarque* et où on s'en félicite, le charme est rompu, on retrouve ses problèmes.

Souvent, surtout dans les premiers temps, j'avais l'impression que ce problème de perte du calme et de l'équilibre que je m'étais efforcée d'atteindre survenait au moment des repas. Dans la salle de Metta, entourée de cent cinquante personnes enveloppées dans des couvertures, assises immobiles, respirant paisiblement, on pouvait s'installer dans une transe dénuée de mots. Là où il n'y a pas de mots, il n'y a pas de décisions, pas de noms, pas de projets, pas de souffrances. Même notre corps devient transparent, comme s'il était composé d'air. Alors on est heureux. Non. Heureux, ce n'est pas ça. On est détendu, sans inquiétude. On flotte dans une rivière fraîche et l'eau vous emporte.

Puis le gong retentit et il faut manger. Il faut quitter son coussin, enfiler ses chaussures, se rendre au réfectoire. Il faut décider ce qu'on va manger et en quelle quantité. On commence à se demander s'il vaut mieux être servie d'abord quand le porridge est tout chaud, ou plus tard quand le gang des bananes s'est jeté sur son butin et s'en est allé. On se met à observer les autres, à penser, à critiquer, à calculer. On veut manger frugalement, pour être vertueux, mais alors on n'a plus rien dans son assiette et on a encore faim, non, on a encore plus faim qu'avant. On va chercher un second bol de porridge, on entasse des toasts sur son assiette, de bons gros morceaux de beurre, des cuillerées de confiture, deux pommes, deux oranges. En se gavant, on se souvient des bâfreries après les concerts, bière et biryani, joints et whisky. Puis on se voit à quatre dans le lit d'un hôtel minable ou d'une auberge de jeunesse. Doncaster. Dortmund. Ou blottis les uns contre les autres dans la camionnette, chacun dans son sac de couchage. Carl, Zoë, Frank. *On applaudit bien fort Frank Halliday à la* BATTERIE! Soudain, on s'aperçoit à quel point on était tranquille dix minutes plus tôt sur son coussin dans la grande salle, et à quel point la tranquillité a complètement disparu. Elle a disparu. Le porridge est empoisonné. Les pommes sont aigres.

Ne mange pas, Beth. Arrête de manger.

J'ai sauté des repas. Cela ne m'a jamais posé de problèmes de ne pas manger. Il m'est plus difficile de manger avec modération que de me priver entièrement de nourriture. L'un ou l'autre, c'est tout moi. M'empiffrer ou m'affamer. Mais il faut manger au Centre Dasgupta, tout comme il faut méditer. Ne pas manger n'est pas permis. Les mêmes employés du Dhamma qui vous comptent à l'heure de la séance de Ferme Résolution sont là pour vérifier que vous allez déjeuner. Animateurs, c'est leur dénomination officielle, bien qu'en réalité ils n'animent rien du tout. Ils ont leur liste et leur écritoire à pince. On doit méditer selon la méthode Dasgupta, et on doit manger les repas Dasgupta aux heures Dasgupta. Végétariens. Six heures et demie et onze heures du matin.

— Elisabeth. Mme Harper m'a prise à part. Tu ne manges pas.

C'était avant que je devienne bénévole. J'étais là depuis peut-être un mois, enchaînant les retraites spirituelles. C'est gratuit, après tout. De toute évidence, on s'était rendu compte que j'étais un cas.

— J'arrête les repas. Je veux me purifier.

Mme Harper a souri. Elle s'est montrée ferme.

— Le jeûne n'est pas autorisé au Centre, Elisabeth. Tu dois aller manger. Maintenant.

Et pour elle la conversation était terminée. Le jeûne n'est pas autorisé, c'est ce qui est stipulé dans le règlement du Centre Dasgupta, il est donc inutile de discuter. Lorsqu'on parle à ceux qui comptent, au Centre, ils mettent rapidement fin à la conversation. Ce n'est pas qu'ils ne veulent pas vous aider. Il y a des horaires où l'on peut aller leur parler. Un jour, quand j'aurai réfléchi à la bonne question, j'irai parler à Mi Nu. Mais ils mettent toujours rapidement fin à la conversation. Il y a une règle, alors respectez-la. Les choses sont claires, au Centre. La discussion enflammerait l'esprit. Ils cernent votre problème et vous fournissent une solution : méditez. Si vous avez mal quelque part, prenez-en note objectivement, et dites-vous : Mal, mal, pas *mon* mal. Si des pensées qui vous distraient ne cessent de tourner dans votre tête, dites : Pensées, pensées, pas *mes* pensées. Et voilà. Ils vous voient enfreindre une règle, et très poliment vous rappellent à l'ordre.

— Le jeûne est interdit, Elisabeth. Et maintenant retour au silence.

— Pourquoi est-il interdit?

Je veux vraiment être comme eux. Je veux avoir ce qu'ils ont, méditer plus immobile qu'immobile, comme Mi Nu. Seule une personne parfaitement sereine au-dedans peut rester assise tellement immobile pendant tellement longtemps. Mais j'ai aussi besoin de les provoquer. Je veux les mettre mal à l'aise.

— Dites-moi pourquoi c'est interdit.

Mme Harper souriait de son sourire étonné. Elle est comme une directrice d'école face à l'un de ses chouchous qui a fait une bêtise.

— Nous ne sommes pas masochistes, Elisabeth. Nous ne pensons pas qu'il faille se punir. Ce n'est pas la voie qui mène à la pureté.

— Je me goinfre comme un porc. Je me déteste.

Elle a penché la tête de côté.

— Écoutez, j'ai fait des trucs moches, ai-je poursuivi. Mais vraiment très moches. Je ne tiens pas à être réincarnée en cochon!

Je parlais sérieusement, pourtant je n'ai pas pu m'empêcher de rire. J'ai bredouillé. Mme Harper n'a rien dit.

— Vous n'avez pas idée, ai-je gémi. Je suis certaine que j'irais mieux si je ne mangeais pas pendant une bonne semaine. Laissez-moi me priver de nourriture pendant une semaine. Il faut absolument que je fasse quelque chose. Je veux être pure.

Mme Harper a dit :

— Ne pas prendre de repas passé midi tous les jours, c'est une purification suffisante, Elisabeth. Ce qui compte, c'est d'apprendre à manger avec modération. S'affamer n'amènera qu'orgueil et suffisance.

— Mais justement, ai-je hurlé. Je ne peux rien faire avec modération. C'est impossible.

J'ai fondu en larmes. Elle n'a rien dit, mais je savais qu'elle m'observait. Je me suis arrêtée et j'ai reniflé. Elle m'a tendu un mouchoir en papier.

— Vous voyez bien, lui ai-je fait remarquer. Je suis une vraie tragédienne.

— Tu apprendras, a répondu Mme Harper. C'est à cela que sert le Centre. En fait, tu apprends déjà, Elisabeth, tu es déjà en train de changer. À présent, tu veux accélérer ce changement. Tu veux te purifier d'un seul coup. C'est compréhensible, mais c'est une erreur. Le changement vient à son rythme. Médite et observe, Elisabeth. Cultive ton équanimité. Observe-toi telle que tu es et tandis que tu changes avec un esprit plein d'équanimité. Il n'y a pas d'urgence.

Si Mi Nu me l'avait dit, je suis sûre que j'aurais trouvé cela magnifique. J'étais hors de moi.

— J'ai tué quelqu'un, lui ai-je avoué. Voilà pourquoi je suis venue ici. Une personne est morte à cause de moi. Peut-être même plus d'une. Voilà pourquoi je dois me purifier. Pigé ?

Mme Harper a soupiré. Sa poitrine informe montait et descendait sous sa robe grise. Elle a réfléchi un instant avant de répondre :

— Je ne suis pas ton confesseur, Elisabeth. Il n'y a pas de Dieu qui cherche à te punir. Ni de prêtre pour t'absoudre. Pour le moment, il suffit que tu saches que le jeûne est interdit au Centre Dasgupta.

Le déjeuner touchait à sa fin. Du doigt, elle m'a indiqué le chemin et m'a emmenée au réfectoire. J'ai rempli mon assiette de pâtes au curry, je me suis servi une montagne de tarte aux pommes et j'ai mangé comme un porc.

VOTRE DOULEUR EST UNE PORTE

Mon auteur de journal intime regrette d'être venu. Il est furieux. Il déteste les vidéos du soir, les causeries de Dasgupta. Il ne parvient pas à rester assis immobile. Ses jambes et son dos lui font un mal de chien.

Quatre-vingt-dix minutes. Et ce type est d'une prétention! On se croirait au Rotary Club de Bombay dans les années soixante.

J'ai bien ri. Papa était un fana du Rotary. L'auteur du journal intime cherche un prétexte pour filer.

Tu as choisi le pire moment pour venir ici. Tu fuyais quelque chose. Dommage que tu ne puisses pas fuir tes pensées.

Ces quelques mots remplissaient toute une page. Parfois ce sont de vrais gribouillis, comme s'il écrivait dans l'urgence. En fait, on ne peut pas non plus s'enfuir du Centre Dasgupta. Pas facilement. On ne vous rendra pas votre téléphone portable et votre carte bancaire sans vous cuisiner à mort. "En partant maintenant vous vous mettez en danger." J'ai entendu Harper le dire. "Vous êtes venu pour modifier vos façons de penser et de vivre. Vous avez solennellement fait vœu de rester jusqu'au bout de ces dix jours. Forts de cette assurance, nous avons entamé une opération délicate sur vos processus de pensée, une opération qui pénètre au cœur même de votre esprit. Partir maintenant équivaut à s'en aller au beau milieu d'une opération de chirurgie du cerveau."

Harper est très convaincant lorsqu'il dit ce genre de trucs. Et c'est vrai qu'ici notre esprit change, au plus profond. L'auteur du journal intime ne cesse d'évoquer son GRAND DILEMME. Il n'arrive pas à se concentrer sur sa respiration. Il n'arrive pas à *vouloir* se concentrer. *Ta vie est un échec. Une série de mauvaises décisions.* Il se déteste. *DES CHOSES À RÉGLER.* Les majuscules sont gigantesques.

J'ai feuilleté le cahier au hasard sans trouver de quel dilemme il s'agit. Il y a des trucs sur une entreprise en train de couler, une dénommée Susie qui gaspille son talent. *Qui le fout en l'air.* Deux personnes dont il parle en employant des initiales, T et L. Je suppose que ce doit être sa femme. Laura ? Linda ? Lucy ?

À vrai dire, j'adore les scènes quand au Centre Dasgupta quelqu'un tente de se désister. Harper & Cie font tout ce qu'ils peuvent pour éviter que les autres méditants ne s'en rendent compte, mais on a parfois droit à un vrai mélodrame. "Vous n'êtes qu'une sale bande de tarés !" a hurlé un type, en plein milieu de la séance de Ferme Résolution. Il s'est levé et d'un coup de pied a envoyé valdinguer son coussin. Fantastique. Parfois je me prends à penser que si tous ceux qui viennent pour la première fois pouvaient se raconter à quel point ils en ont bavé en voulant rester assis en tailleur toute la journée, je veux dire, si le Noble Silence n'existait pas et qu'ils pouvaient hurler : "Mes chevilles me font un mal de chien, mes genoux me font un mal de chien, mes cuisses me mettent au supplice, mon dos est en feu, mes pensées sont comme des coups de marteau-pilon", ce serait peut-être la débandade et cent quarante personnes enfonceraient la porte, attraperaient leurs affaires et foutraient le camp.

Pourquoi cela me réjouit-il de l'imaginer ? Parfois je souris, je glousse et fredonne une des vieilles chansons que j'adore : *The Kids Aren't Alright. 2 Minutes to Midnight.* Mais pourquoi donc ? Je ne suis pas en prison, ici. Je peux m'en aller n'importe quand. Les bénévoles ne font pas vœu de rester. Nous sommes ici de notre propre gré. Certains ne passent que le week-end, pour donner un coup de main et méditer un peu, ou viennent dès qu'ils ont du temps, puis s'en vont quand ils veulent. Il n'y a pas de contrainte. Nous avons le libre accès aux vestiaires, à tout ce que nous y avons rangé. La vérité, c'est que je ne songe jamais à partir. C'est peut-être une question que je pourrais poser à Mi Nu. Pourquoi est-ce que j'adore imaginer la pagaille quand je sais que je me porte mieux quand tout est paisible ?

Je suis restée dans la chambre du type un petit quart d'heure. J'étais trop énervée pour lire attentivement. On me demanderait pour de bon de partir si on me surprenait là. C'est pire que d'enfreindre le règlement. Le mois dernier, ils ont demandé à un gars de s'en aller quand il a expliqué à Harper qu'il était attiré par une des bénévoles et qu'il voulait l'inviter à sortir une fois la retraite terminée. Il espérait en faire sa femme. Ils l'ont expédié le jour même. "Il n'y a pas de place pour les inclinations sentimentales, au Centre Dasgupta", lui a lancé Harper. J'ai trouvé le terme "inclination" bizarre. La fille était italienne. Aurora. Quel nom merveilleux. Lorsqu'elle a découvert cette histoire, elle s'est écriée : "*Ma* pourquoi il faut qu'il a dit à M. Harper s'il veut m'épouser ? Quel *idiota !*" Nous en avons ri bêtement pendant des jours.

J'aurais dû prendre un des cahiers et filer. Ou ne pas y aller du tout. Ce n'est pas malin de courir de tels risques. Pour quelle raison ? Mais si j'emporte celui dans lequel il écrit en ce moment, il le saura. Et c'est celui que je veux lire. Je veux voir ce qu'il pense du Centre. Ce qu'il pense des bénévoles, de ce qu'on mange. Peut-être qu'il a parlé de moi.

Les gens doivent être vraiment mal pour vouloir rester assis à subir toutes ces souffrances, à écouter tout ce baratin. C'est ce qu'il a écrit hier soir, après la deuxième vidéo, celle sur le noble chemin octuple, *silā, samādhi, paññā.* À la page suivante, il n'y avait qu'une phrase écrite assez petit. *C'est toi qui es vraiment mal, mon pote. Toi toi toi.*

Mais mis à part le journal intime, je voulais simplement m'asseoir dans sa chambre quelques minutes. Il y avait une aura. C'est peut-être une odeur. Il n'avait pas fait son lit. Un drap et trois couvertures. Il avait dû en demander une de plus. Il est probablement frileux. Comme Jonathan. Comme papa. Des hommes âgés. Jonathan adorait quand je prenais des risques, quand je montrais mes seins au pub ou pissais entre deux bagnoles le long du trottoir. La fois où nous avons fait l'amour au cinéma ! *Match Point.* Quel ennui, ce film. "Tu es époustouflante, Beth !" Il hochait la tête sans arrêt. C'étaient les risques qui l'excitaient. J'en prenais de plus en plus. La soirée ensemble avec Carl ! Il adorait mon goût marqué pour l'autodestruction.

Ce type laisse traîner ses vêtements par terre, lui aussi. Sous-vêtements bleu marine. Drôlement grands. Pantalon de survêtement. Je me suis assise sur le lit et j'ai respiré à fond. Non pas *anapana*, mais un bon gros soupir. Tous ces trucs d'homme. Des chaussettes sales sur le radiateur, un gros manteau sur la porte de l'armoire. Des rognures d'ongles sur la table de nuit. En respirant profondément, j'ai commencé à ressentir un courant électrique de bonheur et de malheur. De Beth-eur. Quelque chose dans son manteau me dit que c'est un fumeur. Je me suis levée pour le flairer. Oui. J'ai regagné le lit, j'ai pris son stylo-bille, tourné une page et écrit : *Votre douleur est une porte. Franchissez-la.*

BÉNÉDICTION

J'adore laver le riz et les haricots kichada. Le riz est d'un blanc laiteux, les haricots sont jaune vif. "Mélangez le riz et les haricots à parts égales dans huit plats à four et rincez-les bien." Je le fais à l'eau tiède. Les plats en inox s'adaptent parfaitement au-dessus de l'évier, sous le robinet. Trois rinçages, précise la recette. Je n'en fais jamais moins de quatre. À l'eau froide, on a les doigts gelés et on perd tout le plaisir. Dans l'eau tiède les grains sont rassurants et délicats, on peut s'imaginer passant les doigts dans les cheveux de quelqu'un. C'est idiot. Le truc c'est de ne rien imaginer du tout, de se sentir bien grâce au riz blanc et aux haricots kichada jaunes. Dès que l'eau coule dans le plat, tout devient laiteux. Le riz disparaît et les minuscules haricots perdent leur couleur jaune. L'eau se fait douce et glissante sur les doigts quand on les remue dans cette vase. Penchez délicatement le plat pour le vider, le blanc et le jaune sont de retour, mais changés, adoucis.

Au deuxième rinçage, l'apparence nuageuse est plus vaporeuse, on dirait des rideaux de mousseline, ou de la brume lorsqu'on est en avion et que le sol apparaît, blafard, en dessous. Comme la fois où nous sommes allés à Berlin. Non. Telle quelle est, telle quelle est et c'est tout. L'eau de rinçage du riz. La troisième fois, il faut se donner du mal pour produire quelques volutes laiteuses. La recette est probablement juste et un quatrième rinçage est inutile, mais j'aime bien voir passer l'eau claire sur les grains propres et mouillés.

Aujourd'hui étant un jour impair, un jour de bénédiction, arrivée au cinquième ou au sixième plat je me suis souvenue de bénir le riz et les haricots. Je tâchais d'être présente à cent pour cent au doux contact des grains passant entre le bout de mes doigts, et à l'eau devenant transparente, puis laiteuse, puis de nouveau transparente. La matière changeant dans mes mains. *Anicca*.

Voir des choses à travers l'eau claire, même si elles ne sont pas belles, a vraiment un petit côté merveilleux. Carottes, céleris, et même navets. C'est comme après deux heures d'affilée de méditation, toutes les pensées et la pagaille mentale se sont calmées, on a la tête claire, et lorsqu'on remet ses chaussures et que l'on sort de la salle de Metta chaque brin d'herbe, les feuilles sur les arbres, et même les vêtements suspendus à la corde à linge ont l'étrangeté transparente de ce qui est sous l'eau.

On voudrait alors voir son esprit rester ainsi pour toujours, ce qui est une erreur, car il ne le restera pas, il ne le peut pas, et l'on s'exposerait à la déception. *Dukkha*. Vouloir que les choses demeurent telles qu'on les voit est en vérité le premier pas qui nous éloigne de cette expérience, tout comme dire "je suis heureux" est véritablement le premier pas qui nous ramène à l'état où nous sommes malheureux. Il faut regarder le riz et les haricots comme des éléments qui nous plaisent mais dont nous n'avons nul besoin. On adore laver le riz et les haricots kichada, mais si on ne lave plus de riz ni de haricots jaune citron pendant les dix années à venir, pendant une éternité, cela ne changera pas un iota. Voilà comment il aurait fallu faire avec Jonathan. Voilà comment il aurait fallu faire avec tout.

Je n'ai pas pu. Le riz et les haricots me plaisaient, plus ou moins, mais je n'ai pas pu les bénir. Je me suis mise à marmonner : "Du fond de mon cœur, je vous bénis, riz et haricots, toi le riz pour ton apparence laiteuse et vous les haricots pour votre apparence jaune vif." Ridicule. Car l'idée même des jours de bénédiction c'est de bénir ce qui nous entoure *sans mots*. On voit une chose positive et notre cœur se porte vers elle, mais libre de désir. Lorsqu'on a besoin de mots, on fait un numéro, on se force. Ces haricots tu ne les aimes pas du tout, Beth. Tu cherches simplement à ramener ton esprit là où il était avant que tu trouves le journal intime. J'ai fini de rincer le riz et les haricots et je suis allée préchauffer le four.

Vikram, le cerveau de cette cuisine, débarque une ou deux fois par retraite et se met en boule parce que les gens improvisent : ils ne suivent pas à la lettre le livre de recettes. En général, ce sont les étrangères ; elles veulent frimer et montrer que leur cuisine française, espagnole ou indienne, est bien supérieure. Elles viennent ici, où nous sommes censés démanteler notre ego, et se mettent à frimer et à étaler tout ce qu'elles savent en matière de fines herbes et de sauces, comme si on était à la télé. Ines est penchée sur la braisière. Le visage irradiant la bonté, elle parfume au curry des brocolis aux poivrons rouges, elle goûte et ajoute ceci, goûte et ajoute cela. Très peu pour moi. Beth Marriot suit la recette mot pour mot. Moi, c'est la musique, pas la cuisine. Sauf que je sais deux ou trois choses sur les caprices de la braisière, bien davantage que n'en sait Ines. J'interviendrai et fournirai des explications, si elle pose la question avant qu'il ne soit trop tard. La première fois que nous étions sortis ensemble, Jonathan avait demandé :

— Tu sais cuisiner, Beth ?

— Maman est tellement douée, lui avais-je répondu, personne ne songerait à se mesurer à elle.

— Ça me plaît, une fille qui ne sait pas cuisiner. Il avait ri. Ça me donne l'occasion de faire de l'épat avec tous les restaurants que je connais.

Avec Jonathan, vous vous demandiez toujours s'il n'avait pas dit la même chose à une dizaine d'autres femmes avant vous. Ou à une cinquantaine. Plus tard, j'ai compris ce qu'il entendait par là : ça me plaît une fille qui ne joue pas les épouses, qui ne cherche pas à me posséder.

Carl faisait la cuisine. Nous n'avions pas de quoi nous payer le restau.

— Il faudra bien que tu t'y mettes quand nous fonderons une famille, Beth, remarquait-il.

— On aura du personnel, quand le moment viendra. On sera riches et on vivra à l'hôtel.

Carl détestait que je dise ça. Il n'avait pas la moindre idée de ce qu'il ferait du fric si Pocus devenait célèbre.

— Tu dépenses l'argent tellement vite, Beth, disait-il.

Vikram est-il gay ? Je ne crois pas. Les hommes du Centre Dasgupta sont au-delà du sexe. Ils ont prononcé des vœux. Il est trapu mais s'efforce d'être grand. Avec une petite barbe soignée. Il vous donne l'impression d'être d'une bêtise phénoménale si vous posez une question.

— Quiconque tente des expériences avec les recettes est coupable d'un acte de vandalisme, affirme-t-il.

Sa visite tombe au même moment que l'arrivée du camion de livraison. Nous sortons d'un pas lourd sous la pluie et rapportons des cageots de céleris-raves, de carottes et de laitues. Le chauffeur me fait un clin d'œil tout en laissant tomber par terre un sac de flocons d'avoine. Il doit friser la soixantaine.

— Les livraisons sont soigneusement calibrées pour correspondre au planning des recettes, précise Vikram.

Son accent est indien mais très chic.

— Si vous permutez les ingrédients, un jour vous découvrirez qu'il vous en manque un dont vous avez besoin.

Il est dans la chambre froide et entasse la bouffe sur les étagères pendant que nous allons et venons à pas pesants. Il sait où tout se range. Ralph risquait une hernie en portant trois cageots de patates à la fois.

— Tu as oublié d'ôter ton tablier, lui a lancé Vikram.

Ralph a eu l'air interdit.

— Le tablier n'est pas là pour que tes vêtements restent propres. Il est là pour empêcher les aliments d'entrer en contact avec les endroits où ces vêtements ont traîné. Si tu dois te salir, ôte ton tablier.

Ralph a penché la tête de côté. Ses longs cheveux se sont écartés et ont laissé entrevoir une boucle d'oreille. C'est un garçon vraiment mignon.

Ce qui me fait penser que Vikram est peut-être gay, ou a été gay, c'est son côté maniéré, sa façon de parler tellement correcte, toujours très indienne et très snob. Le Centre Dasgupta doit être une aubaine pour les homos qui se refusent à sortir du placard. On peut carrément oublier le problème. Pourquoi se donner la peine de dire la vérité sur ses penchants là où tout contact physique est interdit, jusqu'à la poignée de main ? Je ne serrerai jamais Mi Nu dans mes bras. Et ne la toucherai pas non plus. Vikram tient à ce que les bénévoles de chaque retraite fassent tourner la cuisine comme une horloge, préparent indéfiniment les recettes du Centre, toujours les mêmes, tout comme les chants de Dasgupta démarrent à six heures du matin et sa vidéo à sept heures du soir. Vikram punaise des feuilles imprimées sur lesquelles sont inscrits les roulements pour le ménage, les jours en haut de la page et les tâches sur le côté : Bénévoles – Toilettes – Hommes/Femmes – Grilles d'évier, Calots et Tabliers (lessive). Nous sommes censés parapher une case le jour où chaque tâche est accomplie. Tout doit se passer avec une telle régularité qu'en fait il ne se passe rien. Me fais-je bien comprendre? Je veux dire par là qu'il se passerait quelque chose si jamais cela ne se passait pas.

— Où est Paul? demande Vikram. Les torchons devraient être mis au sale et non séchés sur les radiateurs. Ce sont des nids à bactéries.

J'aime bien Vikram. Quels que soient les problèmes qu'il ait eus autrefois, il les a surmontés. C'est comme ça que je veux être. Il passe la cuisine en revue. Les hachoirs n'ont pas été bien nettoyés. Ça, c'est Rob. Il y a toujours quelqu'un qui adore s'en servir mais déteste les nettoyer. Pourquoi est-ce que je ricane quand Vikram secoue sa tête brune et agite son index foncé? Je me demande pourquoi il ne me signale pas que mes cheveux se sont échappés de mon calot. Il gronde tout le monde, sauf moi. Je suis peut-être incorrigible. Quand je lui lance un sourire tout en dents, il se détourne. Tant pis. J'ai oublié mon auteur de journal intime pendant quelques minutes, oublié l'enveloppe dans ma poche.

À la cuisine, à dix heures passées c'est la folie totale. C'est à peine si les gens connaissent les prénoms des uns et des autres, ne parlons pas du matériel. Il y a encore de nouveaux bénévoles qui débarquent et des anciens qui partent. La panique nous gagne. Le déjeuner doit être servi à onze heures. Après trois heures assis sur leur cul, les méditants doivent trouver table mise. Ils souffrent de privations sévères. Premier jour : haricots azuki cuits à l'étouffée. Deuxième jour : pommes de terre au four gratinées au fromage râpé. Troisième jour : riz, haricots kichada et tofu au curry. Ils engloutissent des montagnes de nourriture. Plus les salades. Plus les menus spéciaux : sandwich fromage mayonnaise pour Maureen Moss, boisson au glucose pour Rita Howell. Et les petites fiches pour les végétaliens et les non-végétaliens. Et les portions sous un couvre-plat à emporter aux bungalows des professeurs. Meredith s'est entamé le bout d'un doigt. J'adore les couteaux aiguisés qu'il y a ici. J'adore choisir le bon couteau pour le légume que je suis en train de couper. Il y a du sang sur les brocolis. Kristin a oublié de remettre la balance à zéro et sa mayonnaise au soja est ratée. Tout est si frénétique, si peu zen. Kristin est calme, pourtant. Elle a cette fameuse rigidité balte. De grosses lèvres pâles, un sourire ironique. Elle sait que la mayonnaise importe peu. Ines est en larmes parce que la braisière s'éteint sans arrêt. Son curry ne cuit pas. Paul s'inquiète. Paul n'aurait jamais dû être nommé chef de cuisine. Je sors mon riz à la vapeur et les haricots kichada du Four Rational. Le blanc et le jaune ont un ravissant aspect duveteux. Comme une peluche que l'on a envie de câliner. À des années-lumière des grains durs que j'ai lavés.

— Transvase ton curry à la louche dans des casseroles et mets-le à cuire sur le gaz, suggère Tony.

Tony n'est là que depuis hier. C'est le bénévole le plus âgé de cette retraite spirituelle. Prof d'université, à ce qu'il dit. Pour chaque tâche qu'on lui confie, il faut lui montrer comment procéder : comment brosser un navet, éplucher une courge, préparer une purée de pommes de terre. Bravo, le prof.

— C'est trop tard ! gémit Ines. Ça va prendre un temps fou.

Elle a oublié la règle prescrivant d'aller méditer dans la grande salle si l'on n'arrive pas à garder son calme. Ils viennent tout juste de se mettre à transvaser le curry dans des casseroles quand je m'avance et leur montre l'astuce avec le thermostat.

— Il se coince. Vous voyez ? Il faut le tapoter.

La braisière grésille. Ines se cramponne à la grande cuillère en bois pendant que je tripote le bouton. Elle a peur que je ne cherche à lui prendre sa place, je lui volerais son moment de gloire. Je suis toujours penchée sur la braisière – le curry sent vraiment bon – quand je me rends compte que Tony est bouche bée devant mon décolleté. Ça alors ! De la part de Ralph je m'y serais attendue, mais pas du professeur, qui a le crâne dégarni, les sourcils broussailleux, mauvaise haleine, et besoin qu'on lui montre comment dégrafer un soutien-gorge, je parie. Mais qu'est-ce que je leur fais donc aux hommes âgés ?

Erreur. Quand je me redresse, c'est *Meredith*. Plantée là juste à côté de moi, elle tend son doigt pansé, sourit, *regarde*.

— Beth ! hurle-t-elle. Tu as réussi !

Jonathan appelait ça le syndrome de la Ferrari rouge. "Ou plutôt, des *deux* Ferrari rouges." Même les gens que cela n'intéressait pas le moins du monde, disait-il en riant, ne pouvaient s'empêcher de regarder. "Tes nichons sont tellement *là*, Beth. Deux splendides Ferrari garées en double file sur un passage pour piétons."

Jonathan. Jonathan Jothanan Thanajon. Je pensais t'avoir chassé de mon esprit il y a des semaines, et voilà que tu arrives à pas de loup au beau milieu de l'affolement précédant le déjeuner. C'est la faute de l'auteur de journal intime. Allez vous faire voir, tous les deux. Le curry a commencé à bouillonner. Ines est contente. Ainsi va toute chair, c'est ce qu'ont fait ses nichons à elle depuis belle lurette. Deux vieilles saucisses. Qu'ils soient bénis. Que tout le monde soit béni. Accepte tout.

— Dommage qu'on ait sali les casseroles, remarque Tony.

Il a compris que j'ai fait exprès d'attendre avant de leur expliquer le truc pour la braisière. Ce n'est pas un imbécile. Un prof de psycho peut-être? Meredith annonce que ne pouvant ni couper des légumes ni laver la vaisselle, elle va m'aider à mettre le couvert au réfectoire.

Au Centre Dasgupta, nous ne cessons de faire la navette entre les mêmes quatre ou cinq lieux. Les doubles portes de la cuisine donnent sur un petit couloir. Au bout à gauche, il y a les doubles portes battantes du réfectoire des hommes. Au bout à droite, celui des femmes. Nous allons et venons à grand fracas derrière nos chariots, poussant des piles d'assiettes, des couverts, la salade, le riz et les haricots et, aujourd'hui, juste à temps, le curry. Ça y est. Tout est prêt. Non, nous avons oublié l'assaisonnement de la salade.

— C'était qui, l'assaisonnement de la salade?

Le livre de recettes dit : tahin. Je fonce chercher les ingrédients. Ralph entreprend de mesurer les doses et de mélanger. Paul s'approche et remarque :

— Il vaudrait peut-être mieux que tu fasses équipe avec Kristin, Elisabeth.

Ce qui veut dire quoi, exactement? Et puis je repense au gong.

— Zut, je suis de gong, Paul. Je dois filer. Occupe-toi donc de l'assaisonnement.

Le gong est suspendu à une branche de l'aubépine qui pousse tout près de la salle de Metta. Il règne une fraîche tranquillité ici, après la vapeur et l'excitation de la cuisine. Les collines basses sont humides et silencieuses. Rien ne bouge dans la salle. Il est difficile de croire qu'il y a cent quarante personnes là-dedans. Le gong est énorme et a une curieuse forme de tricorne aux pointes qui rebiquent. Le marteau est posé dans un creux entre le tronc et la branche. Il est lourd, tout en vieux bois, probablement du chêne ou un truc de ce genre, doublé de feutre pour protéger la surface du gong, que l'on doit frapper sur les angles, pas au milieu.

Boing!

Je joue de nouveau d'un instrument. J'appelle les méditants à sortir de leur transe.

Boi-oi-oing!

Quel son merveilleux. Si fort et si long. Les méditants le sentiront sur leur peau. Le corps entier résonne lorsqu'on tape sur le gong. Le son s'infiltre. C'est le contraire d'une sirène. Fort, mais calmant. Non, c'est le contraire d'un petit grattement énervant. Le grignotement, la nuit dans notre chambre. Derrière le lit de Kristin. Ou l'eau qui coule goutte à goutte du toit de la grande salle quand il pleut.

Boi-oi-oi-oi-oing!

J'ai libéré mon auteur de journal intime de ses souffrances. Lève-toi et marche, vieillard. Viens manger ton curry brésilien, offert par Ines. Je suis triste, alors, de ne pas avoir écrit ces mots dans son journal. *Votre douleur est une porte, franchissez-la.* Enfin, je les ai *vraiment* écrits, mais j'ai arraché la page. Je suis courageuse, certes, mais pas totalement irresponsable. J'en ai marre. Pourquoi ne puis-je pas être *totalement* irresponsable point final, ou pas du tout autodestructrice, pourquoi ne puis-je pas être raisonnable et sereine ? Une bonne petite épouse pour Carl ? Pourquoi ne suis-je jamais comme ci ou comme ça ?

Je l'ai arrachée proprement, en récupérant les petits picots de papier qui restent coincés dans le fil de la reliure, et puis j'ai remis le journal intime où je l'avais trouvé, par terre à côté du lit. Pour compenser de m'être dégonflée j'ai fouillé dans sa valise, et trouvé une enveloppe que j'ai emportée. Elle était glissée dans une poche latérale de la doublure, une enveloppe ouverte remplie de feuilles de papier. Je me demande pourquoi il a une valise de femme, rouge doublée de rose. Pourquoi les cahiers sont-ils tous rouges ? La lettre commençait par : *Bien chère Susie*. J'étais archi-excitée rien que de l'avoir dans ma poche.

À la cuisine, nous sommes des individus bruyants. Nous hurlons par-dessus le bruit du mixeur. Nous nous disputons. Les méditants, eux, sont un troupeau silencieux. Ils sortent à flots de la salle, comme des vaches que l'on mène de l'étable au pré. J'adore l'agitation qui règne lorsqu'on cuisine et prépare les repas, comme j'adorais les dernières minutes de mise en place sur scène avant que Zoë prenne sa basse et que la batterie démarre. J'attrapais le micro. Les projecteurs s'allumaient et la fumée rose montait. Mais maintenant je voudrais faire partie du troupeau. Vraiment. En regardant la foule des méditants quitter la salle, j'ai une telle envie d'être muette, d'être silencieuse. Vers le troisième jour, les gens se mettent à marcher plus lentement. Ils ont accepté le fait qu'ils sont réellement là, réellement au Centre Dasgupta, pour dix jours. Il n'y a pas de raison de se presser. Il n'y a plus de bagarre. "La réussite de la méditation, c'est de se défaire de l'esprit de réussite." Vidéo troisième jour. Ils prennent plaisir à bouger lentement, à écarter et refermer genoux et chevilles, à passer leur poids de gauche à droite et de droite à gauche. Je me demande si mon auteur de journal intime a commencé à accepter ses douleurs, s'il a trouvé la porte qu'il doit franchir pour que ce temps passé au Centre ne soit pas perdu. Je voudrais être en train d'ouvrir cette porte, à l'instant même. Je voudrais passer de la douleur à l'autre côté, le côté de la méditation *vipassana*. Comme Mi Nu Wai. Mi Nu est au-delà de la douleur. Même quand elle rejette ses cheveux en arrière et sort de la salle de sa démarche théâtrale, elle est encore de l'autre côté. J'en suis persuadée. Je suis persuadée qu'il est possible d'être toujours là-bas.

Deux bénévoles doivent regarder manger les méditants. Vu qu'ils ne peuvent ni parler ni réclamer quoi que ce soit, nous devons nous assurer qu'ils ne manquent de rien. Ils sortent en trébuchant de la grande salle, empruntent l'allée, passent devant les sanitaires, les dortoirs, et entrent au réfectoire. On dirait vraiment un troupeau, qui s'approche d'un pas tranquille de son auge. Nous les regardons faire la queue à la table où l'on se sert, se verser des louches de curry dans des bols, s'asseoir pour manger. Quand le rouleau de sopalin est terminé et qu'ils n'ont rien sur quoi s'essuyer les mains, Kristin fonce en chercher un autre. Elle mesure une trentaine de centimètres de plus que moi. En revenant, elle rapporte une pile d'assiettes propres et les flanque bruyamment sur la table. C'est la deuxième fois. Il va falloir que je lui en parle. Nous devons respecter la tranquillité des méditants. Tout notre bruit dans la cuisine est là pour que leur silence ici soit possible.

Les femmes remplissent leur assiette et s'assoient, le regard dans le vide. Les places les plus recherchées sont les tabourets au comptoir courant sous les fenêtres et le long du mur. Pas besoin d'être à table avec quelqu'un en face de soi. On peut manger sans se presser, en laissant errer son regard sur les remises et sur les prés de l'autre côté de la fenêtre, ou simplement garder les yeux fixés sur les murs blancs. Un mur blanc est un parfait miroir pour un esprit calme.

J'aimerais bien voir les hommes manger. Ce serait intéressant. J'aimerais savoir s'ils réagissent de la même façon que les femmes. Peut-être qu'ils n'aiment pas les places près du mur. Imaginez Jonathan venant méditer ici une journée, Jonathan entendant Harper réclamer un abandon total, Jonathan inclinant la tête et acceptant, Jonathan rejoignant le troupeau de Dasgupta.

Ou Carl.

Il faut rajouter de la salade. Meredith arrive et annonce que chez les hommes il n'y a plus de curry : est-ce que nous pouvons leur en donner un peu ? Malgré la ségrégation absolue, les mecs ne cessent de s'attaquer à nous. En posant ses assiettes sales sur les piles correspondantes, une jeune fille toute menue lâche un grand rot. J'adore. Je me demande si elle l'aurait fait s'il y avait eu des gars dans les parages. C'est un soulagement de ne pas avoir à être présentable pour un homme, de ne pas avoir à se préoccuper de vêtements ni de maquillage. D'un autre côté, j'ai toujours aimé me maquiller. J'aime voir les autres femmes maquillées. Quelle rigolade avec Zoë, avant un concert. Elle et son chapeau de cow-boy noir et ses yeux immenses.

— Laisse-moi te mettre ton rouge à lèvres, demandait-elle. S'il te plaît, Beth.

PAS ASSEZ FORTS

L'intimité n'est pas une priorité au Centre Dasgupta. S'il n'y a pas de soi, pourquoi aurait-on besoin d'être seul? Pendant huit mois, j'ai partagé une chambre avec d'autres bénévoles, parfois jusqu'à quatre, des femmes et des jeunes filles, qui ronflaient, éternuaient. J'ai médité à la troisième place en partant du bout d'une rangée de huit, six rangs derrière moi, deux devant. J'ai fait la cuisine aux côtés d'autres personnes, pour d'autres personnes, fait le ménage d'autres personnes, mangé les restes, froids, d'autres personnes. Je m'en fiche. J'étais là pour me regarder changer. Peut-être pourrais-je devenir une sorte de mystique, malgré mon envie de chanter et de danser? J'ai eu des visions au Centre Dasgupta. J'ai traversé des murs, senti des yeux s'ouvrir derrière mes paupières, vu d'autres yeux, encore plus profondément en moi, levés vers le ciel dans l'obscurité. J'ai été heureuse ici. Et puis je suis entrée dans la chambre d'un homme, j'ai ouvert un journal intime, pris un stylo.

Maintenant je suis tendue et surexcitée comme si j'avais sniffé une ligne de coke. Anxieuse, aussi. Après le service de midi, j'avais eu l'intention d'aller aux toilettes pour lire la lettre. Je me suis même mise à siffler. J'étais peut-être à deux doigts de faire une grande découverte. Mais quoi? Et qui ça intéresse? Qui ça intéresse, ce type et son grand dilemme? Je suis ridicule. J'ai ouvert la porte des toilettes, je me suis arrêtée, je l'ai refermée, je suis partie. J'ai d'abord cru que j'attendais que nous ayons mangé. J'avais été excitée toute la matinée en songeant à cette lettre dans ma poche, je pouvais donc faire durer cette impression et la lire plus tard quand j'aurais tout le temps de jubiler. Et puis j'ai compris que je pensais peut-être que je ne devrais pas la lire du tout. Ce serait trop. Un truc m'était revenu en tête : *Nos esprits ne sont pas assez forts pour établir la relation juste avec certaines choses.*

C'était Harper qui avait dit ça, il y avait un bon bout de temps, mais les mots m'étaient revenus. Il s'adressait aux bénévoles.

— J'ai conscience que vous ne pouvez pas respecter la ségrégation homme-femme à la cuisine, avait-il déclaré, puisque de toute évidence vous devez faire la cuisine ensemble.

Harper tient toujours ce discours aux bénévoles, le premier soir de chaque retraite spirituelle. Il s'assoit sur son coussin, posé sur son tabouret surélevé, il est vêtu de son pull gris et de son pantalon gris. Nous sommes à genoux devant lui, les femmes d'un côté, les hommes de l'autre, dans le silence de la grande salle après que les méditants sont partis se coucher, et il dit :

— Les bénévoles devraient, en tout cas, tâcher d'adopter une *attitude de ségrégation*. Par exemple, quand il faut deux personnes pour préparer les légumes, ou pour ranger en fin de journée, faites en sorte que ce soit toujours deux hommes ou deux femmes. Ne mélangez pas. Ne mangez jamais ensemble. Ne bavardez pas.

Cette fois, il a marqué une pause et battu des paupières. Harper a un visage banal, une tête de vieil oncle, amical mais distant. Il a les yeux enfoncés, si bien que l'on ne sait jamais s'ils sont fermés ou ouverts.

— Autrement, et il a soupiré, eh bien, vous savez ce qui peut arriver.

Parfois, à ces mots quelqu'un pouffe de rire, et un jour une fille a demandé :

— Excusez-moi, professeur, mais qu'est-ce qui *risque d'arriver*, exactement ?

Harper est resté assis immobile. Il devait se douter que cette fille se moquait de lui. Finalement, il a dit :

— En vérité, nos esprits ne sont pas assez forts pour établir la relation juste avec certaines choses.

J'ai refermé la porte des toilettes et je suis retournée donner un coup de main pour la vaisselle. C'est une tâche que nous accomplissons en commun. J'ai attrapé la douchette du premier évier et décrassé les assiettes. Kristin a entassé les paniers au-dessus du deuxième évier, puis les a glissés dans le lave-vaisselle et a claqué le capot pour lancer le démarrage. Deux minutes plus tard, Meredith a soulevé le capot, sorti les paniers dans un nuage de vapeur et s'est mise à inspecter la vaisselle et à la trier.

Ralph allait et venait bruyamment entre les réfectoires et la cuisine en poussant un chariot. M. Prof raclait les assiettes les plus sales et poussait les restes dans la poubelle. C'est la seule chose pour laquelle il n'a pas besoin qu'on lui donne des indications. Des piles et des piles d'assiettes sales et de bols. Les casseroles, les ustensiles, les couverts. Il y a un de ces vacarmes. Couteaux, fourchettes et cuillères doivent être séparés et passés au jet. La machine ne s'en sort pas quand il y a trop de petits bouts solides.

— Tu devrais borter des gants de gaoutchouc, remarque Ralph.

Quand l'évier se bouche, il plonge la main pour repêcher les cochonneries à ma place. J'arrose la manche de son pull et il hurle. Je ris à gorge déployée, lui montrant toutes mes dents. *Nos esprits ne sont pas assez forts pour établir la relation juste avec certaines choses.* C'est vrai ce que Harper a dit là. Mais Ralph ne me pose pas de problème, je pourrais passer mon temps à taquiner ce gamin sans jamais rien éprouver pour lui. "J'adore tes dents, Beth, disait Jonathan. J'adore leur désordre fou, leur taille incroyable." Carl voulait que je porte un appareil. J'allais avoir des problèmes en vieillissant.

— Pourquoi tes parents n'ont-ils pas fait quelque chose ?

— Parce qu'ils ne me parlaient que pour se plaindre l'un de l'autre.

Meredith a demandé à Ralph de quel signe il est. D'un coup de jet, j'ai sorti d'un bol du riz et des haricots, le même riz dans lequel j'avais passé mes doigts deux heures plus tôt, mais encore changé à présent, collant et sale. *Anicca. Si le fleuve continue de couler, un jour le rocher bougera.* Les trucs les plus dingues me passent par la tête quand je travaille, comme si j'avais avalé le *Dhammapada. Telle l'abeille qui recueille le nectar d'une fleur et s'envole sans l'abîmer, le sage doit demeurer dans son village.*

Mais la douchette est fantastique. Pressez sur la détente et un jet d'eau fumante désintègre la saleté. J'adore ça. Le gros lave-vaisselle est super, aussi : sauvage, chaud et *rapide.* En deux minutes et quarante secondes les assiettes ressortent, d'un blanc brûlant et pur. J'ai horreur de fourrer les mains dans la mélasse quand l'évier se bouche.

— Z'il te plaît, ne m'arrose plus, Bess.

Ralph avance le bras. Il a des poignets solides couverts d'un duvet blond. Il est Verseau, répond-il. Le signe de Carl.

— Je n'ai jamais eu de petit ami Verseau, nous informe Meredith.

Tant pis pour l'attitude de ségrégation.

Tony racle les casseroles, à présent. Il enseigne peut-être le traitement des déchets. Kristin n'a rien dit. Elle empile les assiettes à toute vitesse pour que nous puissions terminer et déjeuner. Personne ne veut manger avant que la vaisselle soit faite. SI VOUS SAVIEZ COMME LE TYPE QUI ESSAIE DE ME DRAGUER EST BEAU ! C'est le genre de SMS que j'aurais envoyé à Jonathan et à Carl il y a un an. Parfois, j'envoyais le même aux deux. UN MEC A ESSAYÉ DE M'EMBRASSER À LA SORTIE DU MÉTRO. MAINTENANT IL ME SUIT DANS SHAFTESBURY AVENUE ! Carl lâchait tout et arrivait en trombe. IL Y A UN ROADIE QUI M'EMBÊTE. JE N'OSE PAS ALLER AUX TOILETTES, J'AI PEUR QU'IL ME SUIVE. En fait, c'était vrai. J'étais au Twelve Bar. Carl avait débarqué, prêt à la bagarre. Carl était un vrai chevalier. FAIS ATTENTION, BETH, avait écrit Jonathan. Il était au restaurant avec sa femme. Pardon, son ex-femme.

Quand nous emportons notre assiette dans la salle des filles bénévoles, il y a toujours quelqu'un qui tient à observer le silence, ou à suivre les règles les plus strictes de la Parole Juste, et quelqu'un qui veut parler, qui a besoin de parler, qui doit parler. Kristin est lettonne. Apparemment, elle s'est coupé les cheveux toute seule. Ça se voit à leur aspect raide et terne. Et ses yeux gris sont un peu bigleux. Quand on l'a installée dans notre chambre, elle a commencé par retirer le matelas de son lit pour se coucher sur les lattes de bois nues.

— Je sais que le Bouddha a recommandé de ne pas dormir sur des lits somptueux, a lancé Meredith en riant, mais est-ce que ce n'est pas aller un peu trop loin ?

Elle se sert quand même d'un oreiller. Elle le tapote, remonte une couverture sur elle et s'allonge à même les lattes. Je l'aime bien. J'aime bien ses grandes mains et sa démarche disgracieuse, les épaules voûtées. J'aime bien son énergie. Elle met trop d'énergie dans tout ce qu'elle fait. Au déjeuner, elle s'installe sur une chaise dans un coin, son couscous sur les genoux, et mange vite et en silence. Elle a de gros os. Du *"kiss-kiss"*, disait Zoë. Nous avons dû en décongeler parce que du curry il ne restait plus rien. Paul s'est trompé sur les quantités. Troisième jour de suite.

À table, une nouvelle arrivante remplissait le formulaire du service du Dhamma, une femme massive d'une quarantaine d'années.

— Qu'est-ce que j'écris, a-t-elle demandé, si je n'ai pas tout à fait observé les Cinq Préceptes depuis ma dernière retraite ?

Elle avait un accent australien et un double menton.

Kristin a continué à manger.

— Tout le monde est pris au dépourvu par cette question, a reconnu Meredith.

— Dis la vérité. Ines était rayonnante. On ne peut pas se tromper, si on dit la vérité.

— La question exacte, a repris l'Australienne, est : "Avez-vous scrupuleusement observé les Cinq Préceptes depuis votre dernière retraite Dasgupta ?" Je suppose que même dans le cas contraire, on m'acceptera.

— Écoute, ai-je coupé, ils ne demandent pas de détails, non ? Pas besoin de leur raconter que t'as fait la fête *toutes* les nuits.

L'Australienne n'a pas souri, mais Kristin a éclaté de rire. Elle a explosé. Tout à coup.

Mme Harper est arrivée accompagnée de Livia, l'animatrice du groupe des femmes, et d'une Française appelée Stéphanie. Livia était en train de dire qu'elle n'arrêtait pas de rencontrer des gens qu'elle avait dû connaître dans d'autres vies. Elle pointait les noms sur la liste des méditants, dans la grande salle, quand soudain elle avait vu un visage qu'elle avait eu la certitude de connaître. Et même *davantage*, quelqu'un de qui elle avait dû être proche autrefois. Mme Harper a répondu que cela arrivait souvent dans les centres de méditation, car ces lieux attirent des gens qui ont été sur la voie du Dhamma pendant bon nombre d'existences, des gens qui ne sont pas loin de devenir *arahant*. Meredith s'est mise à raconter que sa mère avait su le nom de son père, son signe astrologique, et jusqu'à son ascendant, à la seconde même où elle avait posé les yeux sur lui.

— Elle a toujours soutenu que c'est un mariage qui dure depuis mille vies.

J'ai rigolé.

— Mon père et ma mère ont toujours soutenu que la seule différence entre leur mariage et la guerre de Trente Ans, c'était que la guerre était finie.

Mme Harper s'est détournée de la table pour sourire, et j'ai vu tout de suite que son sourire signifiait : C'est du Beth tout craché, qu'elle soit bénie.

— Bon, alors je m'y mets quand ? a demandé l'Australienne.

— Vous devez d'abord commencer par une heure de méditation, et puis quelqu'un vous emmènera assister à la causerie du service du Dhamma.

Personne ne s'est proposé. Nous raclions nos assiettes.

— Beth, a demandé Mme Harper, depuis quand n'y as-tu pas assisté ?

LA LETTRE

Ma chère Susie,
Je me demande si cela sert à quelque chose que je t'écrive.

Dans ma chambre, j'ai déplié la lettre. Je savais que je le ferais. À part les recettes de Vikram et le *Dhammapada*, je n'avais rien lu depuis les derniers SMS échangés avec Jonathan et Carl. J'avais été heureuse d'avoir la tête vide. Maintenant, elle va de nouveau être remplie.

Ma chère Susie,
Je me demande si cela sert à quelque chose que je t'écrive. C'est axiomatique, je suppose, qu'une fille de vingt-deux ans reste sourde à la raison.

Axiomatique?

Rien de ce que je vais dire ne te fera changer d'avis. Tous les arguments négatifs que je m'efforce de t'exposer concernant Sean ne feront qu'accroître ta détermination à rester avec lui et ta méfiance envers moi.
Alors que puis-je dire?
Je veux que tu saches que si ta mère et moi sommes inquiets pour toi, c'est parce que nous t'aimons. Sincèrement. Il n'est pas vrai que nous soyons obsédés par l'argent et la sécurité. Nous craignons simplement qu'un jour tu ne regrettes d'avoir laissé passer une magnifique occasion. Tu te retrouveras alors détestant Sean de t'avoir détournée de ta vocation. Tu as travaillé toute ta vie pour cela. En fait, je ne

m'explique pas pourquoi il ne te conseille pas d'accepter et d'attendre le moment où votre vie à deux ne se ferait pas obligatoirement au détriment de ta carrière.

Il n'est pas vrai que nous ayons été contre Sean depuis le début. Il n'y a pas beaucoup de parents qui sauteraient de joie de voir leur fille amoureuse d'un homme souffrant d'un si sérieux handicap. Mais nous avons reconnu que tu étais amoureuse, et je dois avouer que c'était très beau de te voir ainsi, un peu comme si tous les projecteurs avaient été réglés à fond et dirigés sur ton visage radieux. Tu es une jeune fille merveilleuse, Susie, une fille formidable. Nous avons fait bon accueil à Sean. Il a partagé nos repas, passé la nuit chez nous plusieurs fois. Mais à partir du moment où tu nous as annoncé que tu quittais tout pour être auprès d'un homme qui est le seul responsable de ce qui lui est arrivé, nous ne pouvions plus voir cette relation sous un jour favorable.

Elle te fait du tort et pourrait te détruire.

Tu dis que l'âge ne compte pas et qu'il y a aussi un sacré écart entre ta mère et moi. Tout ce que je peux attester c'est que cet écart <u>a</u> compté, et comment! Il y a eu des moments où nous avons tous deux regretté

La lettre s'arrêtait là. Merde. Juste quand ça devenait intéressant. Ou plutôt, elle changeait, cessait d'être une lettre. La jolie écriture du style je-suis-un-type-raisonnable s'interrompait. Deux lignes avaient été barrées, assez violemment, et puis tout le reste était griffonné.

Dis à cette petite imbécile que tu n'auras pas l'argent pour la sortir d'affaire, cette fois.
Dis-lui que sa mère en est malade.
Dis-lui que Sean se contrefout de tout le monde sauf de lui. Sinon il n'aurait jamais conduit en ayant trop bu.
Dis-lui que si elle le lâche tu
Non. Au contraire. Dis-lui que tu donnerais ton bras droit pour être amoureux comme elle l'est. Ton bras droit. Je l'envie. Je donnerais n'importe quoi pour être atteint de la <u>même</u> folie. Elle est folle. Elle a de la chance. D'être capable de renoncer à tout.
La vérité c'est que tu te détestes plus encore que tu ne détestes L.
Dis-lui que la faillite sera une rigolade comparée au reste.

Claqué claqué claqué claqué claqué claqué.

CLAQUÉ.

Si tu m'avais demandé il y a un an : La situation peut-elle empirer ? J'aurais répondu non.
L me garde pour me punir.
Ou pour une prétendue sécurité financière ?
OH PAR PITIÉ EXAMINE EN DÉTAIL CE PUTAIN DE CAUCHEMAR POUR LA DIX MILLIONIÈME FOIS.
Quand l'homme est plus âgé, l'écart n'est pas le même que lorsque c'est la femme qui est plus âgée.
Toi et T.
Mariée maintenant. Tu la voulais mariée. Incroyable, non ? Tu l'as poussée à se marier. Imbécile.
Qu'es-tu devenu ? Un ver de terre ? Un serpent ? Comment est-ce arrivé ?
Tu es venu ici pour éviter de te tuer.
Mélodrame. Quel ennui.
Ou de la tuer.
Hélas impossible. Malgré toutes les histoires de meurtres.

Kristin était entrée. Quand j'ai levé les yeux, elle m'a tourné le dos.
— Je lis une lettre.
Je l'ai brandie.
Personne ne lit de lettres au Centre. Pas pendant les retraites spirituelles. Au cas très improbable où une lettre arriverait, on ne vous la donnerait pas avant la fin des dix jours.
Kristin s'est allongée sur les lattes de son lit, a posé sa tête sur l'oreiller et fermé les yeux. J'ai arrêté de lire et me suis appuyée sur un coude. Elle est plus grande que moi et plus large, elle fait penser à des mots comme "solide", "serviable", "sincère". Pourquoi est-ce que je l'aime bien ? Nous n'avons jamais parlé.
— Rrré-pprénez ! dis-je, en imitant les méditations guidées de Dasgupta. Avec un esprit caaalme et tranquille.
Elle est restée de marbre.
Sereine.
— Est-ce que ton copain sait que tu es ici, Kristin ?

Elle n'a pas répondu.

Stoïque.

— Qu'est-ce qui était si drôle quand j'ai parlé de faire la fête?

Sa peau est pâle et solennelle.

— Que penses-tu de l'écart d'âge quand on est ensemble? Disons, tu te verrais avec un type aussi vieux que Harper? Est-ce que ça se fait beaucoup en Lettonie? Un homme plus âgé, ça peut être drôle. Ils ont plus de fric.

Rien.

— C'est une lettre de mon père. Il trouve que je déconne en restant ici. Que je fous ma vie en l'air. Il veut que je rentre à la maison. Il dit qu'il m'aime. J'ai rigolé. Tu t'imagines?

Rien. Le Noble Silence.

— Au fait, je meurs d'envie d'un massage des pieds. Tu veux essayer? Je t'en fais un et tu m'en fais un?

Elle savait que je la provoquais. Il est interdit de se toucher au Centre Dasgupta. Je me suis demandé si elle allait me dénoncer. Non. Meredith, peut-être, mais Kristin est différente. Elle était allongée parfaitement immobile, sur le dos, les mains le long du corps, paumes vers le haut.

— Soyez *trrrès* vigilants. J'ai recommencé mon imitation de Dasgupta, en poussant un profond soupir. *Trrrès* conscients. *Trrrès* conscients.

Le coin de sa bouche s'est légèrement relevé.

— Alllertes et att-ttentifs. L'esprit égggal et plein d'éqqquanimité. J'ai essayé de refaire la voix indienne profonde. L'esprit plein d'éqqquanimité, l'esprit plein d'éqqquanimité, l'esprit plein d'éqqquanimité.

Ses paupières ont frémi. Elle souriait.

— Si vous sentez un libre flux de sensations subtiles, laissez votre esprit passer librement sur tout votre corps. Si vous trouvez une zone douloureuse, prenez-en note objectivement. Douleur. Douleur. Pas *ma* douleur. Si vous sentez la petite souris qui remonte tout doucement sur votre couverture vers votre menton, prenez-en note objectivement. Souris. Souris. Pas ma…

— Non! Kristin s'est assise droite comme un *i*. Les lattes ont grincé. Où ça?

En riant, j'ai ramassé mon linge sale, je l'ai bénie et j'ai filé.

FERME RÉSOLUTION

J'adore la façon dont le coton mouillé colle aux doigts. J'étais à côté d'une des méditantes. Une Chinoise. Nous frottions notre linge dans des bacs contigus. Cinq slips. J'aime les regarder changer de couleur quand on les plonge dans l'eau. L'humidité les rend sombres mais aussi transparents. J'aperçois le rose de mes doigts à travers le tissu. La Chinoise soupire en essorant son jean. Parfois les méditants m'agacent. Ils sont si fiers de leur grande expérience Dasgupta, de leurs vœux et de leurs visions. Parfois j'adore être parmi eux. Leur silence pesant a l'attirance d'un aimant. Il colle à la peau, comme le coton mouillé. Plus vous ne parlez pas à l'inconnue à côté de vous, plus vous vous sentez proche d'elle.

Jamais je ne dérangerais un méditant comme j'ai asticoté Kristin.

Je frotte les entrejambes. Bleu, rouge, vert, blanc, noir. Cinq, plus celui que je porte. Le coton s'étire et plisse. Les taches pâlissent mais ne s'en vont pas. Des trucs sortis de mon corps. De moi. Je n'avais jamais rien lavé à la main avant de venir au Centre Dasgupta. À la maison, tout ce qui était sale disparaissait à l'instant même où on le balançait sur la moquette. Maman adorait trimer, puis se plaignait que nous étions trop gâtées. Je n'avais jamais non plus découpé une carotte en rondelles. En tournée, je portais les mêmes fringues pendant des jours et des jours. Zoë adorait qu'on se les échange. J'aimais bien son odeur noire. "Espèce de petite bête grivoise." Jonathan rigolait. Sur une toile, il me peignait de sorte que les gens puissent le *sentir*, disait-il. Ils regardaient le tableau et sentaient que je mouillais. Carl voulait prendre sa douche avec moi. Carl adorait les longues douches

61

bien chaudes. Pour Carl, la qualité d'un hôtel, c'était la qualité de la douche : combien de temps on pouvait rester dessous à se savonner l'un l'autre. Carl était toujours propre. Maintenant je frotte fort. Je frotte pour chasser la sueur du coton. N'essaie même pas de chasser la lettre en frottant. *Parce que nous t'aimons. Sourde à la raison.*

Qu'entendait-il par : *toutes les histoires de meurtres*?

Les bénévoles de la cuisine frappent le gong pour annoncer les repas et les animateurs le frappent pour annoncer les méditations. Ils ont leurs registres et leurs cahiers. Ils ont des stylos-bille. Ils sont disponibles si quelqu'un a une question urgente. Ils ne proposeront pas de réponse. Ils vous renvoient à l'enseignant, à Harper ou Mi Nu Wai. Si les gens sèchent la méditation, les animateurs vont faire un tour dans leur chambre. Ils les surprennent en train de parler. Ils cherchent des traces de pas le long de la clôture en bas du terrain de détente.

On ne m'a jamais demandé d'être animatrice. Certaines personnes y sont invitées dès qu'elles deviennent bénévoles. Ils doivent savoir que je ne suis pas faite pour ça. Je trouverais drôle que des participants filent en douce boire une bière. Il est parfois difficile de concilier l'idée que l'on n'a pas de soi avec le fait qu'ils savent toujours quelle personne convient pour quelle tâche. Vous êtes qui vous êtes, même quand vous n'êtes personne. Ça, c'est *anatta*.

Une autre question que je me pose, c'est de quelle façon ils décident quel méditant occupera quelle place. Ils ont un plan de tous les coussins. Rangées A B C D, puis les numéros le long de chaque rang. Comme les hôtesses dans une soirée chic, ils conduisent chaque méditant à leur place. Ça, c'est le premier soir. Ce n'est pas par ordre alphabétique, mais c'est noté, et quand un coussin est vide, ils savent à qui appartient le cul qui n'est pas dessus, ils savent dans quelle chambre dort cette personne, et ils savent où la trouver. J'avais presque rejoint ma place, en retard comme toujours, quand je me suis rendu compte que j'étais à côté de Marcia, la grande Australienne. Ils avaient déplacé Meredith, qu'ils avaient mise sur le coussin vide à droite, et installé Marcia entre nous deux. Quand je me suis assise, ça sentait le pet.

L'esprit plein d'équanimité. L'esprit tranquille.

De quatorze heures trente à quinze heures trente c'est la séance de Ferme Résolution. "Ce n'est pas du masochisme, assure Dasgupta, on tire d'énormes avantages à rester parfaitement immobile une heure durant. Cette détermination se dit *adhitthāna* en pali, ferme résolution."

Marcia n'arrivait pas à décider si elle allait croiser sa jambe droite sur la gauche ou la gauche sur la droite. Elle a des grosses cuisses. Elle portait un pantalon en nylon qui faisait du bruit. Elle a soulevé son derrière et retiré l'un des trois coussins en mousse. Puis l'a remis. Le pet est un pet de riz aux haricots. Je ne dois pas fixer mon esprit sur une source d'irritation. Je ne dois pas critiquer. Kristin en rira-t-elle, au lit, ou restera-t-elle allongée en silence sur ses lattes de bois ? Je devrais être ainsi : silencieuse, concentrée, dénuée d'esprit critique. Meredith pouffera. Mais c'est Kristin que je veux faire rire. Quand elle rira, je la bénirai. Sans aucun effort. Elle rira et la bénédiction montera de mes tripes, de mon cœur.

"Rrré-pprénez", psalmodie Dasgupta. C'est le CD du troisième jour, quatorze heures trente. Le dernier jour d'*anapana*. "Concentrez-vous sur votre souffle qui passe par vos narines et sur votre lèvre supérieure. Ne cherchez pas à le changer ni à le transformer. Concentrez-vous sur le souffle, *tel qu'il est. Tel qu'il est.* S'il est doux, il est doux. S'il est violent, il est violent. L'inspir qui passe sur la lèvre. L'expir qui passe sur la lèvre."

Marcia souffle comme un bœuf. Elle pose ses mains sur ses genoux, puis les remet sur ses cuisses, et de nouveau sur ses genoux. Elle n'arrive pas à savoir si elle veut sa couverture sur les épaules ou autour de la taille. Pourquoi est-elle si nulle ?

"Les yeux toujours fermés, restez trrrès vigilants, trrrès conscients, trrrès vigilants, trrrès conscients."

J'ouvre les yeux et regarde Mi Nu Wai. Elle est sculpturale. Non, une sculpture ne vibre pas. C'est une immobilité qui respire. Je l'observe. Des mots surgissent et crépitent dans ma tête : *Nous avons reconnu que tu étais amoureuse, et je dois avouer que c'était très beau de te voir ainsi.* Un père écrivait ces trucs-là à sa fille. Certainement pas *mon* père. Mon père n'a rien vu. Il avait peut-être vu la première fille, peut-être la deuxième, mais pas la troisième, pas Beth. Papa ne se rendait compte de rien quand j'étais amoureuse, ni quand c'était fini. "Carl me dit tous les jours qu'il m'aime, avais-je raconté à Jonathan. Et deux ou trois autres types aussi, d'ailleurs." C'était vrai. Il y avait un vieux prof de guitare à Swiss Cottage. Jonathan avait souri. "Mais je ne crois pas à l'amour", avais-je repris. C'était ce qu'il voulait entendre. "C'est quoi l'amour? Un mot? Un son? Comment une fille qui joue dans un groupe, qui fait en même temps une carrière en solo et passe sa vie en studio, comment est-il possible que ce genre de fille n'ait pas d'autres hommes? J'aime les hommes. Voilà ce que j'aime."

Mi Nu est tellement immobile sur l'estrade. Il y a une vraie lumière qui émane de ses joues et de son front. Elle est éclairée par son immobilité. *Comme si tous les projecteurs avaient été réglés à fond et dirigés sur ton visage radieux.* Que cette lettre te fasse mal devrait être un avertissement. Je sens les mots dans mes chevilles. Tiens-toi à l'écart de cet homme. Reste au Centre Dasgupta. Enveloppe-toi dans l'esprit du Centre. *Tu es venu ici pour éviter de te tuer.* Alors soyez *ici*, monsieur l'Auteur de journal intime, merde alors! Soyez ici dans cette immobilité et laissez faire. Cessez d'écrire vos histoires tristes. Laissez Susie tranquille. Laissez votre femme tranquille. Concentrez-vous sur votre putain de méditation. Je suis sûre que Mi Nu a une histoire derrière elle, mais qui s'est depuis longtemps dissoute dans le silence. C'est un vieux magazine, lu et oublié. Ce qui est oublié ne peut faire souffrir, n'a aucun pouvoir. Pourtant, j'ai besoin de savoir. Je veux savoir. Pourquoi? *Quand l'homme est plus âgé, l'écart n'est pas le même que lorsque c'est la femme qui est plus âgée.*

Qu'est-ce qu'il veut dire par là? "Je suis assez vieux pour être ton père, avait prétendu Jonathan. Mmm, l'inceste." J'avais ri.

Mon père était absolument obsédé par l'argent et la sécurité, cela ne faisait pas de doute, et il n'aurait jamais refusé de l'admettre. Janet doit étudier la comptabilité, Helen le marketing, Elisabeth le stylisme. Chacun des Marriot doit prendre sa place chez Marriot SA. Ou plutôt chacune. Et défendre la maison Marriot contre le percepteur, promouvoir la marque Marriot, créer les motifs des textiles Marriot. Votre vie, une opération commerciale dans la tête de papa. Le rôle de maman : faire les courses, la cuisine, le ménage, dépenser de l'argent. La maison doit être assez belle pour que tout le travail de papa ait valu le coup. Sans trop de frais. "C'est vrai que ton père est un tyran, Beth. Mais il est parti de rien, ne l'oublie pas."

Nous sommes tous partis de rien, maman.

La vérité, c'est que papa voulait un fils. Il nous aurait laissées tranquilles s'il avait eu un fils.

Marcia décroise et recroise les jambes. Elle soupire et renifle. Il s'est mis à pleuvoir. Des gouttes tambourinent sur le toit de la salle de Metta. Dans quelques minutes, il va fuir. On entendra le bruit de l'eau qui coule goutte à goutte.

Médite dans le calme. L'effort juste.

Un corps calme *est* un esprit calme. La concentration juste.

Le calme *est* la conscience *est* l'équanimité. La compréhension juste.

Quelle était donc la magnifique occasion de Susie? Un grand studio d'enregistrement lui avait signé un contrat? On lui avait proposé de se produire au Coliseum? Vas-y, Susie! Ton père a raison. Fous-en-leur plein la vue! Ou lui avait-on simplement promis une bonne place à la fac? Une chance d'aller à Cambridge avec Meredith? Alors rien à foutre. Préfère ton mec, ma fille. Tu es amoureuse d'un homme qui est amoureux de toi. Ça n'arrive pas tous les jours! Vas-y. Fonce. Carl m'aimait, il m'aimait vraiment. En affirmant à Jonathan que l'amour n'existait pas, j'avais découvert ce que c'était. *Je donnerais n'importe quoi*, avait écrit mon auteur de journal intime. Qui donc n'a pas pris le volant bourré, un jour ou l'autre? Qui donc n'a pas risqué de tuer et d'être tué? Merde alors.

"Ne cherchez jamais à contrôler votre respiration. Si le souffle passe par la narine gauche, va pour la narine gauche. S'il passe par la narine droite, va pour la narine droite. Contentez-vous d'observer. Contentez-vous d'observer."

Entre de longues pauses, la voix de Dasgupta rompt le silence.

"Les choses sont telles qu'elles sont, *telles qu'elles sont*, pas comme vous aimeriez qu'elles soient. Le souffle, tel qu'il est. *Tel qu'il est.*"

Je ne peux pas rester immobile si je réfléchis. Je me contracte. Plus je me refuse à penser, plus je me contracte. Je pense que je me contracte. J'ai mal partout et des crampes, parce que je réfléchis.

Les pensées sont dans mes chevilles à présent, elles sont remontées et se sont faufilées dans mes cuisses, des pensées mauvaises, qui m'agrippent par les épaules, pressent leurs pouces dans mon cou. Les pensées sont douleur, douleur, douleur. Je pense que je pense que je me contracte. Je commence à tout *entendre*. Quand ça renifle, ça remue les pieds, ça toussote. Marcia qui passe d'une grosse cuisse sur l'autre dans son pantalon en nylon. Ouf pffffiou, ouf pffffiou. La pluie qui martèle. Un type qui bâille à l'autre bout de la salle. Drôlement fort. Encore. Si fort que c'en est même comique. Et *encore*! Il le fait exprès. Je coule un regard vers la gauche. Ouaip, l'animateur côté hommes file le long de l'allée. Il va le prévenir.

Je ne peux pas continuer. La douleur dans mes chevilles a empiré. Les pensées dans mes chevilles. Des pensées mauvaises. Jonathan. La douleur est une porte. Fermée à clé, aujourd'hui. La douleur est une porte fermée à clé, une porte verrouillée. On ne peut pas la franchir. Son accès est interdit. Et il y a l'eau qui coule. Elle tombe du toit et fait *ploc* sur le tapis, derrière moi, à ma droite. À deux ou trois mètres derrière. Je ne change *jamais* de posture en Ferme Résolution. Jamais. Les bénévoles devraient donner l'exemple. Les anciens étudiants devraient être capables de rester assis une heure sans bouger.

Ploc.

La douleur soude mes mollets l'un à l'autre. Des pensées douloureuses. Je n'arrive pas à me détendre. Je ne fais plus qu'un avec l'auteur de journal intime. Retour au premier jour, en fait. *Sankhara. Sankhara.* Les actes inexperts du passé remontent à la surface sous forme de douleur lorsqu'on médite. Comment peut-on croire à de telles conneries? Mais ils remontent. C'est vrai. Je sens que c'est vrai. Des paroles fantômes reviennent. La douleur, c'est du pus sorti de vieilles infections, de vieilles trahisons. J'étais tellement experte en actes inexperts, tellement douée pour attiser les rivalités entre les mecs, les parents, les producteurs. Maintenant leurs paroles reviennent. Des paroles cruelles. Des paroles aimables. Les paroles aimables sont les plus cruelles. Sois heureuse, Beth, sois en paix, sois libérée, li-bé-rée, libérée. Tu vis dans le présent maintenant, Beth. Pas le passé. Le présent où il n'y a pas de conflit. Ici dans la salle de Metta il n'y a pas de décisions.

Tous les souvenirs, tous les projets, sont immatériels. Ton auteur de journal intime est immatériel. Sa fille immatérielle. Jonathan immatériel. Carl immatériel. Papa immatériel. Beth immatérielle. Immatérielle la nuit sur la plage, la nuit sur la plage. Philippe. Hervé. Les cris. Les rouleaux.

Malgré toutes les histoires de meurtres ? Putain !

Sur ma gauche Kristin est aussi silencieuse qu'une tombe. Elle n'est ni heureuse ni calme, elle est silencieuse. Comment le sais-je ? Comment sais-je qu'elle a des problèmes, elle aussi ? Je le sais. Elle a des problèmes mais elle les résout, par la méditation. Elle a le dos courbé. Sa tête penche légèrement de côté. Meredith est droite et placide. Meredith est une élève brillante dans une institution pour jeunes filles de bonne famille. Elle a le dos tellement droit. Elle tient un livre en équilibre sur sa tête. Sans effort. Elle parle bien. Meredith apprend sa leçon car ses parents ont payé, même si l'on ne paie rien quand on vient au Centre Dasgupta. Le Centre ne coûte rien sinon l'abandon total. Mme Harper est devant moi, son grand dos carré respire paisiblement. Livia est à sa droite, puis Stéphanie, puis Ines. Toutes baignent dans le rayonnement de Mi Nu. Seules Marcia et moi sommes en dehors. Je déteste Marcia. Je la connais à peine. Marcia est une grosse merde.

Bénis-la. Bénédictions les jours impairs. Résiste aux aversions les jours pairs.

La lune est incroyablement loin. La lune brillait-elle cette nuit-là sur la plage ? Emporte tous ses journaux intimes et fous-les en l'air. Rends-lui ce service. Prends sa vie et balance-la. Fais-le ! Va dans sa chambre, ramasse ses cahiers, flanque-les à la poubelle. Mieux vaut oublier. Concentre-toi sur ta respiration, Beth. Le souffle jouant autour de tes narines. Vous croyez que vos pensées sont tellement intéressantes, dites, monsieur l'Auteur de journal intime ? C'est la vérité. Peu importe si elles vous font mal. Vos pensées vous rendent intéressant. Oh, j'ai des pensées si compliquées. Oh, je suis un être si *intéressant*. Il s'adore quand il écrit cette lettre, quand il écrit son journal intime. Oh, la pauvre âme torturée. Je suis un homme tellement fascinant. Moi et ma souffrance. Je suis si tendre envers ma fille. Oh, c'est des conneries ! Fous-moi un coup de douchette sur ces restes. Excusez-moi, professeur Tony, pourriez-vous racler ces journaux intimes ? Ce premier jus poisseux. Pour que je puisse flanquer ça au lave-vaisselle. Un prof de linguistique peut-être ? Cette espèce de bouillie pour les chats… Ou alors de littérature. Concentre-toi sur ta respiration, Beth. Ta respiration est plus intéressante que ce journal intime. La nature de ton souffle à l'instant même est un sujet de la plus haute importance pour toi. De la plus haute importance.

Je donnerais mon bras droit pour être amoureux comme elle…
Non !

J'ai décroisé les jambes et me suis mise debout avec peine. J'avais les chevilles engourdies. Je ne les sentais plus. Je suis passée en titubant entre les coussins pour gagner la sortie.

Mme Harper s'était levée, elle me suivait.

J'ai enfilé mes chaussures tant bien que mal et je suis sortie sous la pluie.

— Elisabeth ! Tu n'es pas supposée quitter la salle pendant la séance de Ferme Résolution. Tu le sais. Tu es une bénévole.

J'ai fait la grimace.

— J'ai des gaz, madame Harper. Je ne voulais pas déranger.

LÉGUMES

On ne tue pas au Centre Dasgupta, mais on n'arrête pas de couper, râper, hacher, ciseler, détailler en cubes et en rondelles. Une fois de plus, nous préparons les légumes. C'est une sorte de punition, aux yeux de Paul. Paul est encore un de ces mecs du Dhamma insipide et asexué, le genre qui respecte toujours les règles. Sans réfléchir. Il ne réfléchit pas. Il a une coupe de cheveux de coiffeur, avec la raie au milieu, et il porte des chemises bleu clair et des pulls gris. Harper porte un pull gris, lui aussi. Ils se sont abandonnés à cent pour cent. Kristin respecte les règles, mais Kristin pense et souffre. Kristin cherche à mûrir. Oh, mais c'est de la folie de se mettre à aimer et détester des gens que l'on ne va voir que pendant dix jours, surtout lorsque le propos même du Centre Dasgupta c'est qu'il est dingue de s'attacher puisque dans l'existence tout ne surgit que pour disparaître.

À la réunion de quinze heures, Kristin a été la seule à ne pas se porter volontaire pour quoi que ce soit. Nous rapportons des chaises prises dans les salles des bénévoles des deux sexes et nous nous asseyons en demi-cercle autour du Tableau des Tâches, à côté du petit frigo. Demain, c'est ragoût de haricots noirs et biscuit sablé aux figues. Quatrième jour. Le jour de la *vipassana*. Ines s'est portée volontaire pour être grand chef de cuisine. Encore. Ines se porte volontaire pour tout. Elle s'est accordé le titre de Miss Bénévole du Dhamma 2010. Maillot de bain non exigé. Paul a désigné Marcia pour travailler avec elle. "Le ragoût de haricots est une bombe", lui ai-je signalé. Meredith a eu un petit sourire. Hier, j'ai découvert qu'elle fréquente le Centre depuis qu'elle a treize ans. Sa mère l'emmenait aux cours pour enfants. C'est maintenant une famille loin de sa famille. "J'ai toujours médité", reconnaît-elle, et elle se met à glousser.

Kristin ne parle jamais à Meredith.

Je me suis proposée pour assurer les Demandes Particulières. Paul les a lues à haute voix. Un œuf mayo. Un bol de compote et un yaourt. Une assiette de pain grillé margarine.

— Et un bœuf mayo! ai-je lancé.

Rob a souri. Et Tony. Mais Paul n'a pas pigé. Puis il a vu Meredith faire mine de vomir.

— *Œuf* mayo, Elisabeth, j'ai dit *œuf mayo*.

— On est mâle côté bœuf, Beth, a dit Rob.

— Pardon, Paul, j'ai fait une boulette.

— Qui avale un œuf avale un bœuf.

C'était Tony, qui a éclaté de rire.

Paul déteste ces blagues. Il m'a affectée aux légumes et à la salade en guise de punition. Il ne sait pas que j'adore la découpe. J'adore entrer à l'intérieur des choses, tout droit dans le cœur crissant d'une laitue ou la chair rouge sang d'une grosse tomate crue. J'aime l'étrange contact caoutchouteux des brocolis lorsqu'on en détache les bouquets. J'adore poser la grande casserole par terre entre mes pieds et y aller de tout mon poids pour enfoncer le presse-purée dans les patates bouillies et le lait. Maman serait ébahie. "Tu n'as jamais levé le petit doigt à la maison, Elisabeth." Mais en vérité elle aimait faire tout elle-même. Sinon comment aurait-elle pu se sentir exploitée? Au Centre Dasgupta, j'ai appris à aimer la manière dont une carotte plie un peu avant de casser net. J'aime prendre le gros couperet et le flanquer sur la tête craquante d'un chou. Les deux moitiés vertes se séparent et l'on aperçoit les couches gaufrées blanchir jusqu'au cœur. C'est si simple *et* mystérieux. Je n'ai jamais de mal à bénir un chou.

Aujourd'hui nous avons du céleri, des rutabagas, des navets, des pommes de terre, des carottes, du chou-fleur, des oignons. Il y a des couteaux à éplucher, des couperets, des éviers, des planches et des cuvettes. Les rutabagas sont vraiment petits, rayés de noir et de vert-jaune lumineux. Ce sont peut-être des courges, ou des potirons. Je n'en sais trop rien. Ils miroitent, posés sur le plan de travail sous l'éclairage au néon. Mais c'est frustrant de les peler. Il y a davantage de peau que de chair. Lorsqu'on creuse pour retirer les graines et la substance visqueuse, elles s'accrochent par des filaments collants. On gratte, on gratte, et ça ne s'en va pas.

"Insérez le disque à découper en dés dans le robot de cuisine R302."

En lisant le livre de recettes, j'entends la voix de Vikram. Il donne des explications à un imbécile avec des formules à l'épreuve des imbéciles.

— Mais lequel est le disque à découper en dés ? demande Meredith, qui les décroche tous du mur pour jeter un coup d'œil aux lames et aux perforations.

— Il y a des étiquettes sous les crochets, ma belle.

Maintenant elle ne sait plus où vont les disques qu'elle a pris.

Nous en mettons un bon coup pendant une heure sur le long plan de travail aux trois éviers. Ça monte sous la râpe. Le céleri est dégoûtant lorsqu'on le plonge dans l'eau, la peau est ratatinée et grisâtre. J'utilise le couteau le plus long pour le couper. Dedans on dirait du marbre blanc marqué de brunes et sinueuses imperfections, puis une fois découpé en cubes il est crémeux et poisseux. L'orange des carottes jure avec celui des rutabagas. Le hachoir cliquette. Parfois, il s'enraye.

— *Parsneep, turneep, pumpkeen.*

Stéphanie répète les noms des légumes.

Il y a toujours des bénévoles venus de l'étranger, au Centre. Qui le considèrent comme une sorte d'école de langues, ce qui est comique pour un lieu qui fait si grand cas du silence.

Meredith s'est remise à glousser. Elle a découvert que l'appartement parisien de ses parents n'est qu'à un pâté de maisons de chez Stéphanie.

— Une Cairote – j'en tire une du sac – ça se bécote.

Stéphanie a pris son air perplexe. Comme celui de Ralph, les taches de rousseur en plus. Elle étudie l'acupuncture je ne sais trop où.

Je demande à Meredith :

— Quel genre de légume est Paul ?

Ses cheveux s'échappent de son calot. Elle refuse de se servir d'autre chose que d'un petit épluche-légumes, de peur de se couper encore une fois.

— Euh, pas une carotte.

Nos carottes ont l'air d'être restées mille ans dans la terre. Elles sont noueuses et ratatinées.

— Pas un concombre, affirme Stéphanie.

La voix de Meredith est aiguë et celle de Stéphanie est grave. Le contraire de ce que l'on imaginerait quand on les voit.

— Ni un poireau, ai-je reconnu.

— Ralph est une carotte, proclame Meredith.

— Peut-être. La variété bien lisse des salades composées. Rose et guillerette. Et Tony est un vieux navet.

J'ai déjà joué à ce jeu. Le hachoir mugit. Les épluchures s'amoncellent. Les pensées sont des épluchures, peut-être. Que l'on gratte de la surface de l'esprit et fiche en l'air. Pensez à toutes les pensées de votre vie. Vous êtes le fruit en dessous. Vous épluchez, vous épluchez, chaque instant est une pensée qui a été pelée, et vous ne touchez jamais le but. Pas de soi, rien que des pensées qui s'épluchent.

Est-ce là le sens d'*anatta*?

— Simplifions les choses : entre un poireau et un chou, Paul serait?

— Un chou! lance Stéphanie.

— À moi, crie Meredith. Entre un brocoli et un oignon, Mme Harper serait?

— Mme Harper est une aubergine. C'est évident. Pardon, *deux* aubergines.

J'ai fait mine de les tenir juste au-dessus de mon ventre. Meredith a éclaté de rire.

— Et Mi Nu est une asperge. Celles qui sont tellement blanches qu'on voit presque à travers.

— Qui font que ton pipi empeste.

Nous sommes toutes en train de rire bêtement quand Mme Harper demande :

— Est-ce là la Parole Juste, les filles?

Elle est derrière nous, et sourit tristement. J'espère qu'elle n'a pas entendu mon histoire d'aubergines. Meredith s'excuse d'une voix snob.

— *Sorree*, dit Stéphanie, avec son accent français.

Tout bien réfléchi, j'espère qu'elle m'a entendue.

Mme Harper énonce :

— L'homme sage ne parle pas à moins que ses paroles ne soient utiles. Son discours est plein de sollicitude.

Elle le dit pour moi, pas pour les autres. Elle se fout pas mal des autres.

Je reste penchée sur le céleri.

— Madame Harper, nous ne sommes pourtant pas des hommes, dites-moi ? Nous sommes des filles.

Elle m'observe.

— Mais tu veux être sage, me semble-t-il, Elisabeth.

— Peut-on en décider soi-même ?

— Tu as déjà décidé, Elisabeth. Tu le sais bien. Elle sourit. En fait, je suis venue te proposer d'emmener Marcia à la Causerie des Bénévoles, à dix-huit heures. En supposant que ton petit problème soit réglé.

De quoi parle-t-elle donc ?

— Le problème qui t'a forcée à quitter la séance de Ferme Résolution en quatrième vitesse.

Elle a toujours ce grand sourire.

— Ah, oui.

J'attaque les oignons. Dix gros oignons. Je retire la peau brune et craquante. J'attends que mes yeux larmoient. Un oignon, c'est loin d'être un produit qui va directement du sac en plastique dans la casserole. Un oignon, ça passe à l'attaque. Vous le coupez, mais vous le payez cher. Jonathan était un oignon. Glissant à l'intérieur, pourvu de tant de couches superposées. Je n'ai jamais atteint le cœur. Carl était une pomme de terre au four. Arrosée de beurre fondu. Maintenant je souris à travers des larmes d'oignon. Quoi qu'aient pu être papa et maman, la date de péremption est largement dépassée.

Une fois Mme Harper partie pour de bon, Stéphanie murmure :

— Et toi, Beth ?

— Moi quoi ?

— Tu es quoi comme légume ?

J'ai éclaté de rire.

— Je suis une betterave, voyons.

Tu colores tout en rouge, Beth, disait Jonathan. Je t'assure. Tu colores le monde entier en rouge.

NOBLES VÉRITÉS

La situation a atteint le seuil critique. Pourquoi? Réellement? Je suis dans un tel état d'excitation. Sur les nerfs. *Je suis coincé dans quelque chose. Pas une cage. Un processus.* Les mots de mon auteur de journal intime. Minuit, une heure, deux heures, trois heures. Le quatrième jour, maintenant. Dans la salle des filles bénévoles, la cuisine, le réfectoire. Dans la salle des mecs bénévoles. Pourquoi pas? À la recherche de papier. Les hommes ont une boîte de biscuits au chocolat. Comment est-elle arrivée là? J'écris au dos des formulaires d'admission des bénévoles. Des feuilles de service. Du règlement d'hygiène de la cuisine. *Les restes peuvent être réchauffés une fois, mais une fois seulement.* C'est bien mon avis. Et je bois du rooibos. J'ai horreur du rooibos. J'adore les biscuits au chocolat. Mmm. Jamais ils ne soupçonneront une des filles. Je me souviens de Zoë disant cela : "Personne ne soupçonnera que c'est une fille, Beth." Jonathan m'avait mordue dans le cou. J'avais raconté à Carl que c'était Zoë. "Tu sais qu'elle est complètement *cinglée*. Elle m'a attrapée, m'a embrassée et mordue." Jonathan n'arrivait pas à y croire. "Tu es un génie, Beth." Enfin, il n'arrivait pas à croire que *Carl* l'ait cru. "Tu ne connais pas Zoë", lui avais-je lancé. "Je le regrette bien", avait été sa réponse. Et j'aimerais pouvoir être libérée de ça, libérée de ça, libérée de ça. De cette saloperie qui s'accroche, de ces graines et de cette substance visqueuse impossibles à racler.

Le Bouddha a médité, médité, et encore médité jusqu'à ce qu'il découvre la Première Noble Vérité : la souffrance est universelle. Ah? Vraiment? Qu'a-t-elle donc de si noble? Maman souffrait, c'est sûr. On la traitait comme une merde. Du moins, selon elle. Papa souffrait, à sa manière. Je crois bien. Le monde n'était jamais tel qu'il le voulait. J'ai tout fait pour ça. Carl souffrait pour de vrai. Carl souffrait avec papa. Avec maman. *I just could not be what he wanted me to be…* j'adore Dylan! C'est drôle que Carl ait été tellement copain avec papa et maman. C'était leur seul ami commun, peut-être le seul sujet sur lequel ils étaient d'accord. Carl me sauverait. "Sers-toi un scotch, mon garçon. Prends un chocolat, fiston." Ils savaient que Carl laisserait tomber la musique le moment venu, c'est-à-dire le jour où il m'épouserait et où nous aurions un gamin, un chien, un chat, un canari, une maison. "Notre Elisabeth est une kamikaze, mon garçon. Force-la à ralentir avant qu'elle ne nous envoie tous dans le décor." Épouse Beth, fais un gamin, lâche la musique, gagne ta vie convenablement. Épouse la maison Marriot! Il y a du boulot pour tout le monde. Si seulement cette fofolle de Beth disait oui. Mais qu'est-ce qu'elle attend? Ce garçon est tellement charmant, *tellement* beau. Le fils que nous aurions dû avoir. Carl. Ça les rendait dingues de ne pas pouvoir m'y forcer. Épouse Carl, fais notre bonheur. Donne-nous un fils. Et ensuite un petit-fils. Ce qu'ils ont pu souffrir! *Dukkha.* Plus la solution était évidente, plus ça les rendait dingues que je ne la choisisse pas. Et Jonathan, souffrait-il? Je ne crois pas. J'ai fait tout ce que j'ai pu, mais je n'ai pas réussi à égratigner Jonathan. Pas vu une seule goutte de sang. Qu'attend-on d'un oignon?

Le Bouddha a médité, médité et encore médité jusqu'à ce qu'il découvre la Deuxième Noble Vérité: l'origine de la souffrance. Retour à la vidéo du deuxième jour. Vers la fin. "L'origine de la souffrance, mes amis, c'est notre désir effréné. Nous avons toujours un désir effréné d'une chose ou d'une autre. Non? Notre faim, notre soif. Notre matérialisme. Ou l'opposé: nous avons le désir effréné d'être libéré de ceci, libéré de cela. De l'aversion. Nous détestons cette tâche. Nous détestons ce mal de tête."

Est-ce vrai?

Mon auteur de journal intime se déchaînait contre cette vidéo: *Je n'ai aucun désir effréné si ce n'est qu'on me fiche la paix.* Quelque chose dans ce genre-là. *Rien, si ce n'est ne pas être moi, rien, si ce n'est que L se volatilise.*

La liste est déjà longue, si vous voulez mon avis.

J'éprouvais un désir effréné pour un homme sans être payée de retour. Le désir effréné de réussite, j'arrivais à gérer. Pocus aurait connu le succès, avec le temps. Mais oui, mais oui. Et je pouvais gérer le fait d'être l'objet d'un désir effréné sans éprouver la même chose. C'était flatteur. C'était drôle. Carl impressionnait tellement les copines. Il était si beau, si *amoureux*. De moi!

— Tu as une telle *chance*, soupirait Zoë. Mais qu'est-ce que tu as à coucher à droite et à gauche alors que tu as un mec pareil?

Parce que j'éprouvais un désir effréné pour Jonathan. Qui lui n'en éprouvait pas pour moi, ni pour rien ni pour personne.

— Alors tu me laisserais partir, Jonnie, si je te disais que j'ai trouvé quelqu'un d'autre?

— Oui, Beth.

— Comme ça?

— On peut faire autrement?

— Carl ne me laisserait jamais partir, jamais. Carl m'aime.

— Je sais, Beth. Carl est jeune.

Il fumait. Sans éprouver un désir effréné pour les cigarettes. C'était une de mes clopes, de celles que je roulais. Jonathan pouvait aussi bien s'en passer. Pareil pour les biscuits au chocolat. La bière, les joints. L'amour.

— Et si je te disais que je me suiciderais, Jonnie? Hein?

J'adorais prononcer son nom. J'avais bu à la flasque qu'il gardait dans la poche de son manteau.

— Ma mère a tenté de se suicider, tu sais.

Il a secoué la tête.

— Tu ne te battrais pas pour m'en empêcher?

— Je ferais tout pour t'en *dissuader*, Beth.

— Tu ne trouveras jamais quelqu'un comme moi.

— Je le sais bien.

— Jamais. Tu ne réussiras jamais à me remplacer.

— Je ne veux pas te remplacer, Beth.

Il souriait. Un peu tristement. Souffrait-il? Je crois qu'il prenait plaisir à sourire tristement. Se rendait-il compte à quel point il me faisait souffrir? Oui. Il s'en rendait compte. Absolument. Quel est donc le désir effréné qui me renvoie ainsi vers le journal intime de cet inconnu? *J'acquiesce à ma punition*, écrit-il. J'acquiesce?

J'aimais bien que Jonathan sache qu'il me faisait souffrir. C'est bizarre mais c'est vrai. Pourquoi refusait-il de se battre pour me garder? Pourquoi? Il tenait à moi. *Je suis coincé dans un processus.* C'est un truc qu'a écrit l'auteur du journal intime. Quel processus? J'écris les pensées de quelqu'un d'autre. Mais j'ai l'impression que ce sont les miennes. Les pensées sont des épluchures. Tu fouilles dans les épluchures de quelqu'un d'autre, Beth. Déchets. Restes. Tu vis dans une poubelle remplie de saloperies, d'un tas de conneries. Les tiennes ou celles de quelqu'un d'autre. Qu'est-ce que ça peut bien faire? La méditation, c'est passer tout ça au crible. Vieilles pensées, vieilles épluchures. Quand se décomposeront-elles? Dans six mois? Six ans? Six vies? Un jour Jonathan a fait ceci – d'accord, mais maintenant épluche-moi ça. Un autre jour Carl a dit cela – parfait, maintenant épluche ça, fiche ça en l'air. Ma mère a hurlé: "Je vais tuer ce salaud!" – à la poubelle. Papa a dit: "Ta mère est impossible, Elisabeth." Passe un coup d'aspirateur. Et le tri des déchets? Répartir la merde dans des conteneurs différents? Inutile. Elle se recycle toute seule. J'ai déjà dû foutre en l'air cette pensée un millier de fois. La peau repousse. Comme une croûte sur une égratignure. Alors épluche-la de nouveau. Fous-la en l'air *une fois de plus.* Si seulement nous ne nous étions jamais rencontrés – donne-la à bouffer aux chiens. Si seulement je ne m'étais pas saoulée ce soir-là – tue-la, enterre-la. Si nous n'avions pas rencontré les deux Français, si nous n'avions pas campé dans les dunes – stop, Beth, *stop!* En janvier – vire-moi ça! Né en janvier, un Verseau – j'ai dit: Vire-moi ça!

Mais ça y est. Cette pensée je l'ai virée, virée virée virée, je l'ai virée.

Putain!

Épluche jusqu'à ce qu'il n'y ait plus rien. Pense jusqu'à ce que tout soit pensé et disparaisse. Mais il n'y *a* rien. *Nibbana,* c'est ce qui reste quand on a épluché, quand on a découvert qu'il n'y a pas de soi sous toute cette pensée? *Nibbana* c'est *anatta,* alors? Pas de soi. Le néant.

Où as-tu posé les légumes, Beth?

J'ai tout épluché, Ines.

Mais je ne trouve rien, Beth. Il faut que je les mette à cuire. Je suis chef de cuisine aujourd'hui, tu sais. J'ai mes responsabilités.

Je crains qu'il n'y ait rien eu, Ines. Ce n'étaient que des épluchures.

Des montagnes d'épluchures, des années de doigts poisseux, et maintenant toutes ces conneries que j'ai écrites au fil de la nuit, tout ce papier sale à jeter à son tour. Pelure de papier. Gribouillis. Pourquoi est-ce que ça me colle aux doigts, pourquoi ça ne s'en va pas? Oh, allez. Barrez-vous!

Quel est donc le désir effréné qui vous pousse à revenir, revenir et revenir sans cesse au journal intime d'un type que *vous ne connaissez même pas*, d'un type qui se déteste, qui déteste sa femme. Là, rien d'original. Apparemment, il n'aime même pas sa petite amie. Le désir effréné de souffrir, de souffrir de nouveau, de souffrir les mêmes choses à travers quelqu'un d'autre. J'étais tellement vivante quand j'étais en train de mourir. Fantastique. Et maintenant que je suis morte, je voudrais être de nouveau en train de mourir. Je suis morte oui je l'ai virée, oui je l'ai virée je suis morte.

Oh, allez, continue, Beth. Vas-y, vas-y. Répète sans arrêt pour que les instants passent. Ce qu'ils feraient, de toute façon. Continue à écrire. Remplis les pages. Le stylo est un épluche-légumes qui épluche les pensées de ma tête. Jette les pages directement à la poubelle, recycle le papier. Pourquoi pas? Et puis écris-le encore. Et encore. Ce serait *exactement pareil*. Que veux-tu qu'il en sorte d'autre? Mes chansons étaient toutes pareilles à la fin. Elles avaient la même sonorité exprimaient la même chose signifiaient la même chose. Un Verseau. Pardon pardon pardon.

Si j'ai offensé quelqu'un pendant le service du Dhamma d'aujourd'hui, de tout mon cœur je demande son pardon, je demande son pardon. Si quelqu'un m'a offensé pendant le service du Dhamma d'aujourd'hui, de tout mon cœur je lui accorde mon pardon, je lui accorde mon pardon.

L'amour bienveillant.

Marcia a pété en plein milieu de la *metta* du soir des bénévoles. Il vaut mieux en rire.

Alors ris!

Pourquoi est-ce que tu ne ris pas, Beth?

Que tous les êtres visibles et invisibles dans ce centre d'étude du Dhamma soient libres de toute souffrance et de tout attachement. Que tous les êtres soient libérés, libérés, libbbérés.

J'adore ces mots : je demande son pardon, demande son pardon. De tout mon cœur, je lui accorde mon *pardon*, je lui accorde mon *pardon*.

Agenouillée en silence avec les autres, engloutie dans la douleur des genoux et des cuisses. J'adore la *metta*. Mais qu'est-ce que c'est que cette histoire d'êtres invisibles ? De quoi ont-*ils* besoin d'être libérés ? Imaginons que les pensées continuent après la mort. Dans l'invisibilité. Le fruit a disparu et les pensées produisent *encore* des épluchures. Personne, mais qui pense encore. Ou chez l'enfant à naître, la fausse couche. Encore à naître mais qui brasse des pensées.

À qui sont les visages que je vois ? Et les yeux qui regardent fixement quand mes yeux sont fermés ? Un visage se tourne vers moi. Une petite fille. Un jeune homme. Les yeux, des yeux que rien ne voile, ouverts. Incinère. L'esprit brûle, brûle mais ne s'éteint jamais.

Le Bouddha a médité, médité et encore médité jusqu'à ce qu'il découvre la Troisième Noble Vérité : la cessation de la souffrance. Bonne nouvelle. Vidéo du quatrième jour. "Le bouddhisme n'est pas une doctrine pessimiste, mes amis. On n'y trouve pas une once de pessimisme. Que dit le Bouddha ? Il dit que votre souffrance peut cesser. Votre souffrance peut cesser. Est-ce là du pessimisme ?"

Dasgupta en costume blanc dans son fauteuil. Il a un mouchoir plié en quatre pour s'éponger. Épaules étroites, forte corpulence. Le Rotary Club de Bombay dans les années soixante. Les mots de mon auteur de journal intime. La cessation de toute souffrance. Papa demande si Pocus accepterait de jouer au Rotary Club d'Ealing. Qui paiera cinq cents livres. Ça vaut mieux qu'un coup de pied dans les couilles. Moi saoule comme une vache. Une vraie tache. Une tache rebelle.

— Beth, voici Jonathan.

Papa me présente le célèbre peintre. Soi-disant célèbre. Il peignait le portrait de quelqu'un. D'un membre fondateur.

Beth, Jonathan. Jonathan, Beth.

Jonathan Beth Jonathan Beth Jonathan Beth Jonathan Beth. Dis-le des milliers de fois. Dis-le pendant des années et des années tandis que le monde tourne et que les étoiles filent.

Idylle. J'ai chanté : *Better Off On My Own*. L'acoustique était dégueulasse. Maman choquée. "Ta jupe, Elisabeth !" Carl a merveilleusement bien joué. Quel merveilleux guitariste, ce Carl !

"Il y a un peintre célèbre dans le public ce soir, lui ai-je signalé, il a dit qu'il voulait me peindre."

Épluche ça, et poubelle. *Nibbana*. Cessation de toute création mentale. Tous vos vieux *sankhara* détruits par le feu. Épluchure épluchée et disparue. Fruit du néant enfin. Fruit de la passion. Fruit de rien. *Je n'arrive pas à croire à ces conneries de chiffres*, a écrit mon auteur de journal intime. *Trois refuges, quatre nobles vérités, cinq préceptes, sept stades de purification, noble chemin octuple menant à l'Éveil, dix perfections, et compter compter compter, tout ça pour arriver à zéro, à rien.*

Félicité.

DĀNA

À dix-sept heures, j'ai emmené Marcia aux cellules pour écouter le CD du service du Dhamma. Aucune n'était libre. Quel soulagement. Je n'avais pas la moindre envie de rester avec elle pendant une heure ou plus. Elle est avocate, m'a-t-elle dit. Je n'avais rien demandé. Spécialisée dans les affaires d'enfants victimes d'abus sexuels, ce qui demande "expérience et sensibilité". Les gens sont tellement fiers de leur vie, de leur boulot, des mots qu'ils emploient.

— On ne doit pas parler là où des méditants risquent de nous croiser, lui ai-je signalé. Il ne faut même pas qu'ils nous voient parler.

En silence, nous sommes parties vers le bungalow de notre enseignante pour rendre le CD.

Ce n'était que la deuxième ou la troisième fois que j'allais au bungalow. Je ne me propose jamais pour apporter son plateau-repas au professeur. Pourquoi? Plutôt récurer les toilettes ou passer la serpillière. Mi Nu habite le bungalow. Toute sa vie se partage entre ce bungalow et la salle de Metta. Autrement dit, trente mètres. Peut-être cinquante. Lui arrive-t-il de sortir du campus? Tous les jours, j'ai l'intention d'aller voir Mi Nu et de lui poser une question, pendant le temps d'entretien qui suit le déjeuner, ou le soir, à genoux devant les autres. Je ne lui ai jamais parlé. A-t-elle remarqué que je ne me propose jamais pour apporter ou revenir chercher son plateau? J'espère que oui. J'attends le jour où je serai prête à lui poser ma question. Quelle question? Je ne sais pas. C'est la question que Mme Harper voudrait que je *lui* pose, mais qui n'aura de sens que parce que je la poserai à Mi Nu Wai. Mi Nu Wai. Je ne sais pas quelle est cette question, mais elle viendra. Elle viendra bientôt, maintenant. Oh, mais pourquoi suis-je si mystérieuse ? N'est-ce pas ridicule ?

— De nombreux enfants victimes d'abus sexuels sont particulièrement attirés par le parent qui a représenté le plus grand danger pour eux, expliquait Marcia.

Après que je lui avais dit de ne pas parler. Je pourrais peut-être demander à Mi Nu pourquoi j'ai une telle antipathie pour Marcia. Mi Nu Aïe ! L'Australienne avait encore son survêtement en nylon brillant sur son gros derrière. Je déteste les gens gros. Je déteste les gens qui se tiennent mal. Je suis tellement critique. Au moins, l'institution de jeunes filles avait-elle enseigné à Meredith à se tenir droite.

Un treillis de roses entourait la porte du bungalow, quelques fleurs fatiguées parmi les feuilles mouillées. Très pittoresque. Nous frappions à une porte dans un tableau champêtre. Toc toc toc. Je m'attendais à voir Livia, peut-être, mais Mi Nu est venue ouvrir. Elle portait un ample pantalon et un haut crème, sa queue de cheval noire ramenée en avant pendait sur un de ses seins. Sauf qu'elle n'a pas de seins. Ses pieds nus sont minuscules.

— Mme Harper nous a demandé de rapporter le CD du service du Dhamma.

Elle m'a regardée, puis a regardé Marcia. J'ai caché mes dents.

— Les cellules sont toutes occupées par des étudiants qui suivent les séances guidées, a expliqué Marcia. Dans différentes traductions.

Son accent australien était comme une odeur.

— Vous n'avez pas pu l'écouter ?

— Non. Je pense que nous allons simplement suivre la séance de méditation.

Un vague sourire a relevé la bouche de Mi Nu aux commissures.

— Mais non, je vous en prie, entrez.

Si Mi Nu avait demandé si nous voulions entrer, j'aurais trouvé une excuse. C'était trop tôt. Nous nous sommes déchaussées. Au bout du couloir, en face de nous s'offrait au regard une grande pièce aux couleurs sombres et tropicales, à l'étrange fraîcheur parfumée. L'endroit paraissait différent. Le bungalow était peut-être plus grand que je ne l'avais cru. En avais-je déjà fait le tour ? Mais Mi Nu a poussé une porte à droite.

— Asseyez-vous, vous pouvez l'écouter ici.

Elle est partie.

C'était une petite pièce. Il y avait une demi-douzaine de coussins et un lecteur de CD sur une table basse.

— Elle est thaïe ou birmane? a demandé Marcia. Tu ne leur envies pas leur silhouette?

J'ai mis le CD, croisé les jambes, fermé mes sens. Si quelqu'un a une silhouette à envier, c'est bien Beth. "Tu es le soleil fait chair, Beth." Mi Nu est un genre d'éclipse lunaire.

"Heureux celui qui donne."

Dasgupta a commencé son baratin sur *dāna*. Si peu que vous possédiez, vous pouvez toujours pratiquer *dāna* d'une façon ou d'une autre et vous en récolterez les dividendes. Donner vaut toujours mieux que prendre. On tire toujours plus d'avantages de la générosité que de la prudence.

Ce n'est pas un discours idiot. Dasgupta n'est jamais idiot. Tout le plaisir en matière de sexe, c'est de donner, disait toujours Jonathan. Même découvrir comment prendre, en matière de sexe, est une façon de donner. C'est drôle que Dasgupta parle de *dāna* et que moi je pense au sexe. Non, je pense à Jonathan qui parle de sexe. Nous parlions trop. Je ne pense jamais au sexe en soi. J'en suis guérie.

Il est plus difficile de donner du temps que de l'argent, était en train d'expliquer Dasgupta. Donner du temps vous apporte davantage de mérites, aide à remplir les jarres de vos perfections. Quand vous avez beaucoup d'argent, le surplus ne vous coûte rien. Vous n'en avez pas moins pour vous parce que vous en avez donné. Essayez donc d'expliquer cela à mon père. Mais le temps c'est tout ce que nous possédons. Maintenant, maintenant, et maintenant. À peine l'a-t-on dit qu'il a déjà disparu. Le temps, c'est le don suprême. Il est le même pour le riche ou le pauvre. Donner du temps, c'est donner de la *vie*.

"Ainsi votre service du Dhamma, à la cuisine, mes amis, lorsque vous vous occupez du ménage, du jardin, ou apportez votre aide au professeur, est une occasion d'accumuler de nombreux mérites, de nombreux *parmi*, ou perfections, qui vous seront utiles dans cette vie et dans la suivante. C'est un grand pas en avant sur le chemin du Dhamma."

J'ai gardé les yeux fermés. Je ne voulais aucun échange avec Marcia. Je ne voulais pas respirer l'air qu'elle polluait. En même temps, je savais précisément ce que Dasgupta était sur le point de dire : que tout comme ce service était une belle occasion de progresser sur la voie du Dhamma, il y avait aussi un risque de reculer, le risque de produire des montagnes de nouveau *sankhara*, des océans de nouveaux chagrins, alors même que l'on servait les autres au Centre Dasgupta.

"« Comment est-ce possible, monsieur Dasgupta ? me demandez-vous. Comment est-ce possible ? Nous venons au Centre pour servir les autres, dites-vous, et pourtant nous créons du mauvais karma, nous produisons de nouveaux *sankhara*, des *sankhara* profondément négatifs. Nous allons plus mal que si nous n'avions pas pratiqué *dāna*. Mais de quoi Dasgupta parle-t-il donc ? » demandez-vous ?"

J'entendais Marcia remuer ses grosses cuisses sous le nylon. Je ne la connaissais que depuis quelques heures et elle avait empoisonné mon esprit. Dis-toi qu'elle sera bientôt repartie. Sept jours. Elle, et l'auteur de journal intime. Et Kristin. Et Meredith. Désirs effrénés. Aversions.

"Chers amis, si vous saviez combien de lettres je reçois de gens qui sont venus faire une retraite spirituelle Dasgupta, sur ce campus ou sur un autre – en Californie, en Allemagne, en Espagne, en Inde, en Australie, qu'importe – et leur expérience a été gâchée par les bénévoles. Un bénévole s'est peut-être montré désagréable. Ils lui ont posé une question et le bénévole, homme ou femme, n'a pas daigné leur répondre, n'a pas pris le temps, comme ils disent. Voilà une expression intéressante, prendre le temps, pour offrir sa présence à quelqu'un, ici et maintenant.

Ce bénévole s'est cru supérieur. Il pensait trop de bien de sa petite personne pour gaspiller son temps à répondre à un imbécile d'étudiant qui ne connaissait rien à la *vipassana*. Il n'a pas écouté. Ou pire encore, il a répondu par un mot dur, ou sur un ton dur.

« Vous pouvez parler de sérénité et de bonheur jusqu'à la saint-glinglin, monsieur Dasgupta, et de *vipassana* par-ci *vipassana* par-là, tout ça c'est très bien et très intéressant, certes, mais si les bénévoles qui appliquent votre doctrine refusent de m'écouter quand je dis que j'ai une grosse migraine ou que je ne comprends pas pourquoi nous ne devons pas changer de position pendant l'heure de Ferme Résolution, eh bien je m'excuse, mais tous vos enseignements ne sont que du vent. »

Et, mes amis, oui, mes amis, c'est là une déduction sensée. Nous reconnaissons un arbre à ses fruits. Nous reconnaissons une doctrine à la façon dont ses disciples se comportent. Un bénévole est désagréable avec un étudiant et l'étudiant en déduit que *toute la doctrine est fausse*, qu'elle ne fonctionne pas. C'est compréhensible. Et vous qui êtes venus ici pour apporter votre aide et vous épanouir dans le Dhamma, vous n'avez été qu'une entrave. Vous ne vous êtes pas épanouis. Vous avez *rétréci*, mes amis, vous vous êtes ratatinés. Et je demande, au nom du ciel, qu'avez-vous donc en tête ? Qu'avez-vous en tête, mes amis ? C'est fou. Vous êtes venus ici pour *servir les autres* et au lieu de cela vous avez chassé quelqu'un. Il aurait mieux valu que vous ne soyez jamais venus. Mieux valu pour l'étudiant, mais surtout mieux valu pour vous.

Ou bien j'entends dire que les bénévoles médisent les uns des autres. « Je suis meilleure bénévole qu'elle, j'ai davantage d'expérience, je garde mieux l'immobilité, pourquoi ne m'a-t-on pas donné le boulot qui compte davantage ? C'est une insulte. »

Quoi ? Qu'avez-vous donc en tête pour vous comparer ainsi aux autres, vous soucier de votre prestige, de votre ego susceptible ? Allons bon, sommes-nous fous ? Sommes-nous fous ?

Chers amis dans le Dhamma, il est bien plus facile de faire une retraite spirituelle en étant étudiant qu'en étant bénévole. C'est évident. Certes, les étudiants doivent rester de longues heures immobiles à méditer, certes, ils ont des douleurs aux jambes, des douleurs au dos, des douleurs aux épaules, mais quel *mal* un étudiant peut-il faire, ici, au Centre, de quels *sankhara* peut-il être la cause ? L'étudiant a pris refuge dans les Trois Joyaux. Il a juré d'observer les Cinq Préceptes. Il est protégé par le Noble Silence. Il est beaucoup plus facile de garder le Noble Silence que de pratiquer la Parole Juste. Un homme silencieux est un homme en sécurité, mes amis. Il n'est pas tenté de bavarder, de raconter n'importe quoi, de calomnier ou de dénigrer. Dans le silence, il devient vite évident que le soi est une illusion. Quel soi peut donc exister quand je suis silencieux, quand je viens prendre mes repas le bol à aumônes à la main ? Mais quand nous servons et qu'il y a des tâches à accomplir, ah, mes amis, alors nous commençons à nous croire importants. Pas vrai ? Nous commençons à *rivaliser*. Nous voulons arriver en tête. « Je suis le meilleur bénévole, je mérite les tâches importantes. »"

Marcia a poussé un gros soupir. En ouvrant les yeux, j'ai vu qu'elle s'était fourré le petit doigt de la main droite au fond de la narine gauche. Concentrée, elle écoutait Dasgupta tout en explorant son nez. Sans réfléchir, je me suis levée d'un bond, j'ai tiré la porte sur le tapis, je suis sortie discrètement et l'ai refermée derrière moi.

Incroyable !

Je suis restée sous le porche. Je tremblais. Pourquoi ? À ma droite il y avait le couloir et le salon de Mi Nu. Je suppose que c'était son salon. Un petit bouddha était posé à côté de la porte ouverte. C'était léger, mais il flottait un parfum. Un parfum de jasmin ? Oui, une aura, une faible lumière verte, comme sous le feuillage dans un bois. Une immobilité particulière. Qui m'attirait, comme, lorsqu'on n'en est plus très loin, l'esprit est attiré vers le *jhāna*. Vous sentez l'immobilité qui vous appelle, le vide qui vous appelle. Je pouvais donc prendre le couloir sans attendre et poser ma question à Mi Nu. Pourquoi ne puis-je pas être quelqu'un de bien, Mi Nu ? Était-ce la question ? Pourquoi ne puis-je pas être heureuse ? Ou : Pourquoi est-ce que je veux être quelqu'un de bien alors que de toute évidence il n'en est rien ? Qu'avais-je en tête lorsque je me suis ruée dans la mer ? Pourquoi ne suis-je pas morte, Mi Nu ? Pourquoi ne suis-je pas morte ? Pourquoi ne puis-je pas mourir ? Maintenant.

Je suis restée sous le porche. Il était inutile que je tienne compagnie à Marcia. Pourquoi Mme Harper me l'avait-elle demandé ? Comme si une avocate en exercice ne pouvait pas écouter toute seule la Causerie sur le service du Dhamma. Apprenez-moi à être comme vous, Mi Nu. Comment puis-je être comme vous, comment puis-je vivre dans votre monde ? La voilà, peut-être, la question.

Vraiment ?

J'ai alors entendu un son étrange. Quelqu'un gémissait. Ou pleurnichait. Tout bas. C'était quoi ? J'ai fait un pas en avant. Une mouette? Une bouilloire? Et maintenant un petit rire. Bizarre. Oui, un petit rire grave. Un grognement!

J'ai tourné les talons et je suis sortie.

Je suis sortie du bungalow, je suis passée devant la salle de Metta, j'ai longé jusqu'au réfectoire la clôture recouverte de lierre qui sépare les sexes, j'ai traversé la partie réservée aux femmes pour rejoindre la cuisine, puis je suis repassée par la partie réservée aux hommes, j'ai débouché dans les quartiers des hommes et j'ai filé droit au Dortoir A et à la chambre de l'auteur de journal intime.

Je n'avais pas prévu d'y aller. J'y suis allée.

BETH SUR LA COUETTE

J'acquiesce à ma punition. C'est plus fort que moi. Je suis coincé.

La séance de méditation guidée en était à peu près à la moitié quand je suis arrivée. J'avais le temps. Mme Harper me croyait avec Marcia. Je me suis installée sur le lit.

Je ne m'étais encore jamais aperçu de la futilité de ma vie mentale. Une boucle sans fin, coupée de la réalité.

L'instant d'avant j'envisageais de demander à Mi Nu comment je pourrais devenir comme elle – il y avait cette lumière engageante, cet effluve d'encens là où le couloir donnait sur l'immobilité de la grande pièce du bungalow – et maintenant j'étais étendue sur le lit d'un homme dans une chambre qui sentait vraiment tout ça : chaussettes, manteau de fumeur, draps dans lesquels on a dormi.

Je me suis déchaussée et allongée. Mince alors ! C'était tellement comme dans le temps.

— Je pose pour un tableau, avais-je dit à sa femme lorsqu'elle m'avait trouvée là.

J'avais entendu la clé tourner dans la serrure et vu apparaître une coupe de cheveux enfantine sur une tête vieillissante.

— Et il vous autorise à rester dans son atelier et à dormir dans son lit ?

Elle paraissait fatiguée, pas en colère.

— J'avais froid, avais-je répondu.

Jonathan avait été scandalisé que sa femme soit venue sans prévenir.

— Cela fait des années que nous ne vivons plus ensemble, avait-il protesté. Elle n'a la clé qu'en cas d'urgence.

J'ai tourné une page.

Rien qu'un remous, qui tourne et tourne en rond, un tourbillon dans une eau stagnante, la même eau qui tourne et tourne en rond entraînant les mêmes feuilles mortes. Mes pensées.

Pourquoi est-ce que je lis les niaiseries de ce vioque? J'ai rapidement feuilleté le cahier. Quel était ce cri que j'avais entendu chez Mi Nu? Ce grognement? A-t-elle un chien?

Et si Dasgupta était mort et que nous écoutions la voix d'un défunt?

C'était une idée étrange.

Chaque soir, à chaque séance, il nous parle en vidéo. Alors qu'en réalité il est mort. Il y a des dizaines d'années. Cela aurait-il une importance? Le message est-il en quoi que ce soit différent parce que la personne n'est pas là en chair et en os? Parce que la personne n'est pas <u>vivante</u>? Et si l'on avait enregistré le Christ, Mahomet, le Bouddha? Le Sermon sur la montagne. En DVD. Écoutez la voix de votre Sauveur dans la version originale en hébreu sous-titrée en anglais (Bible du roi Jacques ou Revised Standard Version).
Imaginons la voix enregistrée de Dasgupta passant pendant des siècles. C'est possible. Peut-être qu'il <u>est</u> mort.
Le Sermon du feu, en CD. Idéal en voiture quand ça roule mal.
La prédication de Paul aux Athéniens, téléchargeable en MP3. Emportez-la avec vous pendant votre voyage en Grèce.
Tout le monde serait-il chrétien?
Tout le monde serait-il guéri de sa chrétienté?

Par endroits l'écriture était difficile à déchiffrer. Le type gribouillait à toute allure. Ça devenait de plus en plus penché, de plus en plus fouetté par le vent. L'espace d'un instant, j'ai cru l'entendre. C'était la voix de Jonathan quand il était lancé. Rocailleuse. Jonathan avait horreur de la religion. Ce que nous pouvions nous moquer de maman parce qu'elle se chargeait de fleurir l'église. De sa femme qui faisait le catéchisme. "Mais enfin, Jonnie, comment as-tu pu épouser une femme qui fait le catéchisme?"

J'ai tourné une page. C'était bizarre d'être là sur le lit de cet homme, comme si j'étais très loin du Centre Dasgupta. J'avais sauté par-dessus la clôture, parcouru trois kilomètres jusqu'au pub, le Barley Mow, et maintenant je descendais des gin tonics en écoutant Jonathan. C'était un autre monde.

La pièce de Mi Nu aussi était un autre monde. Mais plutôt comme lorsque des visages apparaissent dans l'obscurité, des yeux trouvent tranquillement les vôtres, vous emportent dans le tunnel menant vers la félicité. Moi, j'étais plutôt allée picoler au pub. Ce journal intime est au moins mi-gin, mi-tonic. Je devrais jeter un coup d'œil pour voir s'il n'a pas une flasque dans son manteau.

C'est peut-être comme ça que j'aurais pu sauver la boîte. Un coffret des grands discours religieux de tous les temps.

Si nous avions le Bouddha en personne prononçant son Sermon du feu, quelle place y aurait-il pour Dasgupta et son sourire mielleux? Imaginons un homme au charisme énorme, à l'ego énorme – Jésus-Christ, Bouddha, Mahomet – il craint cet ego, il sait que c'est une source d'ennuis. Il prêche contre l'égotisme, il édifie un système religieux contre l'égotisme, satisfaisant son ego tandis qu'il attire les disciples et exige un abandon total.

Les doigts chargés de bagues, les coussins blancs, le gros ventre tendu de coton impeccable. Mon ami par-ci, mon ami par-là. JE N'ARRIVE PAS À CROIRE QUE NOUS SOMMES ASSIS LÀ TOUS LES SOIRS À ÉCOUTER CE CONNARD.

Si nous avions une vidéo de Jésus sur la Croix (réservée aux adultes), la Résurrection en streaming, l'Ascension filmée sur le portable de saint Pierre, qu'en serait-il des papes, des hérésies?

L'Apocalypse enregistrée. Qu'en serait-il de l'histoire? Ou de la science?

Comment cet imbécile peut-il prêcher anicca anicca anicca *tout est flux, sentez le flux dans vos doigts, dans vos orteils, et puis fixer ses paroles* pour toujours *sur DVD, éternellement identiques, chaque Centre Dasgupta dans le monde entier, une retraite après l'autre, les mêmes enregistrements et causeries en vidéo premier jour deuxième jour troisième jour quatrième cinquième sixième septième, avec des traductions dans cette langue-ci, dans celle-là, et l'enseignant, qui lui est présent, réduit à introduire un disque dans une machine. Quelle humiliation.*

Dasgupta apparaît mais ne s'éteindra pas.

Je devrais m'avancer, ce soir, au moment des questions, et demander au gars, à ce Harper : Ça vous fait quoi que tous les sermons soient en DVD ? Ça ne vous dirait pas d'en prononcer vous-même quelques-uns ? Puisque vous êtes là ?

Intrigue. Une société secrète de prêtres frustrés conspire pour détruire les vidéos de leur chef religieux décédé et prêcher eux-mêmes à sa place. Mais les disciples pensent que le défunt est Dieu et taillent les prêtres en pièces.

Le best-seller qui aurait pu sauver Wordsmith.

Pourquoi, mais pourquoi mes auteurs n'ont-ils jamais écrit de best-sellers ?

Rien qu'un Harry Potter. Un seul !

Parce que tu as choisi des auteurs nuls.

L.

Parce que le succès te faisait peur.

L.

Tu publiais des livres parce que tu n'avais pas le courage de les écrire toi-même.

L.

Les écrivains écrivent parce qu'ils n'ont pas le courage de vivre. C'est bien connu.

L.

Et toi, tu n'avais même pas le courage d'écrire.

L.

La maison d'édition fait faillite et l'éditeur s'enfuit la queue entre les jambes. Découvrir Dieu. Pitoyable. Au moment même où sa famille a le plus besoin de lui. Où sa fille a désespérément besoin de lui.

L.

Si tu savais à quel point tu as pu me décevoir.

L.

Pourquoi ne pas mettre des nanas à poil sur les jaquettes, puisque tu ne penses qu'à ça ?

L.

Tu n'as même pas le courage de vendre les horreurs auxquelles tu penses tout le temps.

L.

Fais-toi musulman et épouse une fillette.

L.

Tu n'auras même pas besoin de me demander le divorce.

L.

La prochaine Mme H a ses premières règles.

L.

La prochaine Mme H prend son premier cours de conduite.

L.

La prochaine Mme H boit son premier verre au pub.

L.

Pardon, j'ai oublié, tu es musulman maintenant. Fini l'alcool.

L.

Est-ce que tous ici sont pareils ? Est-ce que tous ici viennent parce que leur esprit est devenu <u>insupportable</u> ? Une litanie d'autoaccusation.

Probable.

La raison pour laquelle tu écoutes un ringard comme Dasgupta, bien sûr, c'est parce que <u>tu en as besoin</u>. Parce qu'au fond <u>il n'est pas aussi ringard que toi</u>.

Sois humble, au moins. Même si son ego est absurde, son système pourrait s'avérer utile.

Idée : pour ne pas avoir à supporter cela plus longtemps, résume tout en une centaine de mots. Ta vie sous forme de texte de quatrième de couverture. ET PUIS OUBLIE-LE POUR TOUJOURS.

Exorcise ta vie dans un texte de présentation et passe-toi d'écrire le bouquin.

C'est bizarre. Ce type, on croirait parfois entendre Jonathan, surtout lorsqu'il est spirituel, sarcastique. Mais lorsqu'il est vraiment malheureux, on croirait m'entendre.

Question : S'il n'y a pas de soi, pourquoi tombons-nous amoureux d'une personne plutôt que d'une autre, et pourquoi toujours de celle qui n'est pas faite pour nous ?

Arrête de lire, Beth, sors de ce lit et file chez Mi Nu. Tout de suite. Demande-lui : comment puis-je être comme vous, Mi Nu ? Comment puis-je enfin changer, changer pour de bon ?

92

De 4 h 30 à 6 h 30 ce matin, assis, les yeux fermés, sur des chevilles en feu, à écrire et réécrire dans ma tête le résumé en cent mots. Exorcisme changé en obsession. L'exorciste est le fantôme. La présentation, le livre.

Talentueux fils à maman, GH, le dernier de quatre enfants, épouse imprudemment, à vingt-trois ans, une femme âgée de quinze ans de plus que lui.

Coupe "imprudemment". Redondant.

Coupe "que lui". Redondant

Coupe "talentueux". Je t'en prie.

GH, fils à maman, épouse à vingt-trois ans une avocate distinguée de trente-huit ans. L'argent de celle-ci va financer son ambition de diriger une maison d'édition indépendante.

Elle m'a flatté : mais quel petit garçon brillant! quel jeune homme intelligent! quel avenir prometteur! Elle m'a rendu dépendant d'elle. Elle m'a empêché de mûrir. Je n'ai jamais mûri. J'ai besoin de mûrir.

Mais je t'ai dit que j'étais trop vieille pour toi. Je te l'ai dit et répété mille fois. Sauf que tu étais tellement entêté que j'ai commencé à croire que tu m'aimais.

L.

Vie, vie, pas ma vie.

Résume et oublie. Va à la séance de méditation de ce soir l'esprit libre, l'esprit clair, l'esprit vide. Ayant tout décrit et oublié.

Donc.

Fils à maman, GH épouse une avocate distinguée dont la fortune finance sa maison d'édition indépendante.

Coupe "indépendante".

Pourquoi l'édition? Pourquoi avoir l'ambition d'être éditeur, franchement?

Incapable d'écrire toi-même, tu te caches derrière les livres des autres.

L.

Derrière la morgue d'une entreprise culturelle.

L.

Trois ans plus tard, le mariage bat déjà de l'aile quand naît une fille. Je m'aperçois que tous les romans que tu publies parlent d'adultère.

L.

En fait, ma chérie, la plupart sont des histoires de meurtres.

Associe les deux procédés, mon biquet. Uxoricide. Surtout, que je ne sois pas un obstacle pour toi.

L.

*Quatre ans plus tard son mariage bat déjà de l'aile quand naît
une fille, plus ou moins en même temps que le début de sa liaison
amoureuse avec T, de huit ans sa cadette.*

Coupe "plus ou moins".

Coupe "amoureuse".

Rétablis "amoureuse".

Trop de chronologie?

*Sa femme devenant de plus en plus hostile et instable, son atta-
chement pour T grandit. Partir, pourtant, serait abandonner sa fille
à une femme ayant quitté son travail et buvant comme un trou.*

Pause pour compter les mots.

J'ai toujours adoré écrire des textes de présentation.

Tes textes, ce sont eux qui coulent les livres, mon biquet.

L.

Tu dis trop clairement que c'est de la camelote

L.

*Fils à maman grincheux, GH épouse une avocate distinguée qui
investit généreusement dans sa maison d'édition. Sa passion pour sa
secrétaire semble devoir couler le mariage, quand naît une fille, donnant à GH un prétexte pour rester avec son épouse/mère de substitu-
tion qui ne se remettra jamais de la dépression postnatale…*

52 mots.

Plus que 48.

Cent mots, et pas une syllabe de plus.

Je me suis pelotonnée entre les draps. Ce que cet homme peut me
donner l'impression d'être intelligente! D'être perspicace. Comme
si tout cela avait la moindre l'importance. Ce type, il tient carrément à être ce qu'il est. Je le voyais bien. Il tient à ses conneries. Je
n'avais pas traîné pendant des années avec des rockeurs ratés sans
me rendre compte que tous adoraient le drame de leurs frustrations.
L'atelier de Jonathan était plein de tableaux qu'il n'avait pas réussi
à vendre. "Célèbre, façon de parler", disait-il toujours. "Célèbre au
Rotary Club d'Ealing." La plupart des modèles étaient d'anciennes
petites amies. Il ne me les cachait pas. Mais à son ex-femme, oui.
Ils n'étaient pas officiellement divorcés, disait-il. Comme s'il existait une autre forme de divorce. "Nous ne vivons pas ensemble,

c'est tout." Je m'en fichais parce que j'étais mille fois plus jolie que n'importe laquelle d'entre elles. Que l'épouse, surtout. Elle louchait. "Je ne demande pas l'exclusivité", affirmais-je. J'étais très sûre de moi. En rentrant de nos après-midi à l'atelier, je lui racontais par SMS : AI REMIS ÇA SOUS LA DOUCHE AVEC CARL. Ce n'était pas vrai. JE T'AIME PARCE QUE TU LE RECONNAIS, répondait-il. Je me disais : je vais tirer deux ou trois bonnes chansons de cette aventure.

"Pour être comme moi, Elisabeth, tu dois prendre refuge dans les Trois Joyaux. Mais prendre refuge pour de bon. Tu dois d'abord observer les Cinq Préceptes. Mais les observer pour de bon. Pendant longtemps."

Est-ce là ce que dira Mi Nu ?

Lis jusqu'à la fin la vie de ce type, et file. En vitesse.

Sentant qu'il manquerait à son devoir envers sa fille s'il partait, GH renonce à l'amour et finalement convainc T d'épouser son ancien petit ami.

Comment ai-je pu faire un truc aussi bête ?

Des années plus tard, la folie, la beauté de l'amour irréfléchi et sacrificiel de sa fille pour un homme ayant les mêmes problèmes d'alcool que sa mère révèle à GH les compromis sordides auxquels il a toujours abjectement consenti. Dans le feu de l'amour...

Quoi ?

Typique quat' de couv'.

Sur ce, la banque laisse tomber...

Coupe "finalement".

Coupe "ancien".

Coupe "irréfléchi".

Apparemment, sa femme ne vit plus qu'à travers lui. Il reste son seul contact avec le monde. Ce dont elle le punit. Il acquiesce. Il la déteste mais ne peut asséner le coup mortel. Elle est si fragile. Ce remarquable thriller psychologique met un homme au pied du mur face à un terrible dilemme qui finalement...

Bien plus de cent.

Coupe "remarquable".

Et "terrible".

Et "finalement".

"Finalement" quoi ?

Le gong a retenti. Le gong. Ils vont sortir. Mon regard a parcouru la page en vitesse, puis la suivante, et celle d'après. Il devait y avoir une bonne dizaine de versions différentes.

Un audacieux éditeur de polars tente de sauver son mariage en prouvant à sa femme combien il se soucie de sa fille dangereusement entichée d'un homme d'âge mûr bipolaire. Entre-temps, sa maîtresse adorée craint que l'enfant qu'elle attend

Il y a eu un bruit de pas. J'ai quitté le lit d'un bond et soulevé le rideau. Les gars sortaient en masse de la salle de Metta. Dix minutes de pause avant la causerie en vidéo du soir. Les gens allaient faire pipi, se dégourdissaient les jambes, buvaient un verre d'eau en vitesse. Au bout du couloir, la porte donnant sur l'extérieur a claqué. Des hommes envoyaient valser leurs chaussures, s'avançaient à pas feutrés vers leur chambre.

Beth, paralysée. Trop tard pour regagner la cuisine. Pourrais-je filer dans l'autre sens vers les toilettes du Dortoir A, m'y cacher ? Allez, va-t'en !

Je n'ai pas bougé.

Respire. Contrôle ta respiration. Contrôle cette excitation. Concentrez-vous sur l'agitation physique et le mental se calmera, dit Dasgupta.

J'ai respiré. J'ai senti le souffle sur mes lèvres, ma poitrine s'est soulevée puis abaissée.

Des pas le long du couloir. Précipités. Des portes se sont ouvertes et refermées. Il n'y a pas de verrous au Centre. Quelqu'un s'est assis sur un lit de la chambre voisine, a soupiré. Quelqu'un ouvrait une fenêtre.

Des hommes partout.

Ils n'ont que quelques minutes entre les séances. La plupart seront allés boire une tasse de thé au réfectoire. Ou faire un tour dans le pré.

Je me suis assise sur le lit, j'ai pris son stylo par terre. Il se sert d'un stylo à encre.

"Vous aimez trop vos maux."

La plume grattait.

Des pas ont ralenti devant la porte, puis sont repartis. D'autres revenaient du bout du couloir, des toilettes. Quelqu'un a laissé tomber quelque chose.

Je suis restée assise à attendre.

GH.

Gary, Graham, Greg, Gerald, Gerald est affreux.

Et puis, cette question m'a submergée : qu'est-ce que je fiche ici ? Pourquoi pourquoi pourquoi ? Coincée ici, dans la chambre d'un homme, dans une communauté qui fait tout pour qu'hommes et femmes demeurent séparés. Je savais pertinemment qu'au son du gong mon auteur de journal intime risquait de revenir.

Ce n'est pas *ton* auteur de journal intime.

Pourquoi ne suis-je pas partie plus tôt ? Pourquoi est-ce que je finis toujours par m'interroger sur ma façon de me comporter ? De mal me comporter ? Quand tu es venue au Centre tu étais désespérée. Tu avais touché le fond. Souviens-toi comme cela allait mal. Tu étais incapable d'affronter qui que ce soit, tu étais incapable de regarder les gens en face, encore moins toi-même. Tu étais malade malade malade. Dasgupta t'a sauvée. Oui. Il t'a montré une voie. Mort ou vivant, ses causeries sont formidables, formidablement utiles. Sauf que je ne touche pas encore au but. Je m'avance sur la voie du Dhamma. J'essaie. Tout le monde au Centre traîne une vieille histoire. Sinon pourquoi venir ? Nous sommes ici pour larguer nos histoires, pas pour les écrire, pas pour lire le journal intime des autres. C'est parce que ma souffrance me manque que je lis ce qui concerne la sienne. Ce qui est idiot idiot idiot. Est-ce la raison pour laquelle les gens lisent des livres ? Ils veulent souffrir. Jonathan adorait les films tristes. Toutes les vidéos françaises et suédoises qu'il m'a fait voir. Tarsky, Tartosky ? Quelle horreur.

— Pourquoi veux-tu que je partage ta vision déprimante du monde, Jonnie ?

— C'est plus prudent, Beth. C'est plus prudent.

— Je ne veux pas être prudente, Jonnie, merci bien.

— Je sais, Beth. C'est pour ça que je t'aime.

— Mais non, tu ne m'aimes pas.

— Mais si, Beth.

— Si tu m'aimais, tu te battrais pour m'avoir. Tu serais jaloux de Carl.

— Je t'aime, Beth.

— Pas assez.

J'étais au bord du précipice. M'y revoilà. Je recule en douceur. Résiste. Respire. Les pas s'étaient éloignés. Il ne vient pas. Je peux patienter. Quelqu'un se hâtait au bout du couloir. Je me sentais très *là*, dans la chambre, sur son lit. Nulle part où se cacher. Vulnérable. Tendue. Et vraiment très loin, aussi. Calme. Morte. Vraiment *pas* là. Du genre, et s'il venait, quelle importance? Chaque fois que je ressens un truc, je ressens le truc contraire. C'est peut-être ce qui le fait exister.

J'ai baissé les yeux vers le journal intime posé sur mes genoux. Son écriture penchée. Presque horizontale. Pressée d'engloutir la page. Il attaquait la page. Quelle idiotie de penser qu'on peut se sortir une histoire de l'esprit en l'écrivant. Au lieu d'une centaine de mots il en avait écrit un millier. Il en écrirait mille de plus sous le prétexte ridicule de tenter de l'oublier. En réalité, il veut couvrir chaque page blanche de sa petite personne et de ses conneries. Je t'ai peinte en rouge, Beth, parce que c'est ta couleur. Tu colores le monde entier en rouge.

Et j'étais fière!

Arrêtez d'écrire, monsieur l'Auteur verbeux. Arrêtez d'écrire sur vous. Arrêtez de me donner l'envie de vous lire, d'écrire comme vous et de penser comme vous. Si vous souffriez pour de bon, vous préféreriez que ces pages restent blanches. Vous préféreriez regarder des pages bl…

La porte a claqué et il est entré.

C'était un type baraqué, plus grand que je ne l'avais imaginé. Je ne suis pas très forte question âge. La cinquantaine passée? Sans doute. Grand mais un peu voûté, et à mon avis il ne s'était pas rasé depuis son arrivée. Son visage était sale de barbe.

En fait, il retirait son sweat tout en entrant. Il était pressé. Il avait dû décider à la dernière minute qu'il lui fallait un vêtement plus chaud pour la séance du soir. Le gong annonçant la causerie avait déjà retenti. Les derniers bruits de pas s'étaient éteints. Il est entré en remontant le sweat sur son visage. Un machin vert. Sa chemise est venue avec. Il avait un ventre pâle, massif et poilu. Et puis quand le sweat est passé au-dessus de sa tête, il m'a vue.

Beth sur la couette.

J'ai posé un doigt sur mes lèvres. Il était stupéfait. S'il m'avait déjà vue, c'était peut-être de l'autre côté de la grande salle dans la section des femmes, au milieu d'une mer de visages. De visages féminins. Maintenant il était vraiment aux aguets, vraiment transporté. Ça se voyait. Il avait le visage fin et un nez crochu, des pommettes hautes. Pas du tout comme Jonathan. Ses yeux semblaient heureux, curieux. Il a ouvert la bouche, m'a vue secouer la tête, le doigt posé sur mes lèvres, et l'a refermée.

Je me suis levée, sans lâcher le journal intime, et nous nous sommes dévisagés. Il avait les mains prises dans les manches de son sweat, toujours passé par-dessus sa tête, menottées. Sa peau était pâle sous la barbe sale, une barbe rousse. Il avait l'air fatigué. Mais sa bouche semblait ironique et bienveillante.

Il m'a plu. Davantage que la voix du journal intime. Sans parler, nous sommes restés là à nous regarder.

J'ai des yeux énormes, des seins énormes, des dents énormes, et une tonne de cheveux frisés. Il y avait une étrange complicité dans le regard que nous échangions. Il a compris aussitôt que j'avais lu son journal. Je savais tout de ses conneries, je savais que c'était un type marié qui avait peut-être mis enceinte une jeune femme mariée et qui avait une fille qui s'était plantée grave. Mais tandis que nous échangions ce regard – qui a dû durer au moins trente secondes – j'ai compris que le truc le plus humiliant c'était qu'il écrivait sur lui-même de *cette façon*, toute de vanité et de tragédie. Et ce qui était humiliant pour moi c'était que je lisais ce truc-là. Je continuais à le lire. J'étais une bénévole de Dasgupta censée montrer le bon exemple. Nous devrions tous les deux avoir honte. Au lieu de cela, tandis que les secondes s'écoulaient – et que je gardais mon doigt sur mes lèvres, en continuant à secouer la tête un tout petit peu pour l'empêcher de parler –, au lieu de cela, je voyais qu'il était content d'être tombé sur moi par hasard. Il n'était pas contrarié. Il était ravi de tout ce qui le sortait de lui-même. Il savait que j'étais gênée, et sa mine me disait qu'il ne ferait pas de scandale. Ses épais sourcils lui donnaient un air sévère, de directeur d'école, pourtant sa façon de les hausser, l'un plus haut que l'autre, disait : OK, ma jolie, et maintenant qu'est-ce qu'on fait ? Quel est ton programme ?

Les chambres du Centre ne sont pas très généreuses en espace. Cette chambre individuelle faisait peut-être trois mètres sur deux. La porte sur un mur étroit, la fenêtre en face, un long mur vide, le dernier accueillant l'armoire et le lit. Rien de plus. Il faudrait que je pousse ce gars pour passer.

Nous nous regardions dans les yeux. Ne pas parler nous avait rapprochés. J'ai fait un pas et lui ai tendu son journal. Il a dû libérer une main coincée dans son sweat pour le prendre. Il voyait que j'y avais écrit quelque chose. Mon écriture était large et carrée. Une expression perplexe est passée sur son visage, mais il a vu que je voulais sortir et il a reculé contre l'armoire.

Je me suis faufilée. Il dégageait une odeur forte. La pièce a changé de couleur. J'ai ouvert la porte. Il n'y avait plus personne dans le couloir. Pourquoi me suis-je retournée ? Il avait ouvert la bouche à demi. Il lui était arrivé quelque chose et il fallait qu'il le dise. J'ai de nouveau porté mon doigt à mes lèvres. Non ! Puis il a eu un geste me proposant une poignée de main. Maintenant qu'il avait la fenêtre derrière lui et qu'il était libéré de son sweat, il ne m'a pas fait la même impression. C'était un animal, mais au bout d'une chaîne. Il feignait d'être apprivoisé dans l'espoir qu'on le relâche. Et même s'il n'avait pas parlé, je savais qu'il mentait. Je savais qu'il était dangereux. Sa main s'est avancée, elle est restée là. J'ai secoué la tête et filé le long du couloir jusqu'à la cuisine pour le ménage du soir.

KRSA GAUTAMI

"Rrré-pprénez."

Ces mots m'ont rendue dingue, les premiers jours. Le bourdonnement de l'enregistrement, et puis sa voix : "Rrré-pprenez. Rrré-pprénez."

La séance de treize heures trente est la plus pénible. J'ai trop mangé. Il fait doux. Le pré est plein de senteurs d'herbe. Les feuilles sont vivantes dans la petite brise. Les arbres sont tous très vivants, très là. "J'ai de gros problèmes", ai-je dit, après la *metta* du soir des bénévoles, le quatrième jour, le jour de la *vipassana*. "J'ai de gros, gros, problèmes."

À peine l'avais-je dit que j'ai détourné les yeux. Je ne voulais pas croiser le regard de Mme Harper. Les étudiants étaient partis et l'éclairage mis en veilleuse. J'ai tourné la tête et regardé derrière moi les rangées brouillonnes de coussins bleu foncé, les couvertures grises, les blanches, la grande salle vide, et soudain j'ai vu la mer. Les eaux ridées de la mer étaient là pour de bon. J'étais revenue sur la plage.

"Mes amis, permettez-moi de vous donner un autre exemple de la sagesse et de la compassion du Bouddha. Un jour, dans la ville de Kapilavastu, Krsa Gautami, l'épouse d'un homme très riche, fut plongée dans un profond chagrin par la perte de son fils nouveau-né."

Respire à fond, Beth.

À treize heures vingt-cinq, après un déjeuner ridiculement lourd, je vais à ma place et mets de l'ordre dans mes coussins. Deux blocs de mousse. Kristin et Marcia doivent être à la cuisine. Il y a de la place autour de moi. Je ramène mes chevilles contre moi, je laisse mon dos se tasser et prendre la pose. Les muscles des cuisses se distendent. Je sens leur chaleur se diffuser. Mes genoux s'enfoncent dans le tapis, ils ne font qu'un avec le tapis. Aujourd'hui je vais rester calme, très très calme. Mon corps calme rendra mon esprit calme. Je resterai vigilante. Tellement vigilante. Je ne serai pas distraite. Je ne penserai pas à Krsa Gautami.

En vérité, Dasgupta devrait dire "Arrêtez" et non pas "Reprenez". Arrê-tttez, mes amis. Revenez au point immobile, au souffle sur la lèvre, là où tout est suspendu, tout est transparent, où il n'y a pas de conflit. Reprendre, je pense, serait quitter cet endroit, quitter le Centre Dasgupta, partir avec GH, par exemple, mon auteur de journal intime. Oui. Ou avec un homme, n'importe lequel. Je sais que si je retournais dans sa chambre, si je m'arrangeais pour qu'il me trouve là, sur son lit, si je lui disais, Graham, ou Garry, ou Gordon, peu importe, partons d'ici, filons ensemble, il répondrait oui. Je le sais. Je l'ai vu dans ses yeux, dès yeux d'homme avides. Il dirait oui oui oui OUI! Il est plus beau que je ne l'imaginais, plus mince, en meilleure forme, plus *vrai* que les mots de son journal. Un homme, un vrai. Partons d'ici, Graham. Viens. Ce lieu, c'est la mort. Nous n'arriverons à rien au Centre Dasgupta. En pleine nuit, je le fais passer en douce par le réfectoire pour gagner le vestiaire. Il attrape son portable et nous sortons dans l'allée éclairée par la lune, avançant à grands pas vers la liberté, vers un nouveau départ. Bien sûr, après avoir marché un moment il passe son bras sur mes épaules et nous nous mettons à parler, parler, parler. Quelque part dans un hôtel nous parlons de nous au point de nous introduire profondément dans l'esprit de l'autre, sous la peau de l'autre. Nous parlons de nous entre les draps. Nous faisons l'amour. Il est plus beau que Jonathan, mince et pâle, triste et drôle. Je suis sûre qu'il peut être très drôle. Je le sais. Il est excité que je sois si jeune. Il est rempli d'adoration. *Tous les projecteurs dirigés sur ton visage radieux.* Jonathan m'adorait. Pour de bon. Il refusait de se battre pour m'avoir, mais oui, il m'adorait. Tes yeux, Beth, disait-il. Il adorait mes yeux. Je ne crois pas qu'il en souffrait. Dans les bras l'un de l'autre nous ne faisons qu'un. Son plaisir s'insinue en moi. *Même découvrir comment prendre est une façon de donner, en amour.* Te revoilà avec un homme, Beth, tu ris et tu fumes à la fenêtre d'un hôtel. "Rrré-pppprénez." Ses mains sont posées sur mes hanches. Tu soupires, tu souris.

"J'ai de gros, gros, problèmes", ai-je dit.

Nous étions agenouillés après la *metta* des bénévoles. M. Harper et Mi Nu, chacun sur son estrade à l'avant, les mecs bénévoles d'un côté, les filles bénévoles de l'autre, à genoux en rang dans la faible lumière de la grande salle après que les étudiants étaient partis se coucher, tourner et retourner dans leur tête l'histoire de Krsa Gautami et des trois graines de sésame, réfléchir à la sagesse du Bouddha, repenser à leur premier jour de *vipassana*. Au champ de la *paññā*. Au monde des sensations et de la souffrance.

Harper sourit. Il dit :

— Bon, le jour de la *vipassana* est toujours difficile. J'ai trouvé que cela se passait plutôt bien.

Les bénévoles écoutaient.

— Pas facile de savoir quoi faire lorsque quelqu'un se met à pleurer comme ça, a-t-il ajouté.

Tout en nous parlant, Harper scrute nos visages et sourit avec une certaine réserve.

— En fin de compte, j'ai pensé qu'il valait mieux lui demander de quitter la salle.

Mi Nu a hoché la tête.

Un des animateurs a observé :

— J'ai trouvé étonnante la façon dont, à la fin, les visages rayonnaient. Rayonnaient pour de bon.

Harper a hoché la tête.

Tony, le prof, a remarqué :

— J'ai trouvé qu'ils avaient l'air sonnés.

— Aussi.

Harper a souri de nouveau.

— Aussi – il a soupiré. Mais, dites-moi, comment cela s'est-il passé en cuisine, aujourd'hui ?

Il pose la même question tous les soirs. Sa voix est douce, lointaine.

— C'était infernal, a répondu Paul. L'ennui, c'est que personne ne connaît bien les appareils ménagers. Et puis nous ne sommes pas assez nombreux.

— Beth les connaît, a protesté Meredith.

— Oh, je suis sûre qu'on peut s'en sortir. Ines était rayonnante. Ça va un peu mieux tous les jours.

— Et maintenant vous avez aussi Marcia, a enchaîné Mme Harper.

Rob a remarqué qu'à son avis il convenait de mieux s'organiser, de mieux répartir les tâches.

Je me suis tournée vers les hommes et j'ai découvert Ralph, ses bons yeux de chien posés sur moi. Ralph a passé la journée à flairer autour de moi. Il sait qu'il se passe quelque chose.

— Surtout, que cela ne vous stresse pas, a lancé joyeusement Harper. À propos, le biscuit aux figues était délicieux.

— Merci.

Ines était toujours rayonnante.

— Et le toit qui fuit ? a demandé Livia.

Deux étudiants avaient voulu qu'on les éloigne de la flaque, a-t-elle rapporté, et d'autres avaient ronchonné, s'étaient plaints du dérangement. N'y avait-il pas moyen de le réparer ?

Un des bénévoles chargés de l'entretien a expliqué que le toit étant incurvé, l'eau ne tombait pas à l'intérieur à l'endroit où elle s'infiltrait depuis l'extérieur. Ils ne parvenaient pas à localiser la fuite.

— Rien de grave.

Harper a souri.

— Ce ne sont que quelques gouttes. Personne n'est mouillé. C'est excellent pour mettre à l'épreuve l'équanimité des étudiants – il a soupiré. Bon, ça suffira pour aujourd'hui, allons nous coucher.

Il s'est installé pour les quelques dernières minutes de méditation. Il avait fermé les yeux.

— J'ai de gros problèmes, ai-je alors lancé.

Ma voix a grincé dans le silence. Je n'avais pas prévu de parler. C'est sorti tout seul. Les autres se sont retournés.

— Désolée. Je sais que ça ne se fait pas.

Je secouais la tête. Et puis j'ai annoncé que je ne pourrais pas travailler le lendemain.

— Impossible. Désolée. J'ai de gros, gros problèmes.

Les mots sont venus comme ça. J'étais au bord des larmes. On n'est pas censé pleurer dans la salle de Metta. Il ne doit pas y avoir de passions, ici. Que de la compassion. De l'amour compatissant. De la joie secourable. Mme Harper a croisé mon regard. Je me suis retournée et j'ai regardé dans la salle vide les couvertures grises et le ressac blanc.

— Qu'est-ce qui ne va pas, Elisabeth ? a demandé Mme Harper. C'est la cuisine ?

Les larmes coulaient.

"Notre grande tragédienne, dirait Zoë. Notre grande Beth."

— Je ne peux pas assurer le service, je suis désolée. J'ai besoin de méditer. J'ai besoin de calme.

— Cela ne va pas être facile, a commencé à dire Paul, parce que Elisabeth est vraiment la seule à…

Je me suis tournée vers Mi Nu. Mi Nu pouvait m'aider. Elle avait enroulé son châle sur ses cheveux. Ses mains jointes étaient posées sur ses cuisses. Sa tête était penchée. Ses yeux étaient fermés.

À la causerie du soir, les méditants se dépêchent pour avoir une place contre le mur. Il est difficile de rester assis immobile quand on ne médite pas. Il est difficile de garder le dos droit. C'est la ruée vers le mur de côté, vers celui du fond. Je me souviens de la première fois où je m'en suis aperçue, au début où j'étais ici. J'ai été frappée par la force de ce que nous faisons lorsque nous méditons. Concentré sur sa respiration, derrière des paupières fermées, on peut rester en tailleur, le dos droit, sans gigoter. On peut s'échapper hors du temps. Mais à écouter Dasgupta pérorer sur le Triple Joyau, les Quatre Nobles Vérités, le Noble Chemin Octuple, les Dix Perfections, ça picote, on s'agite, on se tortille et on se gratte. C'est plus fort que nous. Ce quatrième soir, le jour de la *vipassana*, je suis allée écouter la causerie, même si je savais que le quatrième jour on a droit à Krsa Gautami.

Bien sûr, les murs ne sont pas assez longs pour accueillir les cent quarante étudiants. Les participants se ruent pour revendiquer leur droit, tout comme ils se ruent sur les bananes au petit-déjeuner. Ils lancent leurs coussins contre le mur, en sachant qu'ils prennent la place de quelqu'un d'autre, de quelqu'un qui en a peut-être davantage besoin qu'eux. Au fond, deux ou trois mètres doivent rester vacants entre les hommes et les femmes. Impossible qu'un homme et une femme soient épaule contre épaule, adossés au mur, pendant qu'ils regardent Dasgupta en vidéo. Quelque chose pourrait être attisé. Quelque chose d'impur.

L'animateur s'avance pour chuchoter à l'oreille de quelqu'un. Une femme aux cheveux blancs, toute menue, rapporte son coussin sur son tapis et s'assoit les bras serrés autour des genoux. Les vidéos durent une heure ou plus. La femme se balance lentement d'avant en arrière. Il est irrespectueux de s'allonger ou de s'appuyer sur un coude. Les animateurs rôdent, ils s'accroupissent à côté des coupables et chuchotent. Il est également irrespectueux d'avoir les jambes tendues pointant vers le professeur, vers M. Harper et Mi Nu Wai. Les animateurs ont l'air d'apprécier leur boulot. Les étudiants qui n'ont pas trouvé de place le long du mur s'assoient sur leur tapis, croisent et décroisent les jambes. Ils attrapent leurs chevilles. Ils arrangent et réarrangent leurs coussins.

J'avais été affectée au ménage. Je n'avais pas eu l'intention de venir. La causerie du soir n'est pas obligatoire pour les bénévoles. Le jour de la *vipassana* ne compte pas pour nous. En passant entre les rangées de coussins, c'était *lui* que je cherchais. Je sais où il est à présent. Au milieu du rang vers l'arrière. Nul doute qu'il me cherchait. Bientôt je sentirais la pression de ses yeux, et lui celle des miens. De mes yeux bigleux. Là-bas. Je le distingue à peine, dans la masse confuse et les pieds qui remuent. Toute la journée ses yeux m'ont demandé pourquoi j'étais dans sa chambre, ce que j'avais lu ou pas dans son journal intime. Et moi, j'ai une centaine de questions à poser. À quoi Susie renonce-t-elle de si important ? Pourquoi ne quitte-t-il pas sa femme, s'il la déteste autant ? Tout a changé. Il y a de l'agitation dans la salle de Metta. Ce n'est plus un refuge.

— C'est drôlement bizarre que tu sois depuis si longtemps au Centre, a remarqué Rob, pendant le ménage.

Il balayait la cuisine. Je passais un coup d'éponge sur les plans de travail. Je n'avais encore jamais parlé à Rob. C'est un type solidement charpenté, aux joues flasques et aux petits yeux brillants et globuleux. La trentaine. Pas de menton. Nous travaillions en silence. Peut-être observait-il une attitude de ségrégation. Puis il s'est approché et s'est mis à balayer autour de mes pieds, alors je lui ai demandé ce qu'il faisait, "dans le monde réel. Pour gagner sa vie ?"

Il s'est arrêté de balayer.

— Clown, a-t-il répondu – il a ri. Non, je t'assure.

Il faisait le clown dans les hôpitaux, pour les enfants malades. Il mettait un nez rouge et des chaussures géantes, l'une verte, l'autre jaune.

— Dans les services pour le cancer, surtout, a-t-il précisé, et pour la leucémie.

— Oh, ce que c'est triste!

— Pas aussi triste que tu pourrais le croire. Ils sont toujours contents que tu sois venu. Ils rigolent toujours bien.

— Mais, enfin… maintenant je regrettais de ne pas avoir observé le Noble Silence. C'est très courageux de ta part.

— Pas du tout.

Son sourire semblait me mettre au défi. Il y a une solidité tranquille chez lui, très éloignée de Paul ou de Vikram.

— Les gamins trouvent ça plus facile que les adultes. Ils sont plus en accord avec la vie, avec leur corps.

— Qu'est-ce qu'ils trouvent plus facile?

Il a hésité.

— De mourir, il faut croire.

Je me suis penchée pour retirer les casseroles et les passoires rangées sur une des étagères du bas. Plutôt bruyamment. Rob s'est appuyé sur son balai.

— Et toi, Beth, qu'est-ce que tu fais?

C'était sale, au fond, derrière les casseroles. Mais les jours pairs nous allons au-devant de nos aversions. Les jours impairs nous bénissons les choses que nous apprécions, nous les bénissons, sans les désirer, nous les bénissons et nous y renonçons. Les jours pairs nous embrassons les choses qui nous dérangent, nous les acceptons pleinement, même si nous n'arrivons pas à les bénir. J'ai toujours eu horreur de tout ce qui est sale, poisseux et vieux, des endroits où la vieille crasse s'est incrustée. Des endroits qui puent.

— Tu dois bien faire quelque chose, a-t-il insisté.

— Je nettoie les étagères, *n'est-ce pas**?

---

* Les passages français en italique suivis d'un astérisque sont en français dans la version originale. *(Toutes les notes sont de la traductrice.)*

— J'ai dit "Qu'est-ce que tu fais?" et non pas "Qu'est-ce que tu es en train de faire?"

Et comme je continuais à passer l'éponge, il a ajouté :

— En réalité, je ne crois pas que les étagères fassent partie du ménage courant. On ne se sert jamais de ces trucs-là.

Il est retourné à son balayage, entre les éviers et la braisière. Il y avait des épluchures, des grains de riz. Rob est consciencieux mais n'a pas le zèle d'Ines. C'est un chou, ai-je songé. Rob est un fidèle chou de Bruxelles.

Il s'est de nouveau arrêté et a remarqué :

— Tu sais, c'est bizarre que tu sois depuis si longtemps au Centre, Beth.

Je n'ai rien répondu. Ma lavette humide est allée au-devant de la crasse.

— Tu es ici depuis pas mal de temps, non?

C'est une question à laquelle je ne réponds pas.

— Mais tu n'as pas franchement le profil Dasgupta. Tu vois ce que je veux dire? Comme Livia. Ou Paul.

Il a mis ses ordures en tas.

— Tu n'as pas cette expression-là sur le visage.

Et il a attrapé la pelle et la balayette.

— Tu n'as jamais songé à te faire clown? a-t-il demandé. Je crois que tu serais bien. Elle était très marrante ta sortie sur le bœuf mayo.

Je me suis relevée et lui ai demandé s'il ne voyait pas d'inconvénient à finir le ménage tout seul, pour que je puisse assister à la causerie. Parce que j'aimais particulièrement la causerie du quatrième jour. Il y avait l'histoire de Krsa Gautami.

— J'ai peut-être davantage le profil Dasgupta que tu ne le penses, ai-je lancé.

J'ai ôté mon tablier, traversé le réfectoire des femmes à toute allure et me suis arrêtée aux toilettes pour faire pipi. Pure nervosité. Rien n'est venu. Quand je me suis faufilée dans la grande salle, Harper mettait les lumières en veilleuse. Mais cela ne m'a pas empêchée de voir mon auteur de journal intime. GH n'avait pas trouvé de place contre le mur. Il était assis en tailleur, sur son tapis. Sa tête était tournée vers le côté des femmes, il me cherchait des yeux.

— Les hommes te regarderont toujours, Beth. Toujours.

— Mais quel intérêt, Jonnie, si la seule personne que je veux n'est pas prête à se battre pour m'avoir ? Quel intérêt ?

Détourne les yeux. Fixe-les sur Mi Nu.

Les bénévoles ne s'assoient jamais contre le mur. Ce n'est pas pour nous. Nous restons assis immobiles à notre place habituelle comme si la longue et ennuyeuse causerie était une séance de méditation normale. Le dos aussi droit qu'une pierre tombale. Un petit cimetière de bénévoles sur trois rangs bien alignés. Absolument immobiles. Absolument purs. De cette façon, nous sommes un exemple pour les nouveaux étudiants. De quoi ? De focalisation, de concentration, de détachement ? Ou bien frimons-nous ? Le Bouddha frimait-il quand il est resté assis à méditer sous un arbre pendant des jours entiers ? Regardez comme je reste immobile, tellement longtemps. C'est difficile de défendre à la fierté de s'insinuer. Kristin et Marcia étaient assises à leur place. J'ai enjambé mon coussin pour m'installer entre elles.

Quand l'éclairage est en veilleuse, la vidéo est lumineuse. Dasgupta flamboie dans un costume blanc, au creux d'un somptueux fauteuil rouge, presque un trône. Il devait faire chaud lorsqu'ils ont enregistré le quatrième jour. La sueur dégouline le long de ses joues rebondies. Son visage est luisant et il le tamponne à l'aide d'un mouchoir blanc. Je me suis installée et j'ai fermé les yeux. "Le quatrième jour est terminé", a lancé la voix. Dasgupta a laissé un silence. Il adore les silences. "Il vous reste encore six jours de travail." Même sans regarder, je savais qu'il souriait et hochait la tête tout en parcourant la foule des yeux.

Il parlait de la première expérience de *vipassana* pour les étudiants. "Pendant les trois premiers jours vous avez pris refuge dans le souffle passant sur vos lèvres – la méditation *anapana*. Vous étiez protégés, contre votre esprit-singe survolté, que vous aviez attaché à votre respiration, protégés contre votre corps, que vous mainteniez à l'arrière-plan. Mais dans la méditation *vipassana* nous sortons explorer toute la gamme des sensations physiques. C'est le champ de la *pañña*, le champ de la compréhension, la compréhension juste. C'est la voie vers la libération. À présent, nous nous servons de la concentration que nous avons accumulée au cours de l'*anapana* pour sortir et découvrir la sensation sur chaque centimètre de notre corps, pour aller au-devant de l'expérience, de la véritable expérience physique, et pour la connaître telle qu'elle est. *Telle qu'elle est*. Non pas telle que nous voudrions qu'elle soit. *Telle qu'elle est*.

C'est là une aventure extraordinaire, mes amis. Parfois agréable, bien sûr. Parfois nous découvrons que passent dans nos mains des sensations très agréables, subtiles, sur notre front, notre poitrine. Et aussitôt nous nous y attachons. Nous ne voulons plus avancer. « Pourquoi devrais-je avancer, monsieur Dasgupta, alors que j'éprouve des sensations tellement agréables dans les mains, comme de l'électricité, comme de l'eau chaude qui ruisselle sur mon corps ? Voilà ce que je suis venu chercher dans la méditation, après tout, des sensations agréables. Délicieuses. Merci infiniment, monsieur Dasgupta, pour votre merveilleuse technique. Elle me rend tellement heureux. » Non, non, pas question, mes amis. De cette façon vous ne ferez que générer de nouveaux *sankhara* de désirs effrénés. De profonds, profonds *sankhara*, qui redoubleront votre détresse. Si agréable que puisse être une sensation, nous devons aller de l'avant.

Et parfois les sensations sont douloureuses. Oh là là. Ce n'est pas si bien que ça. Nous découvrons des sensations répugnantes, amplifiées, solidifiées, dans nos jambes, nos épaules, notre dos, nos chevilles. Nous les fuyons, nous ne voulons surtout pas les connaître. « Pourquoi voulez-vous donc que j'explore ces sensations, monsieur Dasgupta ? Oh, elles sont horribles. Ce sont des sensations douloureuses, très douloureuses. Vous dites que vous voulez que j'en fasse l'expérience ? Qu'êtes-vous donc ? Un tortionnaire ? Un sadique ? »

Et une fois encore, mes amis, vous décuplez votre détresse, vous emmagasinez de profonds, profonds *sankhara*, d'aversion, cette fois. Des *sankhara* d'aversion. Oui. Lorsque nous découvrons des sensations désagréables, nous devons montrer la même indifférence, la même équanimité qu'en présence des sensations agréables. Nous devons… ˮ

Je me suis alors demandé si l'auteur du journal intime n'avait pas raison, Dasgupta était mort depuis des années. Comment le saurais-je ? Maintenant sa voix résonne ici. Un podcast sur un site oublié. Ou alors des paroles qui se répètent dans notre tête, des années après avoir été prononcées. Tu es une éponge, Betsy M, une éponge! Nos esprits ne sont pas assez forts pour établir la relation juste avec certaines choses. Les enfants trouvent cela plus facile. C'était injuste de la part de Rob de dire un truc pareil. Tellement désinvolte. Tellement injuste. Je ne suis pas en accord avec la vie. Sinon, j'aurais trouvé cela facile. J'aurais pu aller au-devant. Avec la guitare de Carl, là oui, j'étais en accord. Ou avec Zoë, l'harmonie du chant. Mais pas avec la vie. La musique n'est pas la vie, a dit et répété papa. Au moins un million de fois. La musique n'est pas la vie, Beth. Un peu de sérieux. Épouse Carl. Prends ta place dans l'entreprise. L'entreprise familiale. Je pourrais tout expliquer à GH si je voulais. Il demanderait pourquoi j'étais dans sa chambre et j'expliquerais tous mes problèmes. Après il me caressera, me calmera et me fera l'amour. Ce que font les hommes. Je me moquerai de son journal intime grandiloquent. Je lui dirai qu'il fait vraiment vieux, avec ces rides et ces petites taches sur les mains. Ce qui mettait Jonathan dans une rogne noire. Il me regarde, à présent. J'en suis sûre. Ses yeux sont posés sur moi. Il s'émerveille de me voir le dos si droit alors qu'il se tortille et se bat avec ses coussins.

Dasgupta avait entamé son passage sur l'attachement, le désir effréné que l'on a des choses. Nous y sommes presque. "C'est ce que nous devons apprendre, mes amis, de nos réactions à ces sensations agréables et désagréables : que même ce qui est salutaire se mue en attachement dangereux. Même les liens les plus naturels. Et à quel point cet attachement est fort, à quel point il est difficile à surmonter. Permettez-moi de vous donner un exemple. Un jour, dans la ville de Kapilavastu, Krsa Gautami, l'épouse d'un homme très riche, fut plongée dans un profond chagrin par la perte de son fils. Son fils unique. Voyez-vous, mes amis, elle ne parvenait pas à accepter que son bébé soit mort. Elle refusait de le lâcher pour qu'on l'enterre. « Il n'est pas mort! hurlait-elle. Non, non! » Elle ne pouvait accepter les choses *telles qu'elles sont*. « Ce n'est pas possible qu'il soit mort. » Non, non, non. Krsa Gautami, tellement attachée à l'avenir qu'elle avait envisagé pour elle-même et pour son fils, était incapable d'accepter la réalité."

Je suis venue tester cette histoire sur moi, ai-je alors compris. Voir où j'en suis. Je suis venue prendre ce coup de couteau, et regarder couler le sang.

"« Aidez mon enfant, criait Krsa Gautami aux médecins. Vous devez aider mon enfant. Je vous donnerai tout ce que vous voudrez. Mon mari est un homme riche. » Elle courait partout dans Kapilavastu et harcelait les médecins. « Oh, pauvre folle, disaient les hommes de l'art en secouant la tête, votre fils est mort. Ne le voyez-vous pas ? Avez-vous perdu la raison ? Il est mort depuis deux jours, maintenant. Vous devez le lâcher pour qu'on l'enterre. Il va bientôt sentir mauvais. »

Alors, sans doute à cause de quelques mérites accumulés par le passé, d'une bonne action qu'avait accomplie cette pauvre femme, dans une autre vie peut-être, quelqu'un lui conseilla d'amener son enfant au Bouddha. Qui pouvait l'aider. Oui, Krsa Gautami eut la grande chance de rencontrer Siddhārta en personne."

Dasgupta a marqué un silence. Je n'ai pas besoin d'ouvrir les yeux pour le voir hocher la tête et sourire, hocher la tête et sourire.

"« Krsa Gautami, lui dit le Bouddha après avoir écouté son histoire, vous devez courir en ville, frapper à la première porte qui se présente et demander trois graines de sésame. Trois petites graines de sésame, c'est tout. Ensuite, rapportez-les-moi. » « Oh, c'est merveilleux, songea Krsa Gautami. C'est merveilleux. Le Bouddha va se servir des graines de sésame pour pratiquer un sortilège et sauver mon enfant. » « Mais… », ajouta le Bouddha. « Oui ? » demanda Krsa Gautami. « Ces graines doivent provenir d'une famille dans laquelle personne n'est mort. Avant de les accepter, vous devez demander si quelqu'un est déjà mort dans cette maison. » « Oui. Très bien, très bien. » Krsa Gautami était pressée. Il fallait vite qu'elle rapporte ces graines pour que le Bouddha ressuscite son petit garçon."

Dasgupta excelle à ces histoires. C'est vrai ce que dit GH, qu'il aime s'entendre parler, mais c'est peut-être la raison pour laquelle il est tellement bon. Et puis GH aime certainement s'entendre écrire dans son journal intime. Je me demande si Dasgupta s'est senti soulagé lorsqu'il a enregistré ces causeries et a enfin pu arrêter de les répéter à chaque retraite. À moins que la scène ne lui manque. En supposant qu'il soit toujours vivant. C'est tellement amusant d'être sur scène, d'être là en personne devant les gens qui vous regardent, qui tombent sous le charme, qui en redemandent à grands cris. On secoue ses nichons. On fait la moue. On exécute une danse obscène avec Zoë, ou à côté de Carl. Pauvre Carl. Incapable de danser même si sa vie en dépendait. Maintenant tout ce qui me reste c'est le regard d'un vieux bonhomme posé sur mon dos. Ne voit-il donc pas que je ne suis pas du tout détendue ? Je suis raide. J'ai des problèmes. Raide de jalousie.

Krsa Gautami frappe aux portes et demande des graines de sésame. Dasgupta est très fort pour faire les voix.

"« Bien sûr, ma chère, si le Parfait et Pleinement Éveillé vous a dit de les demander, les voici. Mais voyons, prenez-en donc trois *livres*. Comment ça ? Si quelqu'un est mort ici ? Oh, mais pourquoi voulez-vous nous rappeler notre chagrin ? Mon mari nous a quittés au printemps. Notre mère a été emportée par une fièvre brutale. De nombreux membres de notre famille ont péri victimes de l'épidémie. »"

J'envie la femme de cette histoire qui est sur le point de comprendre, sur le point d'être libérée. Si elle s'était adressée à Jésus, il aurait ressuscité son enfant et elle serait revenue à la case départ, serait de nouveau heureuse, attendant d'être malheureuse, attendant le prochain accident, la prochaine maladie.

Au lieu de cela, elle est sur le point de comprendre.

"Puis Krsa Gautami comprit enfin qu'il n'y avait pas de maison où personne n'était mort. La mort est universelle. C'était la leçon du Bouddha. Et elle l'accepta."

Simple. Son chagrin était *si* simple. Elle a perdu un enfant. OK. Mais elle a toujours son riche mari. Elle a toujours *elle-même*. Elle n'a trahi personne ni n'a été trahie. Elle n'était pas *responsable* de la mort de son enfant. Maintenant elle peut lui offrir de vraies obsèques. Des obsèques ruineuses. Formidable. Maintenant elle peut retourner voir Siddhārta, et il lui enseignera le Dhamma, il lui indiquera le Noble Chemin Octuple menant à l'Éveil. Où est le problème ?

JE SUIS EN SOINS INTENSIFS.

AVEC TON PORTABLE, BETH ?

TU NE ME CROIS PAS, JONNIE ?

DONNE-MOI LE NOM DE L'HÔPITAL, ET JE PASSERAI.

TU NE ME CROIS PAS. TU NE VIENDRAS PAS.

BETH, JE SUIS ICI POUR RÉALISER UNE PEINTURE MURALE. JE NE PEUX PAS SAUTER DANS UN AVION POUR UN OUI OU POUR UN NON.

J'AI FAILLI ME NOYER. JE NE SUIS PAS HORS DE DANGER. J'AI UN TERRIBLE MAL DE TÊTE.

MAIS TU M'ENVOIES DES SMS TOUTES LES DIX MINUTES.

ON VA DEVOIR ME PLONGER DANS UN COMA ARTIFICIEL. L'INFIRMIÈRE M'A DIT D'EN INFORMER MES PROCHES.

MAIS ENFIN, BETH. CARL N'EST PAS LÀ? ET TES PARENTS? SI OUI, ILS NE VOUDRONT PAS ME VOIR. ILS NE COMPRENDRONT PAS.

JE DÉTESTE CARL. JE DÉTESTE MES PARENTS.

Pas de réponse. Des heures.

JONATHAN, ON VA M'ENDORMIR. JE CONFIE MON TÉLÉPHONE À L'INFIRMIÈRE. POUR QU'ELLE PUISSE T'ENVOYER DES MESSAGES. SI ÇA TOURNAIT MAL.

Pas de réponse.

Pas de réponse.

Pas de réponse.

SI TU NE ME CROIS PAS, MONSIEUR L'ARTISTE PLAY-BOY, LIS UN TRUC SUR LES ACCIDENTS DE NOYADE. MON CERVEAU ENFLE! LA SÉDATION EST LA SEULE SOLUTION.

Pas de réponse.

JE SUIS RESTÉE INCONSCIENTE DIX MINUTES. DANS LA MER. QUI ÉTAIT DÉMONTÉE. CELUI QUI ÉTAIT AVEC MOI EST MORT. IL EST MORT! BORDEL!

BETH, JE T'AIME.

MAIS TU NE VAS PAS VENIR. C'EST QUOI CET AMOUR?

DONNE-MOI LE NOM DE L'HÔPITAL, BETH.

DIS-MOI QUE TU VIENDRAS AVANT QUE JE MEURE. JE VEUX T'EMBRASSER.

IL FAUT QUE JE SACHE OÙ JE SUIS CENSÉ ALLER, NON?

La compassion n'est pas un sentiment fadasse, est en train d'expliquer Dasgupta. Il faut du talent et de l'intuition pour comprendre ce dont a besoin la personne qui est en face de vous, et comment on peut l'approcher. "Le Bouddha adaptait toujours ses paroles à la personne qui lui demandait de l'aide."

Comment est-ce conciliable avec le fait de se servir de la même causerie vidéo pendant des années?

Ton auteur de journal intime n'est pas Jonathan. J'ai mal au dos. Va au-devant de la douleur. Tu n'es pas amoureuse de lui. J'ai les pouces contractés à force d'écrire des SMS. Je n'ai pas touché à un téléphone depuis des mois. Mes messages et les siens, aller et retour, sans cesse, depuis le lit d'hôpital, depuis le coussin de méditation. De vieilles saloperies, planquées derrière des casseroles sur une étagère au ras du sol.

TU ES AVEC TA FEMME, HEIN ? POURQUOI TU NE ME LE DIS PAS, TOUT SIMPLEMENT ?

JE NE SUIS PAS AVEC MA FEMME, BETH, NON.

Dasgupta n'est pas mon père. Ralph n'est pas Carl. Je ne lui dois rien rien rien. Ne bois pas tant, Beth. Ne fume pas tant. Tu vas te tuer. Les vagues sont déchaînées. Je me suis jetée à l'eau pour que tout soit lavé. Pour me *purifier*. Mi Nu aura le talent qui est la véritable compassion. J'ouvre les yeux et je l'observe. Quand à l'intérieur le chaos gagne, ouvre les yeux, Beth. Observe Mi Nu. Sous l'écran lumineux, elle est aussi pâle et droite que de la cire froide. Elle est parfaite.

Une heure plus tard, après la fin de la causerie, après la fin de la *metta* des bénévoles, j'ai dit : J'ai des problèmes. J'ai de gros, gros problèmes. Je ne peux pas assurer le service. J'ai besoin d'aide besoin d'aide besoin d'aide.

Mi Nu était assise sur l'estrade, la tête penchée, les yeux fermés. Calme, pâle, droite. Tel un cierge que le silence consume.

TRAVAILLEZ ASSIDÛMENT

Rrré-pprenez. Huit heures. On remet ça. Quatorze heures trente. On remet ça. Dix-huit heures. Les séances guidées. Les heures de Ferme Résolution. Quatrième jour. Cinquième jour. Sixième jour. La voix désincarnée de Dasgupta nous invite à explorer notre corps. "Du sommet du crâne jusqu'au bout des orteils et du bout des orteils jusqu'au sommet du crâne. Indifférents au plaisir. Indifférents à la douleur. Travaillez assidûment, assidûment. Vous réussirez à coup sûr. Réussirez *à coup sûr*."

Je mange en silence, les yeux rivés sur le mur. Je devrais sauter un ou deux repas. Mon corps réclame à manger avec insistance. Je devrais l'ignorer. Indifférente à l'appétit, indifférente à la faim. Je me cache sous des tee-shirts flottants. Des pantalons de survêtement. Je ne veux pas me voir. Il a fait doux ces jours-ci, et entre deux séances les participants se baladent dans le pré de l'autre côté de la salle de Metta. Ils tournent en rond, sans parler, sans se regarder dans les yeux. Si l'herbe est assez sèche pour s'allonger, je m'allonge. La cuisine me manque. Laver le riz et les haricots me manque. Éplucher les pommes de terre, couper les carottes en rondelles me manque. Désencrasser les assiettes à la douchette me manque. Ralph le bon chien ne me manque pas. Meredith, Paul, Rob ou Ines ne me manquent pas. Bavarder ne me manque pas. Bavarder me ramenait à mes anciennes manières d'être. Tu es venue au Centre Dasgupta pour oublier ; tu croyais avoir oublié. Tu te croyais guérie. Et puis d'un coup tu t'es remise à exhumer tout ça. Peut-être avais-tu besoin de vérifier la teneur de ce que tu avais oublié. Tu n'étais pas prête. Tu voulais simplement le flairer, mais ce que tu as exhumé t'est retombé dessus comme une grande vague. Tu as été aspirée puis rejetée sur le sable et les galets. La voix de Carl qui crie : "Beth Beth Beth!" Remémore-toi la moindre petite chose de ce qu'il faut que tu oublies, et aussitôt tu entends ton nom. Quelqu'un qui crie ton nom. Fort. "Beth! *BETH!*" Il sait qu'il m'a perdue. Mais il m'avait perdue depuis longtemps. Les jeunes Français aussi, qui crient dans les dunes. "Beth! Viens te baigner!" La moustiquaire de la tente qui bat au vent. Les cordes qui bourdonnent. Dis-moi que ce n'est pas arrivé. Je t'en prie, dis-moi que ce n'est pas arrivé.

L'esprit n'est pas assez fort.

Me voilà de nouveau revenue aux premiers jours, c'est la vérité. Je suis revenue à mes tout premiers jours au Centre Dasgupta. Sauf que cette fois je connais la technique. Dieu merci. Je sais où trouver le souffle sur mes lèvres. Je sais comment rester assise dans le calme, comment me calmer, comment tuer une pensée vite fait. La marée est forte et les vagues hautes, mais mon coussin est un rocher. Je peux rester assise plus haut, immobile. Le temps passé au Centre n'a pas été perdu. "Travaillez assidûment, assidûment. Vous réussirez *à coup sûr*." Oh, je le crois. Je le crois vraiment. Je dois avoir confiance. Dasgupta a raison. Assidûment, j'observe mon souffle ; assidûment, j'observe mon corps. Centimètre par centimètre, pore par pore. Tu réussiras à coup sûr. Tu dois réussir. La peau de mon crâne, mon front, mes tempes, mes oreilles, mon nez, mes lèvres, mes dents, ma langue, mes joues, ma mâchoire, mon cou, mes épaules, mes bras, mes mains, mes mains.

Passe à autre chose, Beth. Ne t'appesantis pas sur le plaisir. Ne t'appesantis pas sur la douleur. Je comprends maintenant pourquoi Mi Nu n'a pas voulu me parler. Nous ne devons pas exprimer nos passions dans la salle de Metta. Nous ne devons pas jouer la tragédie. Comme la fille qui sanglotait le jour de la *vipassana*. Pour qui se prend-elle ? À sangloter dans la salle de Metta. Nous ne devons pas déranger les autres avec notre souffrance, notre singularité, notre *angoisse existentielle*. La singularité, ça n'existe pas. Suivez mon exemple, disait Mi Nu. Observez-moi. Je brûle en silence. Je n'ai pas besoin de parler pour vous dispenser mon enseignement. Tête penchée. Obscurité et silence. Mi Nu est une chandelle pâle que l'obscurité consume. Ces mots étranges, jamais prononcés, m'aident davantage que la voix de Dasgupta. Que le silence et l'obscurité consument. Néant qui se consume. "Déplacez votre attention d'un bout à l'autre de votre corps, dit-il. Si vous éprouvez des sensations agréables, fluides, subtiles, ne vous y attachez pas. Prenez-en note objectivement, sensations agréables et subtiles, et passez à autre chose. Si vous trouvez des sensations grossières, amplifiées, solidifiées, attardez-vous un peu pour les observer. Ne les jugez pas. Ne manifestez pas la plus petite pointe d'aversion. Ce sont les *sankhara* douloureux, profondément enfouis dans le passé, qui émergent. Quand ils auront disparu vous serez purifiés, purifiés, purifiés."

Je suis ses instructions. Mon attention descend les marches du cou aux poumons, des poumons au ventre, du ventre aux hanches, des hanches aux cuisses. Puis elle se dérobe. Je l'ai perdue. Me voilà partie, avançant dans la nuit noire. Je ne marche pas, je flotte, poussée par le vent. Sans effort de ma part, sans volonté de ma part. Vieux papiers dans la brise légère. Maintenant je frôle un mur, je m'égratigne le visage sur des petites branches et des épines. Où suis-je? Je suis coincée contre un rocher. Je suis prise au piège. La surface est rugueuse, dure. Est-ce que je suis sous l'eau? Est-ce que je respire encore? On ne dirait pas. Je ne suis pas effrayée. Fascinée, mais pas effrayée. Au-delà de la peur. Très calme. Très vigilante. Abandonne-toi, Beth, laisse-toi aller, laisse-toi aller dans l'obscurité. Laisse arriver *maintenant* ce qui aurait dû arriver à ce moment-là. Quel que soit cet événement, laisse-le arriver. Oh, je comprends pourquoi Mi Nu ne s'est pas adressée à moi. Viens me parler quand ta question sera prête, disait-elle. Tu es encore trop désorientée pour savoir quoi demander. Tu es trop bouleversée. En attendant, tu dois te laver de tes impuretés. Te laver à l'obscurité, te récurer au silence. Un jet d'obscurité, une pierre ponce de silence.

Le matin, j'arrive dans la salle de Metta quelques minutes après quatre heures. Le soir, je la quitte à vingt et une heures trente. Je suis là avant lui, avant qui que ce soit. À chaque séance. À chaque séance, je pars après lui. Quatre jours et il sera parti. Quatre jours trois jours deux jours un jour. Bénédiction, acceptation, bénédiction, acceptation. GH sera parti. Ensuite je pourrai vraiment reprendre, recommencer au Centre Dasgupta. Recommencer à tout enterrer. Plus profond cette fois. Comme des déchets nucléaires. Bien plus profond. Et pour toujours. Pour l'éternité.

Je me lève au son éraillé du gong matinal. Non, *avant*. Avant que les autres soient réveillées. Je tourne dans le pré dans la nuit noire, trébuchant sur des taupinières, accrochant mes manches aux épines. J'aimerais bien me remettre à vivre, mais chaque fois que j'essaie me revoilà dans le ressac. Je suis une chose à bout de souffle jetée dans le ressac. Qui ne marche pas, ne court pas, mais qui est ballottée par la mer. Une épave flottante. Je viens tôt pour ne pas voir cet homme. Je ne veux pas croire que tout ceci m'est arrivé. La vie. Je reste tard jusqu'à ce que tout le monde soit parti. Je n'ai pas besoin d'ouvrir les yeux pour le savoir. Je sens ma solitude. Mon auteur de journal intime n'est pas Jonathan, mais il me rappelle Jonathan, il me rappelle qui j'étais avec Jonathan. En lisant son journal, je suis redevenue Beth. En respirant ses vêtements, je me suis sentie intensément Beth. Beth doit s'abandonner. Beth doit mourir. Les yeux de bon chien de Ralph ne sont pas ceux de Carl, mais ils me regardent de la même façon. Comme tous les garçons ont toujours regardé Beth. Sur scène, après les concerts. Je détruirais Ralph comme j'ai détruit Carl. Être Beth c'est tuer et être tuée, tuer et être tuée. Quand ta question sera prête, dit Mi Nu, je te parlerai. Quand tu auras lavé tes impuretés dans l'obscurité, quand tu auras consumé tes *sankhara* dans le silence. Mais ils ne s'en iront pas au lavage, Mi Nu. Ils ne se consumeront pas. Il me semble que l'obscurité les attise, que le silence alimente la flamme. Mes cuisses me font un mal de chien. J'ai perdu toute mon équanimité. Je suis crevée. Je suis foutue. Mon dos me fait un mal de chien. J'ai la tête qui éclate, qui éclate, qui éclate.

À quatre heures cinq, je suis sur mon coussin. Je suis sortie de la chambre avant que les autres soient sorties du lit. Je traverse l'herbe mouillée à la lueur des étoiles. Je m'avance entre les dortoirs et la grande salle, et je m'efforce d'être ici, oh, vraiment ici, sur le site du Centre Dasgupta, pour respirer la beauté humide de ce lieu, pour regarder les lapins s'enfuir d'un bond dans les buissons. J'adore les lapins. J'adore leur façon de grignoter, de gigoter. Je m'abandonne et me livre aux lapins, de mon plein gré, entièrement. Je m'efforce d'être ici à l'instant, dans l'herbe mouillée sous la lumière des étoiles, avant l'aube. Pas sur la plage, pas dans le ressac. Mais je dois me dépêcher d'atteindre mon coussin avant qu'il arrive. GH ne doit pas voir mon visage, mon corps. Et lui, je ne dois pas le voir. GH n'est pas Jonathan, mais si j'allais le chercher et que je disais : Salut, Garry, Salut, Graham, foutons le camp d'ici, il répondrait oui aussitôt. Quel homme digne de ce nom ne le ferait pas ? Deux foutues Ferrari. Il se jetterait aussitôt sur ses affaires. Il se jetterait sur *moi*. Aussitôt nous formerions un couple, il m'adorerait, puis il reviendrait à sa femme, à sa fille et à sa petite amie enceinte mariée à un autre. Il ne se battrait pas pour moi. J'envie sa petite amie. J'envie n'importe quelle femme qui attend un enfant. Qui attend un enfant. Il y en a une dans le rang derrière moi, une femme au quatrième ou au cinquième mois de grossesse. Je l'envie, j'envie la courbe de son ventre, j'envie son autosatisfaction, pourquoi les femmes enceintes sont-elles aussi fières de leur petite personne, si dévotement contentes d'elles, si invulnérables ? Une grande femme, quelconque, qui a des kilos en trop, enceinte et tellement satisfaite de la courbe de son ventre. Et j'envie une femme qui a la possibilité d'enterrer son enfant mort, oui, et de retourner auprès de son riche mari. Si au moins j'avais eu un enfant à enterrer. Si au moins j'attendais un enfant ici au Centre. Comme la femme derrière moi. Imaginez un peu. Me gonflant et m'arrondissant chaque jour au Centre Dasgupta. Comme tout le monde m'envierait ! L'enfant de qui ? De Jonathan, de Carl ? Quelle importance ? Comme ce serait merveilleux ! De donner le jour au Centre. Dans la salle de Metta. Mme Harper sort d'un coup sec le bébé d'entre mes jambes, Mi Nu me veille, attendant que ma question soit prête, attendant que je m'abandonne. Quand ta question sera prête, Elisabeth, je te parlerai. J'expliquerai tout. Mais ma seule question la voici : Pourquoi ne suis-je jamais prête, Mi Nu, pourquoi ne puis-je jamais réfléchir à ma question ? Pourquoi est-ce que je n'attends pas un enfant ?

Je suis la première dans la salle de Metta, ce matin. J'adore être la première. J'ai la salle entière toute à moi. Les couvertures et les coussins s'étirent en longues rangées. Les couvertures s'enroulent autour des coussins, là où les méditants les ont laissées tomber de leurs épaules. Une vague de couverture s'enroulant derrière chaque coussin rocheux. Je m'avance entre elles en pataugeant. "Beth! Il fait trop sombre!" Le silence amplifie la voix de Carl. Quand j'entends la mer, j'entends la voix de Carl, j'entends mon nom. "Beth!" Et les voix des jeunes Français qui crient : "Viens te baigner avec nous, Beth. Viens te baigner à poil." Ils veulent voir mes nichons et ma chatte. Parfait! Je veux voir la fameuse grosse bite française. "Beth, tu es bourrée. Tu as trop fumé. Il est trop tard pour aller nager. La mer est trop agitée ce soir."

QU'EST-CE QUE JE FAIS EN VACANCES AVEC QUELQU'UN QUE JE N'AIME PAS? POURQUOI JE NE SUIS PAS AVEC TOI, JONATHAN? Des SMS à la file.

TU PEUX TOUJOURS RENTRER CHEZ TOI, BETH. JE SERAI DE RETOUR DANS UN MOIS. RENTRE CHEZ TOI SI TU ES MALHEU-REUSE.

Je suis assise sur mon coussin dans mon tee-shirt trop grand, mon survêtement trop grand. Je ne regarde pas mon corps. Quand je m'habille et me déshabille, je ne regarde pas. Je ne veux pas voir mon corps.

À QUOI SERVENT CES DEUX FERRARI, JONATHAN, SI CE N'EST POUR ALLAITER UN ENFANT?

HÉ, VAS-Y MOLLO, BETH.

JE N'ARRIVE PAS À FAIRE L'AMOUR AVEC CARL. IMPOSSIBLE.

DÉSOLÉ, BETH.

IL EST SI TENDRE. JE FERME LES YEUX. TU AS FAIT DE MOI UNE PUTE.

BETH, RENTRE CHEZ TOI. RENTRE CHEZ TOI, MON AMOUR.

Quatre heures du matin dans la salle de Metta. C'est tellement paisible, tellement silencieux. Je m'assois sur mon coussin et regarde la mer au loin. Puis la porte grince. Les autres arrivent. Vite. J'enroule ma couverture autour de mes épaules, ramène mes chevilles vers moi, joins les mains, ferme les yeux. Le souffle qui passe sur la lèvre. L'inspir. L'expir. L'effort juste. La concentration juste. La compréhension juste. Le souffle calmera ces voix. Elles s'éteindront. Un jour. À mon réveil dans des draps amidonnés, entre le tic-tac du moniteur et l'odeur de médicaments, leurs voix sont déjà lointaines. Carl. Les jeunes Français. J'adore les hôpitaux, j'adore les anesthésiques. Je pourrais vivre dans un hôpital toute ma vie sans vie. Si seulement j'étais malade. J'envie les malades, j'envie les mourants. Les enfants trouvent cela plus facile. Je pourrais vivre mourante. Et les morts. "Tu es si pleine de vie, Beth. Tu exploses de vie." Quelle malédiction.

D'autres méditants s'avancent pesamment vers leur place, se raclent la gorge, disposent leurs coussins, s'installent. Le gong retentit annonçant le début de la séance. Quatre heures trente. Je parie qu'il a les yeux posés sur moi. Il observe. Je suis le genre de fille qu'il veut. Mais je suis plus forte. Je suis plus forte que ses yeux. Je l'ai exclu. Je n'y retournerai pas. Je me fiche de son stupide journal intime. Sixième jour. Septième jour. Acceptation, bénédiction. Plus que trois jours. Je lui ai échappé. J'ai échappé à mon histoire avec GH, le pompeux auteur de journal intime. As-tu jamais regretté d'avoir dit non, Beth? Jamais! Je n'ai jamais regretté d'avoir dit non à un homme. Mais as-tu jamais regretté d'avoir dit oui? Ha ha. Jamais. Je n'ai jamais regretté d'avoir baisé. Non, c'est pas vrai. Maintenant je le regrette. Je regrette d'avoir dit oui. À tous les hommes à qui j'ai dit oui. Je regrette pour Carl. Oui, oui. Je regrette pour Jonathan. Du fond du cœur, je regrette pour lui. Et pour tous les autres. Pour *tous* les autres. Pour toutes les trahisons. Que je regrette sincèrement regrette sincèrement.

JE T'AI TROMPÉ DES MILLIERS DE FOIS, JONATHAN. JE T'AI TROMPÉ À LA MOINDRE OCCASION. À LA MOINDRE OCCASION.

J'EN SUIS PERSUADÉ, BETH. JE N'AI JAMAIS CRU LE CONTRAIRE.

TU N'ES QU'UN VIEUX TOCARD, JONATHAN. UN TOCARTISTE TARÉ.

D'ACCORD, BETH. JE SUPPOSE QUE JE SUIS ASSEZ VIEUX POUR ÊTRE TON PÈRE.

Père. Mon scandaleux père. Le sexe est interdit au Centre Dasgupta. Le sexe est interdit.

Rrép-pprenez. Abandonnez-vous de nouveau. Il n'y a pas de voix pour nous guider à la séance du matin, pas de Dasgupta. J'articule en silence les mots pour moi. Rrép-pprenez. Les yeux fermés, sur mon coussin au-dessus du ressac, je suis heureuse. Oh, je suis profondément heureuse! J'adore les matins, l'aube. J'adore les corbeaux qui grattent sur le toit. J'adore les commencements. Les commencements. S'il m'observe, c'est son problème. Je ne les sens pas. Je ne suis l'esclave des yeux d'aucun homme..

"Ils te mangent dans la main ou alors tu leur fais du chantage au suicide", avait remarqué Zoë.

Zoë m'avait embrassée.

JE T'AI TROMPÉ AUSSI BIEN AVEC DES FEMMES QU'AVEC DES HOMMES, JONNIE.

J'adorais envoyer des SMS, j'adorais le mettre dans un état d'angoisse. À toute heure du jour et de la nuit. Pourquoi aurait-il le droit de se détendre, alors que j'étais partie avec le petit ami que je n'aimais pas et que je souffrais de mes propres trahisons ? JE SAIS QUE TU L'AS FAIT, BETH. JE SAIS QUE TU LE FAIS.

De but en blanc, il avait écrit : JE T'ADORE. De but en blanc. JE T'ADORE, BETH. J'ADORE TA PEAU, J'ADORE TES CHEVEUX, J'ADORE TES YEUX, JE T'ADORE, JE T'ADORE.

Zoë avait suggéré :

— Dis-lui que tu as le sperme d'un autre dans ta chatte. Ça devrait le réveiller.

— C'est déjà fait. Et je lui ai aussi raconté que je baise avec toi. Nous étions à l'hôtel, après le concert. Je pleurais.

— Notre grande tragédienne, avait-elle lancé.

Les gens remuent. Kristin est arrivée sur ma gauche, Marcia sur ma droite. Même sans regarder, je sens qui est là. Je les connais, je connais l'espace. Je connais les vibrations qu'elles émettent, la façon dont l'air change lorsqu'elles s'assoient. Derrière nous quelqu'un se met à respirer très fort, à haleter en cadence, une nouvelle qui n'arrive pas à trouver son souffle. Un vrai soufflet de forge. On se prépare à la *vipassana*, à travailler assidûment toute la journée : l'inspir, l'expir. Sur la lèvre. Pendant au moins une demi-heure, rien que le souffle. Dedans et dehors. On se prépare. Le flot argenté du souffle s'ouvrant un passage dans un océan d'eau profonde. Une corde de plongée argentée trouant l'obscurité. Elle doit bien, quelque part, rejoindre la surface. Elle doit bien, quelque part, se rattacher à l'avenir. JE N'AI PAS RESPIRÉ PENDANT DIX MINUTES, JONATHAN. DIX LONGUES MINUTES ! JE DEVRAIS ÊTRE MORTE. MAINTENANT J'AI LE CERVEAU QUI ENFLE. IL FAUT QU'ON ME METTE DANS LE COMA, SINON JE VAIS MOURIR.

Silence. Ma poitrine monte et descend. Sans respirer je me regarde respirer. C'est un mouvement si doux. Un léger mouvement de haut en bas de la poitrine, du diaphragme. La mer s'est calmée et l'eau clapote tout doucement sur le sable, monte et descend tout doucement, comme un baiser, une caresse. Dans l'obscurité, les visages se mettent à défiler. Le visage d'une femme, net dans tous ses traits, la bouche généreuse, la peau claire, les yeux gris au milieu d'un réseau de rides. Maintenant un Noir, un vrai nègre, qui regarde de très loin en dessous, sous le sol de la salle de Metta. Il est résigné, las, compatissant. Maintenant une petite fille blonde comme les blés, tout près. Un nez retroussé. Elle est sur le point de sourire, elle est sur le point de secouer la tête. Si elle le fait, ses cheveux vont m'effleurer. Tous ces visages sont très nets. Très calmes, très avisés. Est-ce sur moi qu'ils posent leurs regards ? Je ne sais pas trop. Peut-être sur quelqu'un qui est plus loin, qui est derrière. Ils apparaissent et s'effacent. Maintenant un jeune homme, maintenant un petit Chinois. Ils ne sont pas là, puis ils sont là, puis on ne les voit plus. Visages entrevus parmi les étoiles. Tu es couchée sur le dos à côté de ta tente dans les dunes. Tu sais que tu n'aurais pas dû venir. Tu n'aurais vraiment pas dû partir en vacances avec un homme que tu n'aimes pas, tu n'aurais pas dû lui dire que tu étais enceinte. Il est si heureux. Il est si près de toucher au but. Épouse Beth, Carl, épouse la maison Marriot. Tu lèves les yeux et découvres un visage dans les étoiles. Pourquoi le lui as-tu dit ? Le visage a déjà disparu. Mais chacun de ces visages est trop réel, trop présent pour être le fruit de mon imagination. Qui sont ces gens ? J'en sais rien. Ont-ils quelque chose à dire ? Ils sont silencieux. Sont-ils mes vies antérieures, venues veiller sur moi ? Les vies antérieures de Beth ? Merde alors ! Sont-ils les vies à venir ? Un vieux Noir ? Sont-ils amicaux ? J'en ai l'impression. Amicaux et égaux. Oui, j'ai l'impression qu'ils sont tous égaux. Non, ils sont *le même*. Je ne sais pas trop comment c'est possible mais en quelque sorte ils sont tous le même visage. Je suis l'un d'entre eux. Nous sommes des compagnons de voyage. Moi aussi je suis le même. Mon visage leur apparaît tout comme ils m'apparaissent. Sommes-nous la Sangha ? *Sangham saranam gacchami*. Je prends refuge dans la Sangha, dans la communauté des méditants. Comment puis-je avoir le profil Dasgupta ? Est-ce la question que je dois poser à Mi Nu ? Ce sont les visages des disciples. Ils ont cette allure-là. Je dois prendre refuge dans la Sangha. Ils apparaissent et s'effacent. Je comprends maintenant pourquoi Mi Nu n'a pas voulu me parler quand j'ai appelé à l'aide. Débiter son histoire, c'est s'y plonger encore plus profondément. N'est-ce pas ce qui arrive lorsqu'on se met à raconter? On aggrave la situation. On plonge plus profondément. Écrire est interdit au Centre Dasgupta. Si tu as choisi de méditer dans le silence, Elisabeth, tu as bien choisi. Alors médite dans le silence. Ne demande pas d'aide. Tu as trahi et brisé le cœur d'un amant? Eh bien soit! Tu as trahi et brisé le cœur d'un amant. C'est sans remède. Tu as été trahie et ton cœur est brisé? Eh bien soit! Tu as été trahie et ton cœur est brisé. C'est irréparable. Tu as tué? Eh bien soit! Tu as tué. Il n'y a pas d'aide possible. Médite dans le silence et sans bouger.

Le monde est tel qu'il est, *tel qu'il est.*

LA *VIPASSANA*

— Ça va, Elisabeth ? a demandé Mme Harper le soir du cinquième jour. J'ai hoché la tête. Je n'ai pas rompu le Noble Silence,
simplement hoché la tête. Il n'y avait rien à répondre. Mme Harper ne m'avait-elle pas avertie qu'il n'y avait pas de Dieu pour
me pardonner, pas de Dieu pour me punir ? Lorsqu'on a misé
sa vie sur une passion et qu'elle a mal tourné, que faire d'autre
sinon méditer, accepter ? Tu es venue au Centre Dasgupta pour
oublier. Tu as signé ta décharge de l'hôpital et tu es venue tout
droit au Centre Dasgupta, dans un autre genre d'hôpital, qui dis-
pense un autre genre d'anesthésique. Tu es venue pour oublier.
Et tu as oublié. Et puis tu t'es souvenue. Un petit peu. Pour vérifier ce qui avait été oublié : la plage, la mer, les jeunes Français, la
tente, les SMS, la mer, la mer sombre, la mer démontée. Maintenant oublie de nouveau tout cela. Inhume de nouveau tout cela,
Beth. Inhume Beth.

In-hume, Beth.

Quel imbécile, mon auteur de journal intime, de croire qu'il
pourrait se sortir ses ennuis de la tête grâce à un résumé. Un
résumé en amène un autre. À peine l'avez-vous dit qu'il vous
faut corriger ce que vous venez de dire. Prolifération mentale,
selon Dasgupta. Projections douloureuses. *Sankhara.* Redites-
le et vous devrez corriger votre correction. La troisième version
est-elle meilleure que la première ? Est-elle plus ou moins douloureuse ? La deuxième était-elle la bonne ? Tentez-en une quatrième. Une cinquième. Maman avait au moins dix versions de
sa vie. Toutes fausses. Et un millier de combinaisons de ces dix-là.
Chaque nouvelle histoire est la garantie qu'il en faudra une autre

pour la corriger. La guerre de Trente Ans était terminée. Mais pas le combat de maman contre papa. J'ai passé mon enfance à écouter. Mon adolescence. Ma vie. Je suis entrée dans le jeu. Non, j'étais déjà dans le jeu. J'étais née dedans. J'ai rendu leur histoire plus compliquée, plus excitante. Je faisais partie de leur guerre. Partie des moments où papa et maman se parlaient. Partie des moments où ils ne se parlaient pas. J'en savais plus que maman sur papa. Moins que papa sur maman. Je tâchais de sortir de l'impasse. Pauvre idiote. Et si tu voyais les choses de cette façon, maman ? Si tu recommençais tout à zéro ? C'était une erreur, voilà tout, votre mariage. Quel est l'intérêt de vouloir trouver une explication ? Ton mariage a été un mariage raté ? Eh bien voilà, il a été un mariage raté. Quel est l'intérêt du nouveau rebondissement, de la version définitive ? Qui se soucie de savoir à qui est la faute ? Chaque fois qu'on interprète une chanson, elle est différente. Aucune n'est juste. Ton mariage était un mariage raté, maman. Un mariage à chier. Ta vie est gâchée, Beth, tu as gâché la vie de quelqu'un d'autre, tu as tué un être vivant. Il n'y a pas de retour en arrière possible. Tu as mal choisi ton mec, mal choisi ton boulot, mal choisi tes chansons, mal choisi ta plage.

Chut.

Les minutes passent. De quatre heures et demie à six heures et demie. Je suis heureuse. Je suis très calme. Je souffre moins avant le petit-déjeuner. Quelqu'un s'est levé pour partir. Quelqu'un arrive en retard. Peu de gens méditent pendant les deux heures entières. Kristin se lève. Elle doit aller préparer le petit-déjeuner. Puis Marcia. Marcia n'a pas pété, elle n'a pas fait de bruit. Elle s'adapte. J'ai envie de rire. Marcia est peut-être quelqu'un de sympathique. J'ai laissé tomber mes compagnons de travail. Je n'étais pas indispensable. J'ai laissé tomber tout le monde.

— Une histoire en cuisine ? a demandé Mme Harper. Y a-t-il eu un problème quelconque avec les autres bénévoles, Elisabeth ?

Oui. La cuisine ressemble trop à la vie, madame Harper. Dans une cuisine des choses se mettent en branle. Des paroles sont prononcées. Un garçon vous regarde de ses yeux de bon chien. L'orgueil d'une femme vous énerve. La paresse d'un homme vous agace, sa manie de picorer. Vous allumez le garçon roulez la femme snobez l'homme. Réaction réaction réaction. *Sankhara sankhara*

sankhara. Votre esprit se met à bourdonner, à brûler. Les tomates sont trop rouges. Les carottes sont trop éclatantes. La betterave tache tout. Une fille arrive et vous commencez à bien l'aimer. Elle retire le matelas de son lit. Vous voulez la conquérir. Pourquoi? Parce qu'elle souffre? Parce qu'elle respire la dignité? Une femme arrive et vous commencez à la détester. Vous voulez montrer votre mépris. Réaction. Réaction. Vous tentez de la bénir mais vous n'y arrivez pas. Vous ne pouvez pas bénir les péteuses. Il est temps de sortir de là, Beth. Tu n'es pas prête pour la cuisine. Tu ouvres une porte et trouves le journal intime d'un homme. Tu ne peux pas résister. Il adore sa fille. Cette idée te rend dingue. La fille a mal choisi son mec. Il écrit une lettre pour la sauver de sa bêtise. Il n'arrive pas à la terminer. Il a le crâne plein de ses propres erreurs. Il est trop plein de vanité pour aider sa fille. Tu demandes à un type comment il gagne sa vie et il te répond qu'il est payé pour faire rire des enfants à l'agonie. Les enfants sont davantage en accord avec la vie. Les enfants sont capables de rire alors même qu'ils meurent. Comment puis-je me mettre en accord, Mi Nu? Comment puis-je entrer dans le flot?

C'est celle-là, la question?

Elle est là, maintenant. Il ne doit pas être loin de six heures. Quand Mi Nu arrive, j'ouvre les yeux. Rien que pour elle. Rien qu'un instant. Elle jette son châle sur ses épaules, et d'un seul élan s'assoit et se retrouve immobile. J'adore la regarder faire. C'est un mouvement gracieux qui s'accélère pour aller jusqu'à l'immobilité, comme une bonne chanson va crescendo jusqu'au silence. Un seul mouvement, un seul mouvement, et la voilà enveloppée d'immobilité, drapée de silence. En la regardant, les mots s'évanouissent. Le bavardage s'évanouit. Les questions s'évanouissent. À présent je marche le long d'un ruisseau, je porte une robe longue. J'ai les pieds nus dans l'herbe haute. L'eau bouillonne, fraîche, pure et pleine de vie. Elle est belle. Je suis heureuse. Il n'y a pas de berge, rien que l'herbe et l'eau claire et bouillonnante. Je suis grande, droite, solennelle. Oh, je suis si belle. Ma robe rouge vif tombe jusqu'à mes pieds et un petit sourire retrousse mes lèvres. Je souris. À chacun de mes pas le bas de ma robe frôle l'herbe et des dizaines de minuscules oiseaux effrayés s'envolent autour de moi. Ils s'envolent, gazouillants nuages turquoise, or et blancs.

Leurs couleurs sont éblouissantes. Et le gazouillis des oiseaux est le bouillonnement du ruisseau. C'est le même son. Ils prennent leur envol à mes pieds dans l'herbe fraîche. Belles pensées gazouillantes. L'herbe verte et la robe rouge ne sont qu'un. Comment est-ce possible ? Comment vert peut-il être rouge ? Des oiseaux être des bulles d'air ? Comment mes pieds peuvent-ils être mes mains et mes mains mes pieds ?

Ananta pūnyamayī.

Les psalmodies ont commencé. Les flocons d'avoine tombent dans la casserole.

Ananta gunyamayī.

Ne te dis pas qu'il ne reste plus qu'une demi-heure. Tu es ici pour toujours, Beth.

Dharama kā nirvāna-dhātu. La voix rauque de Dasgupta. Qui chante et psalmodie. Je n'ai pas la moindre idée du sens des paroles. Suspendue, je flotte dans le son. *Dharama dhātu, bodhi-dhātu.* Parfaitement immobile, mais pas fixe. Je me suis dilatée à travers toute la salle. C'est paradisiaque. Et je souffre de nouveau. Je flotte dans une immobilité paradisiaque mais mes chevilles s'écrasent contre le sol. C'est la *vipassana.* Cette suspension paradisiaque naît de la souffrance. Elle *est* la souffrance. Flotter au-dessus du sol, c'est être écrasé contre le sol. Les psalmodies sont discordantes et gutturales. Les chants sont doux et fluides. Les psalmodies sont les chants. Pour dire ce que je ressens, je raconte n'importe quoi. Je dis une chose et puis son contraire. C'est ce que je ressens. Au plus profond de moi c'est ce que j'ai toujours ressenti. Cela a toujours été une chose et son contraire. Je suis Beth et je ne suis pas Beth. L'in-Beth, l'ex-Beth. Quelque chose de très distinct et de très indistinct. Je suis tous ceux qui ne sont pas Beth, tout ce qui n'est pas Beth. Et je suis Beth. *Sabake mana jāge dharama.* Je dois cesser d'employer ces noms : Beth, Elisabeth, Marriot, Jonathan, Carl, Zoë. Les noms sont superficiels, les noms sont source de discorde. Nous ne sommes qu'un. Les psalmodies sont dans mon pouls, les chants dans ma peau. Mon corps se dissout et flotte. Il flotte loin de mon coussin, emporté par la marée descendante. Bien que mes genoux soient des rochers brûlants. Putain, mes genoux me font un mal de chien ! *Roma roma kirataga huvā.* Je connais cet enregistrement sur le bout des doigts. Je sais exactement ce qui est encore à venir avant l'heure du petit-déjeuner, le porridge, les céréales, les pruneaux et le pain grillé. Je suis ici pour toujours. Maintenant, la phrase *Dharama gaṅga ke tīra para*. Plus que dix minutes. Cinq. Les psalmodies n'en finissent pas au Centre Dasgupta. Elles étaient là avant que la salle de Metta soit construite, et quand le Centre sera oublié et l'enregistrement perdu, les psalmodies continueront. Que Dasgupta soit mort ou vivant, peu importe. Dasgupta a toujours été mort. Dasgupta est toujours vivant. *Saba ke mana ke dukha mite.* Les psalmodies datent de bien avant et bien après. Je ne connais pas les paroles, pourtant mes lèvres remuent quand même. Mes lèvres connaissent les paroles. Dans quelques instants les psalmodies seront terminées et les méditants se rueront sur leur banane. Non, elles ne seront pas terminées. Il n'y aura pas de bananes. Le porridge sera incroyablement réel, son odeur, et surtout les grumeaux dans le porridge. Merci, Paul, merci, Rob. Il n'aura rien de réel.

— Ce n'est pas moi *du tout*, avais-je dit à Jonathan lorsqu'il m'avait montré son tableau. Je ne porte jamais de jupe longue, je ne porte jamais de rouge, je ne marche jamais pieds nus. J'aurais trop peur des merdes de chien.

— C'est toi, tout autant que n'importe quel autre tableau de toi, Beth.

— Et les oiseaux ? Les oiseaux me plaisent bien.

— Les oiseaux sont aussi toi, Beth. Tout comme le ruisseau. Peut-être surtout le ruisseau. Ou peut-être surtout le ciel.

— Je ne vois pas de ciel.

— Je t'adore, Beth.

Comment une chose peut-elle être ce qu'elle est et son contraire ? Comment peut-elle être libre *et* prise au piège ? Comment peut-elle être solide et liquide ? Comment la vie peut-elle être paradisiaque et insupportable ? Comment est-ce possible, Mi Nu ? Comment un homme peut-il m'adorer et ne pas me vouloir ? Comment l'amour peut-il être la haine et la haine être l'amour ?

Saba ka maṅgela, saba ka maṅgela, saba ka maṅgela, hoya-re. Pour les derniers vers la voix d'une femme s'ajoute. On dirait qu'elle marche à côté de son compagnon qui psalmodie de sa voix discordante et gutturale. Elle chante à côté de son compagnon, avec aisance et douceur. Je la vois tanguant dans son sari. *Saba ka mañgela hoya-re.* Elle n'est pas en rythme et ne chante pas juste, mais c'est tout à fait ça. C'est à vous fendre le cœur. Combien de fois ai-je dit à Zoë : décalé d'un tout petit poil, très vaguement faux ? C'est par cette ouverture minuscule que la vie s'engouffre, le désir s'engouffre, la passion s'engouffre. Par cette blessure minuscule entre chanter juste et chanter faux. Des larmes roulent sur mes joues. Je ne pleurerai pas dans la salle de Metta. Je ne pleure pas. Je suis parfaitement, parfaitement heureuse. Je ne suis personne. Je peux vivre pour toujours au Centre Dasgupta. Je peux être libre pour toujours de tout attachement, libre de toute aversion. *Bavatu sava mangelam.* Que tous les êtres soient heureux. Que tous les êtres soient en paix. Que tous les êtres soient libérés libérés libérés.

Sadhu, sadhu, sadhu.

LE *MANUEL DASGUPTA*

Ça ne marche pas.

Si ça marchait, je n'écrirais pas. Je ne prendrais pas refuge dans l'écriture. Je veux être dans le *jhāna*. Je voulais que le *jhāna* fasse de moi quelqu'un de neuf. Mais non. J'ai éprouvé *anicca* dans ma chair, le flux continuel, le flot continuel, chaque atome d'esprit et de matière surgissant et disparaissant, surgissant et disparaissant. Cela ne m'a pas apporté la sagesse. J'ai senti mon corps se fondre dans l'air. Je suis sortie de la salle de méditation et je n'ai fait qu'un avec les arbres, avec l'herbe, j'ai entendu de vastes cathédrales de feuilles bruire dans ma poitrine, vu mes paupières battre dans l'écorce, senti ma tête emplie de ciel, le bout de mes doigts flamboyer tels des pétales. Cela ne m'a pas apporté la paix. Je me suis laissé distraire par le bourdonnement d'une abeille zigzaguant parmi les fleurs. Je ne suis pas guérie. Je n'ai pas atteint la *paññā*, encore moins le *nibbana*.

Tu es une idiote, Beth, de jouer avec des trucs que tu ne comprends pas. Tu vas au réfectoire et tout se solidifie, tout est moche. Tu empiles des céréales, empiles du pain grillé, empiles des pommes et des oranges. Tout durcit. Ton corps est moche et dur. Tes mâchoires mastiquent bruyamment. Ta gorge avale. Ton ventre gonfle. Ton esprit est cupide et déterminé. Ce sont les mots de Dasgupta. Cupide et déterminé. Il te faut la dernière tranche de pain grillé. Il te faut une place face au mur. Je ne veux regarder personne. Je ne veux partager avec personne. La tristesse est de retour, Beth est de retour. Jonathan est de retour. Tout est pareil, de nouveau. Le petit-déjeuner, les toilettes. Après avoir chié, je m'allonge dans le pré en espérant que le bonheur revienne.

J'adore chier. J'adore l'odeur et la défécation. On a tous la merde molle au Centre. J'adore me torcher le cul et remonter mon pantalon. Maintenant le bonheur va revenir. Mais non. Je suis allongée dans le pré, pourtant je pourrais aussi bien être de nouveau dans les dunes, près de la tente, près de Carl.

"Qu'est-ce que tu as, Beth ? Allez, on est en vacances."

Le gong retentit. J'ai eu tort vis-à-vis de Carl. Je lui ai fait du tort. Je lui ai dit que j'étais enceinte pour me couvrir. Ce n'était pas son enfant. Le gong nous rappelle dans la salle de Metta. Reprends. Une fois de plus. Croise de nouveau les jambes, Beth. Encore une heure, encore deux heures, encore trois heures à s'abandonner. Travaille assidûment, assidûment. Derrière des paupières fermées les sensations s'ouvrent en paysages. J'explore un gigantesque coquillage concave et brun, je parcours d'étroits sentiers rouges sur des kilomètres et des kilomètres de terre desséchée. Elle est très aride, très belle. J'avance le long de sentiers rouges à l'intérieur d'une sphère lisse. Est-ce la croûte terrestre, vue de l'intérieur ? Les sentiers se rejoignent et se divisent, se rejoignent et se divisent. Où vont-ils ? Où suis-je ? À l'intérieur de mon crâne. Je suis prise au piège dans mon crâne.

Après la causerie du soir, les étudiants s'avancent pour poser des questions. Certains étudiants. Les bénévoles restent en méditation, attendant la *metta*. La journée a été longue. Je n'ouvrirai pas les yeux tant qu'il ne sera pas parti, tant que la *metta* ne sera pas terminée. Une file d'étudiants s'est formée, qui amènent leurs questions. Les hommes à M. Harper, les femmes à Mi Nu. Pour ceux qui ont des questions. Les autres sont partis. Les autres, épuisés, s'en sont allés au lit d'un pas chancelant. Dans la file d'attente, ceux qui posent des questions sont agenouillés. Ils prennent leur coussin et s'agenouillent à tour de rôle devant leur professeur.

— Chaque fois que je passe de l'*anapana* à la *vipassana* un mal de tête atroce explose en moi. Est-ce normal ?

— Je ne comprends pas que le soi n'existe pas et que la réincarnation existe. Qu'est-ce qui est réincarné ?

— Qu'est-ce que la *paññā* ? Pourquoi est-elle si importante ?

— Que puis-je faire pour garder le dos droit ? Je me voûte sans arrêt.

— Pourquoi ne sommes-nous pas autorisés à nous promener hors du site ? J'ai besoin de bouger.

J'entends les femmes marmonner leurs questions à voix basse. En gros, ce sont les mêmes gens tous les soirs. Il y a ceux qui posent des questions et ceux qui n'en posent pas. Peut-être cherchent-ils à attirer l'attention, comme des gamins qui font de la lèche à la maîtresse. J'entends les voix des femmes. Parfois celles des hommes. Les hommes font davantage de bruit.

— Si le soi n'existe pas, pourquoi la morale existe-t-elle, pourquoi le châtiment existe-t-il ?

Je n'entends pas les réponses de Mi Nu. Parfois je me demande même si elle répond. Peut-être qu'elle se contente d'incliner la tête, de les inviter à la regarder. Mais j'entends Harper. Il parle si fort que c'en est gênant. On ne peut pas s'empêcher de l'entendre. Il couvre la voix de Mi Nu.

— Ce qui est réincarné c'est le karma accumulé, les *sankhara* accumulés, au moment de la mort. Pas un soi, pas une personnalité.

— La morale est une manifestation naturelle de la cause et de l'effet. Un acte inexpert produit de la souffrance aussi sûrement qu'une roue de charrette laisse une trace dans la poussière.

Je connais les réponses avant qu'il les donne. Les questions sont toujours les mêmes. Les réponses sont tirées du *Manuel Dasgupta à l'usage des professeurs*. Un des animateurs me l'a montré. Il existe un manuel que les enseignants doivent apprendre par cœur. Ainsi chaque professeur, dans chaque Centre Dasgupta du monde entier, pourra toujours donner la même réponse, la meilleure, aux éternelles questions que posent les étudiants. Il est difficile d'imaginer une question nouvelle, difficile de dire quoi que ce soit qui pourrait obliger Harper à réfléchir personnellement. Je serais curieuse de savoir si mon auteur de journal intime va s'avancer et demander : "N'aimeriez-vous pas vous charger vous-même de la causerie, monsieur Harper ? N'aimeriez-vous pas devenir vous-même un gourou, et que Dasgupta aille se faire voir ?" Soudain, je suis tentée. On dirait qu'il y a beaucoup d'étudiants dans la queue, ce soir. Je le sens, lorsque la file est longue. Je suis tentée d'ouvrir les yeux, de voir s'il est là.

Une femme parle d'une voix snob : "Je me mets à explorer mon corps et tout va bien jusqu'à ce que j'arrive au torse, et là, je perds le fil. Je ne peux jamais aller plus bas que mon torse. Quelque chose me bloque. Je finis par recommencer, recommencer, recommencer, comme si le restant de mon corps était engourdi."

Je tends l'oreille pour entendre la réponse de Mi Nu. Je me demande si elle aussi se sert des réponses du manuel. Elle parle à voix basse et suit un rythme étrange, une sorte de miaulement, ou de gargouillement. *Anicchaaaah.* J'entends le mot dans sa prononciation bizarre : *anicchaaaah, anicchaaaah.* Je suis tellement tentée, à présent. Quel sens cela aurait-il de m'approcher de Mi Nu et de lui poser une question à laquelle elle pourrait répondre grâce au manuel ? Autant nous le donner à lire, non ? Pourquoi ne mettent-ils pas un PDF en ligne pour qu'on puisse en prendre connaissance avant de débarquer ici ? Je me vois ouvrant les yeux pour tenter de lire sur ses lèvres, pour voir l'expression sur son visage lorsqu'elle répond. Je suis persuadée que son visage est plein de compassion, mais en même temps impassible, à l'asiatique, bienveillant et détaché, aimant et indifférent. Je me vois ouvrant les yeux mais je ne les ouvre pas. C'est curieux d'être assise là à me demander si la violente envie d'ouvrir les yeux triomphera de l'ordre de ne pas le faire, de l'ordre de garder les yeux fermés jusqu'à ce que les étudiants soient partis. Je reste là à me le demander, à me le demander, à observer mes yeux fermés sur le point de s'ouvrir, mais toujours fermés.

J'ADORE TES YEUX NOISETTE, BETH.

J'ai conservé ce SMS pendant des mois.

Vais-je ouvrir les yeux, oui ou non ? L'entité nommée Beth Marriot, un corps composé de particules subatomiques, de *kalapa*, prises dans un flux continuel, dans un changement continuel, va-t-elle ouvrir les yeux, ses yeux, oui ou non ?

Je ne sais pas.

Ou quelqu'un d'autre ouvrira-t-il mes yeux ? Une autre Beth. La Beth qui est sur le point de naître. À cet instant-là. À cet instant-là. Là, là, là, là. Un homme se baigne dans une rivière tous les matins – causerie du cinquième jour – sans se rendre compte qu'en fait c'est une autre rivière. L'eau d'hier s'en est allée. Sans se rendre compte qu'il est chaque fois un autre homme. Qui surgit et disparaît. Chaque atome du corps chaque instant. Mes yeux seront-ils ouverts ? Seront-ils mes yeux quand ils le seront ?

Les mêmes yeux que Jonathan adorait? Mon auteur de journal intime est peut-être dans la queue. Ou peut-être pas. Je ressens une douleur dans le dos, à présent. C'est un couteau planté entre mes omoplates. Ce n'est pas un problème. Ce n'est rien comparé à ma violente envie d'ouvrir les yeux. Pourquoi? Il doit y avoir une question qui se situe au-delà de toutes les autres questions. Qui décide quand mes yeux s'ouvrent? Est-ce celle-là? Une question qui l'obligerait à s'arrêter et à réfléchir, à réfléchir par elle-même. Comment puis-je être comme vous, Mi Nu? Est-ce celle-là? Comment mes yeux peuvent-ils être vos yeux, s'ouvrir quand les vôtres s'ouvrent, se fermer quand les vôtres se ferment? Comment puis-je devenir aussi pure que vous, aussi *protégée*? Comment puis-je faire pour que le temps passe sans passer? Si j'entends une question du côté des hommes et que je suis sûre que c'est lui, j'ouvrirai les yeux. Oui, certainement. Mais pourquoi? Ce serait précisément le moment de les garder fermés. Il ne se passera rien avec GH. Je l'ai décidé. D'ailleurs, comment savoir que c'est lui si tu n'as jamais entendu sa voix? Pendant une fraction de seconde je suis de retour dans sa chambre, au moment où son visage a émergé du sweat-shirt: un visage anguleux, intelligent, viril. Il est stupéfait, il est amusé. À quoi ressemblera sa voix? Je tends l'oreille pour entendre les questions des hommes par-dessus celles des femmes. Pour entendre la voix de l'homme avec lequel il ne se passera rien.

— Que dois-je faire s'il y a une partie du corps que je n'arrive jamais à sentir? Le haut de mon crâne, par exemple. Je n'y découvre aucune sensation. Ou mes chevilles, ou mon cou.

— Concentrez-vous simplement sur cette zone une minute, répondra Harper. Ne cherchez pas à forcer la sensation. Ne soyez pas impatient. Attendez une minute et passez à autre chose. Un jour, la sensation viendra. Il y a des sensations sur chaque centimètre du corps à chaque instant. Votre esprit n'est pas assez concentré, voilà tout. Continuez à travailler. Soyez patient.

Il parle d'un ton confiant, qui doit être parfaitement factice quand on pense qu'il répète ces trucs-là de mémoire.

Ou peut-être pas. Peut-être que l'on peut répéter de mémoire et être parfaitement sincère. Peut-être que c'est sincère, précisément parce qu'il répète des vérités auxquelles il croit.

— Je regrette mais j'ai des visions vraiment laides tout le temps. Des images de violence. De viol, de meurtre. J'ignore d'où elles viennent. Je ne sais pas quoi faire.

— Ne luttez pas contre les visions et ne cherchez pas non plus à les bloquer. J'articule les mots en silence tandis que Harper parle. Ne les jugez pas et ne vous critiquez pas non plus parce que vous les avez. Prenez-en note objectivement. Visions. Laideur. Violence. Puis revenez au souffle qui passe sur votre lèvre. Revenez à la méditation *anapana* jusqu'à ce que votre esprit soit calme. Travaillez à votre équanimité.

— Je suis certain qu'à mon retour ma femme et moi allons nous séparer. Je suis incapable de penser à autre chose.

C'est une voix assurée, profonde, désespérée. C'est lui! J'ouvre grands les yeux. Je bats des paupières et fixe mon regard.

Ce n'est pas lui. Il n'est pas dans la queue.

COMME DU MIEL SUR LE FIL D'UN RASOIR

Une fois dehors, je ne fonce pas me mettre au lit. Je passe devant le bungalow de notre enseignante pour gagner le pré. Il commence à faire noir et le froid a envahi les collines. L'étoile Polaire brille. J'aime bien ce moment, entre chien et loup. D'autres gens marchent dans l'allée qui longe la clôture. Certains que l'on reconnaît, d'autres non. Ils avancent lentement. Il y a la petite femme aux cheveux blancs que l'on a éloignée du mur. Elle va les mains derrière le dos, la tête penchée. Quand nous désirons de façon effrénée quelque chose, nous ne désirons pas l'objet que nous croyons désirer. Je ne me souviens pas quel jour Dasgupta a dit cela. Nous sommes simplement accros au désir. Attachés à l'attachement. Nous avons besoin de désirer. Si ce n'était cet objet-là, ce serait un autre. Ce *sera* un autre. Alors pourquoi pas GH plutôt que Jonathan ? Pourquoi ne pas remplacer l'artiste par l'auteur de journal intime ? Si l'on ne peut se guérir, répétons l'expérience. Replongeons dans la maladie. J'étais tellement vivante lorsque j'étais malade.

Je descends jusqu'en bas du pré et puis m'enfonce dans les taillis où il fait plus sombre. Ça sent bon parmi les arbustes, ça sent l'humidité et la terre. Le sentier qui s'en va en serpentant vers l'endroit où le mur est démoli paraît bien tracé. Les petites branches et les ronces ont été écartées. Quelqu'un a fugué au pub. En réalité, ici c'est très facile de sauter par-dessus le mur et de faire les trois kilomètres à pied jusqu'au Barley Mow. Avec un peu de chance, quelqu'un vous prendra en stop. Le vendredi, il y a des groupes qui jouent sur scène. Je ne sais pas quel jour nous sommes. Je sais que c'est le septième jour. Un jour de bénédiction. "Le septième jour est terminé, mes amis, il vous reste encore trois jours de travail." Mais je n'arrive pas à me rappeler quel jour cette retraite a commencé. Un vendredi, un samedi ? Si des groupes jouent, je pourrai emprunter une guitare. Je pourrais demander de chanter. Les méditants font tout le vrai boulot ici, affirme Harper après la *metta*. Être bénévole ce sont de vraies vacances comparé à la méditation, à la lutte qu'est la méditation. Notre tâche consiste à faciliter leur travail de méditants. Je chanterais *Better Off On My Own*.

— C'est à cause de cette chanson que je suis tombé amoureux de toi, m'avait avoué Jonathan.

Maintenant il y a une personne derrière moi, dans le noir. On entend un bruit de feuilles. Mais elle s'est arrêtée. Elle détale à toutes jambes. Elle a dû me voir. Je ne me retourne pas pour regarder. Je me fiche bien de savoir qui c'est. Franchement, je ne comprends pas pourquoi les gens viennent dans un lieu comme le Centre et prononcent les vœux qu'ils prononcent, tout ça pour les rompre et filer en douce au Barley. Moi aussi je l'ai fait, au début. Il n'y a pas de *samādhi* sans *sīlā*, pas de concentration sans les Cinq Préceptes. Il n'y a pas de *paññā* sans *samādhi*, pas de compréhension sans concentration. Il n'y a pas de *nibbana* sans *paññā*, pas de bonheur sans compréhension, sans la sagesse de l'expérience.

"Pourquoi être partie en vacances si tu n'as pas envie d'être là ?" avait demandé Carl. Bonne question. Il était dans tous ses états. "Pourquoi est-ce que tu passes ton temps à batifoler avec ces petits cons de Français, Beth ? Ils ne pensent qu'à une chose, te foutre la main au cul."

Nous avions emporté les guitares. Il voulait travailler des arrangements acoustiques pour pouvoir se passer de Zoë et de Frank. Nous deux, et personne d'autre. Il me voulait toute à lui. Il voulait bâtir un mur autour de moi. C'était trop tard. Je n'étais déjà plus là. Je restais toute la journée à plat dos dans la tente, à composer des SMS, des SMS, et encore des SMS, et le soir je prenais des cuites avec Hervé et Philippe.

"Je suis enceinte, lui avais-je annoncé. D'un peu plus de deux mois."

Carl était aux anges.

VAS-Y MOLLO, BETH, m'avait répondu Jonathan par SMS. LES FERRARI C'EST POUR FRIMER, PAS POUR ROULER.

"La morale appartient aux lois de la nature", affirme toujours Harper, répétant en cela le manuel de Dasgupta des meilleures réponses aux questions courantes. J'espère que Mi Nu ne s'en sert pas. Peut-être que Mi Nu chuchote pour que Harper ne l'entende pas dire des trucs qui ne figurent pas dans le bouquin. "Un acte inexpérimenté produit de la souffrance aussi sûrement qu'une roue de charrette laisse une trace dans la poussière." Je n'ai pas averti Jonathan que je n'avais pas mes règles depuis largement deux mois. Cela aurait été encore plus inexpert que de tomber enceinte, pour commencer. Si je le disais à Jonathan, je le perdrais. Je l'avais déjà perdu. Je ne l'avais jamais eu. JE CROIS QUE LE MÉDECIN EST AMOUREUX DE MOI, lui avais-je signalé par SMS. IL M'A OFFERT UNE AMULETTE. C'EST UN CURIEUX INSECTE PRIS DANS L'AMBRE. IL DIT QU'ON NE PEUT PAS MOURIR AVEC CETTE AMULETTE AUTOUR DU COU.

JE SUIS RAVI, BETH. JE SUIS RAVI QUE TU SOIS EN DE BONNES MAINS.

Meredith et Stéphanie faisaient des étirements de yoga. Interdits. Elles auraient dû dormir. Kristin, allongée sur ses lattes, lisait *Le Bodhicaryāvatāra*. Il n'y a pas beaucoup de livres dans la bibliothèque du Centre Dasgupta. Une dizaine? J'ai essayé de le lire, deux fois. Le miracle, c'est que j'aie appris à prononcer le titre. Marcia, sur son lit, prodiguait des conseils pour les étirements, des conseils pour la respiration, des conseils pour le bouddhisme. Heureusement qu'Ines n'était pas elle aussi dans les parages.

J'étais sur le pas de la porte. Kristin n'a pas levé le nez quand je suis entrée. La lumière électrique est tout juste assez forte pour lire. Je voulais me joindre aux filles et faire des étirements, mais impossible. Je ne savais pas si je devais parler ou garder le Noble Silence. Les autres ont refusé de prendre la parole les premières. On ne s'adresse pas à une personne qui n'a pas fait son travail de bénévole pour méditer. On ne la dérange pas.

J'étais sur le pas de la porte. Ce serait agréable de bavarder, mais alors je serais une fois de plus de retour dans le monde. Je me moquerais de Stéphanie, je blaguerais pour faire rire Meredith, j'essaierais d'impressionner Kristin, je commencerais à sentir les pets de Marcia. Quand je suis silencieuse, Beth est à l'arrière-plan. Elle existe à peine. Si je sors du silence, je ne pourrai plus m'arrêter. Je n'ai pas pu m'arrêter quand j'ai envoyé à Jonathan ces innombrables SMS. J'ai perdu le contrôle. J'ai complètement perdu le contrôle. Ça coûtait une fortune.

LE DOCTEUR DIT QUE DÈS QUE JE SERAI EN FORME IL M'INVI-TERA À DÎNER. IL EST ASSEZ SYMPA.

JE SUIS RAVI, BETH. JE SUIS RAVI.

— À qui envoies-tu des SMS? avait demandé Carl. Il passait son temps à mon chevet. À qui as-tu besoin d'envoyer sans arrêt des SMS?

Il était vingt-deux heures. Je serais debout à quatre heures. Ou peut-être pas. Peut-être que ton temps au Centre est terminé. Une voix a prononcé ces mots dans ma tête. Je les avais déjà entendus. Stéphanie est mieux foutue que Meredith. Ses cuisses et ses genoux sont plus fins, ses épaules plus carrées, mieux dessinées. Mais Meredith est plus sexy, plus remuante. Lorsqu'elle se penche en avant pour attraper ses orteils, on aperçoit le haut de ses nichons. Ils sont rebondis. Quand elle s'accroupit pour étirer son dos, son derrière est gros et rond. Marcia regarde. Les filles soupirent et murmurent. Meredith glousse quand elle n'arrive pas à tenir une posture.

— Lorsqu'on a trouvé la bonne posture, on sent qu'on pourrait la tenir un siècle, affirme Marcia, allongée sur son lit. D'ailleurs, c'est comme ça qu'on sait que c'est la bonne.

Dit celle qui doit tout le temps croiser et décroiser les jambes.

Le regard de Meredith rencontre le mien. Elle veut en savoir plus sur mes soi-disant problèmes. Elle veut des potins. Peut-être qu'elle me veut, moi.

Marcia s'est mise à parler de thérapie par le yoga pour les adolescents atteints de troubles du comportement.

— Certains juges la prescrivent dans leurs conclusions. Cela aide les gamins à gérer leur colère. Ils se sentent davantage exister.

Marcia est-elle un chou-fleur ou un chou, Stéphanie? Et quel est le légume le plus puant et le plus informe qui te vienne à l'idée? Je suis à deux doigts d'éclater de rire. Pourquoi? Pourquoi ne puis-je pas être sérieuse, comme Kristin? Kristin s'efforce de faire des progrès sérieux, elle lit des trucs bouddhistes dans le noir, elle cherche la sagesse, s'efforce de changer. Je devrais retirer mon matelas et dormir sur les lattes.

— Qui est de petit-déjeuner ? demande Marcia.

Meredith a monté ses jambes en chandelle et se met à exécuter des ciseaux d'avant en arrière. Sa polaire glisse le long de son dos jusqu'à ses épaules. Il y a des poignées d'amour, luisantes de sueur. Si la peau était brune, ce serait celle de Zoë.

— Toi, répond Stéphanie. Et Tony.

— Je crois que tu as la cote avec Tony. Meredith glousse. Il t'a à l'œil.

Meredith est en train de dire ce qu'elle pense que je dirais si je parlais. Elle a raconté ça pour me faire plaisir.

— Il est prof, non ?

Un vague sourire passe maintenant sur le visage de Kristin. J'adore. J'adore quand on la détourne de son sérieux. Je voudrais bien en être la cause.

— De quoi ? demande Marcia.

— De langues romanes.

La chandelle de Meredith s'effondre.

— Tu sais quel est mon vers préféré du *Bodhicaryāvatāra* ? lance Marcia d'un ton maussade. "Le plaisir physique c'est comme du miel sur le fil d'un rasoir."

— Ouah !

— Je m'en tiendrai donc au porridge.

— En espérant que ça ne sorte pas trop dur et grumeleux.

— J'espère bien que ça ne sortira pas du tout.

Meredith et Stéphanie rigolent. En fait, c'était drôlement bien trouvé, pour Marcia. Elle est peut-être sympa, en fin de compte. Tout le monde a des gaz, de temps à autre. Le gloussement de Meredith s'apaise. Il y a quelques instants de silence tandis qu'elle et Stéphanie sont allongées sur le côté. Repos dans la posture du Bouddha. Elles sont belles côte à côte et face à face dans la lumière jaune.

— Qu'est-ce que c'est ? Kristin se redresse. J'ai entendu un bruit.

Tout le monde écoute. Elle a raison. Crrr crrrr. On entend un grattement dans le mur. Je manque de hurler : "La souris !" Mais je tourne les talons et je m'en vais. Je ne dois pas parler. Je ne parlerai pas. Quand je parlerai, c'est que j'aurai décidé. Décidé quoi ? Pas la moindre idée.

Notre dortoir est un vieux bâtiment, une écurie convertie en maison. Pas assez convertie pour être honnête. Je descends à pas feutrés l'escalier en bois et enfile mes chaussures sous le porche. Dehors, une lumière est allumée au-dessus de la porte des toilettes. Quand j'entre pour faire pipi, quelqu'un halète dans la cabine d'à côté. De véritables grognements, des aboiements même. Mais comment peut-on être constipé avec le régime Dasgupta ? "Si jamais tu m'entends au petit coin, tu seras guérie de toute envie de vivre avec moi." Jonathan riait. C'est écœurant ce que cette femme peut grogner fort, comme si elle battait un animal dangereux. Han han han ! Ça alors. Je m'essuie en vitesse et je sors. On dirait qu'elle accouche.

Cela aurait-il pu être Mme Harper ? Les Harper ont-ils des enfants ? Comment font donc les bouddhistes pour ne pas s'attacher à leurs enfants ? Il doit y avoir un truc que je n'ai pas pigé. Ou peut-être était-ce la femme enceinte de la rangée de derrière. Peut-être que la grossesse constipe.

Le réfectoire des femmes est obscur. Je le traverse en direction de la cuisine. Il est tard. Une veilleuse rouge luit sur le chauffe-eau et une LED jaune sur le Four Rational. La pièce des filles bénévoles est tout au bout à gauche. Je ferme la porte, allume la lumière et trouve un stylo-bille. Pas de papier. Je retourne à la cuisine et prends une pile de bulletins de service. Imaginons que je traverse le réfectoire des hommes, maintenant, que j'entre chez les hommes et file au Dortoir A, cinquième chambre à droite. Imaginons que je le trouve couché là, endormi, en train de ronfler. Tous les vioques ronflent. Je lui secoue le bras. Hé, Garry, Graham, Gregory, viens, on fout le camp d'ici.

Là. Je pourrais le faire, là.

Mais non, je me mets plutôt à écrire. Je ne peux pas quitter le Centre et je ne peux pas y rester. Alors j'écris. Écrire c'est intermédiaire. Intermédiaire entre faire et ne pas faire. Écrire c'est l'indécision, le rêve. Un journal intime plutôt que la vie. Écris donc ce qui arrivera s'il répond oui. Mon nom est Elisabeth, mais mes amants m'appellent Beth. L'auteur de journal intime rigole. Il a des cigarettes dans son casier et dès que nous sommes sur la route il en allume une. Je lui tape une clope. Ça me fait tourner la tête et je lui demande de s'arrêter une minute. Nous nous asseyons sur un mur humide, sous les nuages et les étoiles. Le vent secoue les arbres en grosses vagues de son. C'est magnifique. Sans attendre, je fais passer ma cigarette dans ma main gauche, glisse la droite derrière sa tête et l'attire à moi pour un baiser, un baiser enfumé.

"J'adore ton impétuosité, avait dit Jonathan.

Nous étions dans la salle de cinéma. *Match Point* est un film nul.

— Tu n'as encore rien vu, lui avais-je promis."

Maintenant il y a un bruit. Il y a quelqu'un à la cuisine. Je cache mes papiers sous le plateau du thé. Quelqu'un va et vient à la cuisine. J'entends des assiettes, des couverts. Il est vingt-trois heures passées. Tout le monde devrait être au lit. Une petite seconde. J'entends vraiment le tintement d'une cuillère sur une assiette, d'une cuillère sur une assiette. Quelqu'un est venu se taper la cloche à minuit. Marcia, peut-être. Du miel sur le fil d'un rasoir. Ou Tony. L'idée de Tony désirant qui que ce soit est grotesque. Il a passé l'âge. Un prof d'obsolétisme. C'est un mot, ça? D'obsolescence? L'idée de qui que ce soit désirant Marcia est encore plus grotesque. C'est un éléphant, un éléphant de mer. Marcia n'aurait eu aucun problème dans ces vagues.

Si j'écris, c'est parce que cela ne donne rien. La méditation ne donne rien. Ou bien je ne me donne pas à la méditation. C'est l'échec sur toute la ligne. Le septième jour est terminé. Un jour de bénédiction. Il te reste encore trois jours pour écrire. L'écriture m'aidera peut-être à passer le cap. Je peux écrire sur ma fugue avec lui. Pendant trois jours. Ce qui m'évitera de faire une fugue avec lui. Et puis il sera loin. Et puis je pourrai tout reprendre au début.

Je passe la porte sur la pointe des pieds. Pourquoi est-ce que tu te promènes toujours comme si tu étais une voleuse? Zoë avait remarqué ce trait particulier chez moi.

— Beth, tu te déplaces toujours comme si tu ne devais pas être là où tu te trouves. Comme si tu trompais quelqu'un.

— C'est souvent le cas.

C'est Ralph, qui mange des céréales. Il ne m'a pas entendue. Debout devant le plan de travail, tout au fond, face au mur, penché sur un grand bol de muesli et sur son BlackBerry, il mange et surfe sur Internet. Plaisirs voraces. Attachements. Désirs effrénés. Quelle grosse tête de cheveux longs et ondulés il a! Quelle boucle d'oreille adorable sur un lobe adorable! J'avance en catimini, tout doucement. Et il a aussi des écouteurs! On entend un tintement de musique. Musique, bouffe et porno. Oh, garçon vorace! Sa jambe monte et descend sur la pointe de l'orteil. Rythme. Sa grosse tête se balance d'avant en arrière. Il est tellement *dedans*. Il est tellement bien. À moins d'un mètre, je tends les bras. Une rapide enjambée et mes mains se plaquent sur ses yeux.

— Ne bouge pas!

Je le tiens serré contre moi.

— Qui est-ce? Devine.

Il n'a pas l'air secoué. Je sens son visage se plisser en un sourire.

— Bess.

— Raté.

Il rit.

— C'est toi, Bess.

— Comment tu le sais?

— Je le sais, voilà.

— Je ne suis pas Beth.

— Si.

— Non. Éteins cette musique. Enlève-moi ça.

Il retire ses écouteurs.

— Je te l'ai dit, je ne suis pas Beth.

— Gui za, alors?

— Meredith.

Sa tête remue. C'est bizarre de tenir cette grosse tête qui se balance. Cela fait un temps fou que je n'ai touché personne. Il a un cou très fort.

— Je ne te crois pas. Tu es Bess.

— Beth, pas Bess. *Th-th-th!* Prononce correctement, au moins.

Il rit.

— Je t'ai dit que c'était Bess.

— Non, ce n'est pas moi. Et d'abord, comment le sais-tu?

Il y a un silence. Il se laisse un peu aller en arrière jusqu'à ce que sa tête repose sur mes seins. Le porc.

— Je le sais, voilà.

— Eh bien, tu te trompes.

— Je le sais pertinemment.

— Tu m'as observée ces temps-ci, tu m'as épiée.

— Je me fais du zouci pour toi, Bess. Tout le monde se fait du zouci pour toi.

— Qu'est-ce que tu fabriques avec cet ordinateur ? Les ordinateurs sont interdits. Tu regardes du porno sur Internet.

— Mais non, Bess. C'est mes mails.

Ce garçon a l'air drôlement content que je le tienne par la tête. Tout contact physique est interdit mais Ralph est ravi. Il n'a aucune envie de devenir libre. Il n'a pas envie de se libérer.

— À ta petite amie ? Ou à tes petites amies ?

— À ma maman !

— Oh, on ne me la fait pas.

— Tu n'as qu'à le lire.

Je me penche par-dessus son crâne. Ses cheveux sont tout frais lavés.

— Je ne comprends pas l'allemand.

— *Liebe Mutti.* Za, tu comprends.

C'est l'odeur du garçon qui adore la douche, qui adore être propre.

— Du veux que je traduise ?

J'ai approché ma bouche tout contre son oreille, son adorable petite boucle d'oreille en argent. C'est un minuscule bouddha.

— Tu veux un baiser ?

Son corps tremble. Fantastique. Il a vraiment tremblé et s'est contracté.

— Bess.

— Je ne suis pas Beth.

Il est tendu à mort.

— On ne devrait pas.

— Alors ne le fais pas.

Je ne retire pas mes mains et il ne lutte pas pour se libérer. Ni pour ôter sa tête de sur mes seins.

— Est-ce que je te plais ? demande-t-il.

— Qu'est-ce que c'est que cette question ?

— Une guestion fermée. Il rit. Oui ou non ?

— Tu m'embrasserais si j'étais Meredith ?

— Non.

Il n'a pas hésité.

— Si j'étais Stéphanie ? Stéphanie est très sexy. Très française.

— Non.

— Si j'étais Kristin ?

— Non.

— Si j'étais Marcia ?

Il rit.

— Tu sais bien que non.

— Si j'étais Beth ?

Il pousse un profond soupir.

— On ne devrait pas.

Je demande :

— Pourquoi Beth ? Pourquoi veux-tu embrasser cette imbécile de Beth ? Cette fille est une vraie ratée.

Mes lèvres sont tout près de son oreille. Dans son oreille. C'est incroyable ce qu'il est beau, comme il est joli garçon. Je m'en fiche complètement. Le joli garçon que les mères de toutes les filles adorent. Je t'en prie, épouse ma fille, Carl, je t'en prie, avant qu'elle ne gâche tout.

— Beth est une petite pute, Ralph. Qui exhibe partout ses gros nibards. On devrait lui dire de se couvrir. Elle devrait porter un soutien-gorge convenable.

— J'aime bien Bess.

— Beth, *th-th-th*.

— Bessth.

— Tu es vraiment nul. Pourquoi pas Stéphanie ? Elle est sympa. Elle a ton âge.

— J'aime bien Bess.

— Beth est une saloperie de tragédienne. *Oh, j'ai de gros, gros ennuis.*

Il ne répond pas. Il craque.

— Toute cette scène avec Harper rien que pour échapper à un peu de cuisine et de vaisselle. *Oh, je suis désolée, je ne peux pas assurer mon service, non, il faut que je médite. Pauvre chose que je suis.* Rien que pour échapper à un peu de boulot. Beth est une tricheuse.

— Je t'aime bien, Bess.

— Je ne suis pas Beth, bordel ! (Je tape du pied et lui pince l'oreille, juste à l'endroit de la boucle d'oreille.) Je vais t'arracher ton mignon petit bouddha.

— Aïe, arrête!

— Je suis peut-être un homme.

Je prends une voix grave.

— Tu n'es pas un homme.

Il a éclaté de rire.

— Comment tu le sais?

Il respire à fond, hésite.

— Je le sens à ton odeur.

— Tu le sens? Tout ce que tu sens c'est la bouffe que tu barbotes. Tu es une bête! Qui vient ici la nuit pour voler. Remplir ton ventre de bête.

Et puis je m'en aperçois.

— Putain, tu as même mis une banane dans ton muesli! Tu as privé les étudiants d'une banane. Tu es un porc!

Il a un petit sourire. La peau se plisse sous mes doigts.

— C'est *toi*, Bess.

Il s'amuse bien.

— Je répète : Tu as volé une banane. Tu devrais avoir honte.

— J'avais faim. Je ne bouvais bas dormir.

— Faim, hein? C'est ton excuse?

Il hésite.

— Oui.

— Dis plutôt que c'était un désir effréné. Un désir effréné. Tu es un vilain garçon.

Je regarde autour de moi. La lumière est très vive dans la cuisine. Il mangeait des céréales dans un bol blanc posé sur une surface en inox. Son BlackBerry, qui affiche son mail à sa *Mutti*, brille. Je me penche de nouveau et prends une voix hyper-voilée et fondante.

— Est-ce que tu as le désir effréné d'un baiser?

Il soupire. Il ne bouge plus du tout, maintenant.

— J'ai dit : Est-ce que tu as le désir effréné d'un baiser, Ralphie? Est-ce qu'avec un baiser tu bourrais dormir?

— On ne devrait bas, Bess.

— Je ne suis pas Beth.

— Comme tu voudras.

— Tu as trop peur, hein? Tu ne veux pas accumuler un profond, profond *sankhara* langoureux.

— Bess, dit-il tout bas. Je t'en prie.

— Je t'en prie oui, ou je t'en prie non?

Il soupire encore. Je laisse descendre mes lèvres le long de sa joue, en respirant tout doucement.

Il se tortille.

— D'accord, si tu gardes les yeux fermés, Ralph, je t'embrasserai.

— On ne devrait pas. On a fait un vœu. Les Zinq Préceptes.

Je me marre.

— Mais enfin, merde, tu veux ou tu veux pas? Quel genre d'homme es-tu?

— Bess.

— Beththth! Écoute, ferme bien les yeux. Quand on se sera embrassés, je te ferai voir qui je suis vraiment. Tu vas avoir le choc de ta vie.

J'ai fait pivoter sa tête un tout petit peu, je me suis accroupie et j'ai ôté mes doigts de ses yeux à l'instant même où nos lèvres se rejoignaient. Du miel sur le fil d'un rasoir. Ses mains sont venues se poser sur mes côtes. Avec beaucoup de délicatesse. Beaucoup de respect. J'ai passé mes mains derrière sa tête pour l'attirer vers moi. Nos bouches se sont écrasées l'une sur l'autre, puis ont commencé à s'ouvrir. Il était excité, maintenant, et il s'est mis à pousser sa langue à l'intérieur. Je l'ai laissé faire quelques secondes, et puis j'ai reculé et filé à toutes jambes.

— Bess!

Sa chaise a raclé le sol. J'ai traversé la cuisine à fond de train et franchi les portes battantes.

— Bess, je t'en prie.

— Je ne suis pas Beth!

OBSERVEZ, SANS PLUS

Mes cigarettes étaient dans la poche latérale de mon sac à dos, sous le lit. Les autres filles ont soupiré et remué, mais sans se réveiller. La ronfleuse, c'était Stéphanie. Qui l'eût cru ? Le problème, c'était que j'avais laissé quatre ou cinq pages griffonnées sous un plateau dans notre salle des bénévoles. Il faudrait que j'y retourne. J'ai tâtonné dans le sac à dos pour vérifier si le briquet s'y trouvait. Merde. Pendant ce temps-là, la souris grignotait drôlement fort. Je me suis arrêtée pour écouter. Grin grin, crrrr crrrr. J'ai souri et écouté encore un peu. Pourquoi cette histoire de souris me faisait-elle tellement plaisir ? Comme si j'avais trouvé une amie au Centre Dasgupta. Mais si je retournais là-bas, je risquais de retomber sur Ralph en passant par la cuisine. S'il était toujours là. Et alors ?

— La vie autour de toi est une série télé sans fin, avait remarqué Zoë en rigolant.

Je lui avais montré les suçons de Jonathan que j'avais dans le cou. Ce devait être l'une des premières fois où nous couchions ensemble.

— Si tu veux, tu peux raconter à Carl que c'est moi, avait-elle proposé – je n'avais pas compris. Carl connaît mes penchants. Je dirai que tu as cru que j'allais te serrer dans mes bras et que je te suis tombée dessus.

Elle m'a étreint et a soupiré.

— En fait, Beth, je me taperais bien un gros morceau de ton cou.

— Ne te gêne surtout pas.

J'avais ri.

Ne te gêne surtout pas, ai-je lancé à la souris. Vas-y. Je suis en train de bénir la souris, ai-je songé. C'était l'impression que j'avais. Je suis en train de bénir cette conne de souris!

Sans mon briquet, il fallait que je retourne à la cuisine pour me servir du gaz. Pas trace de Ralph ni de son bol de céréales. Dommage. J'aurais peut-être dû aller jusqu'au bout. Pourquoi pas? Et lui donner ce qu'il voulait. Dans les toilettes, ou dans la salle des bénévoles. Une bonne baise. La flamme a jailli et manqué me roussir les cheveux. Je me suis précipitée dans le réfectoire des femmes avant que la fumée déclenche les détecteurs, puis je suis passée dans le noir devant les toilettes, la salle de Metta, en direction du bungalow de la prof. Il y avait un banc dehors, à côté du rosier, et je m'y suis allongée sous les étoiles.

Et j'ai inhalé.

"CHER JONATHAN, JE M'APPELLE MARIETTE. JE SUIS L'INFIRMIÈRE FRANÇAISE QUI SOIGNE VOTRE AMIE ELISABETH. MALHEUREUSEMENT, ELLE N'EST PAS SORTIE DU COMA. JE CRAINS QU'ELLE NE PUISSE MOURIR À TOUT MOMENT, ELLE M'A DIT DE VOUS ENVOYER CE MESSAGE, AU CAS OÙ VOUS VOUDRIEZ LA VOIR AVANT QU'IL NE SOIT TROP TARD*."

Avec la *vipassana*, lorsque vous ressentez une souffrance, dans votre dos, dans vos jambes, vous ne vous y dérobez pas, vous ne résistez pas, ne luttez pas non plus, vous allez au-devant d'elle, en douceur. Vous dirigez l'esprit vers la souffrance et explorez la coquille dans laquelle elle est enfermée. C'est ce qu'il faut faire avec les souffrances, Ce sont des sensations grossières, solidifiées, prises au piège dans leur coquille. D'une certaine façon, la coquille est la souffrance. Rien ne circule. Rien ne bouge. La souffrance est obstruction, interruption, paralysie. Au mieux, elle palpite, elle bat sur un rythme furieux contre les parois de sa prison. *Poum poum poum.* Ou comme une abeille prise au piège dans une boîte. Mais quand vous laissez le flot de l'esprit passer autour, patiemment, tranquillement, attentivement, au bout d'un moment – parfois un long moment – la coquille s'amollit peu à peu, elle se fendille. L'esprit coule goutte à goutte au-dedans, la souffrance s'écoule goutte à goutte au-dehors. Les deux se mêlent comme eau douce et eau de mer, souffrance perception, souffrance perception, perception souffrance. D'un coup, elle a disparu. Toute la souffrance s'en va en esprit, en perception, en plaisir, et même en bonheur. Cela m'est arrivé bien souvent au Centre. Sauf avec les souffrances du souvenir. Là, c'est le contraire. Lorsqu'on brise la coquille qui renferme un souvenir pénible, la blessure sort en bourdonnant et pique tout. On croyait que c'était une toute petite chose, un tout petit bouton de tristesse. Maintenant son venin a empoisonné notre esprit tout entier. Et toutes les autres souffrances reviennent, brûlantes. Notre chair est en flammes.

CHÈRE MARIETTE, ICI À NEW YORK IL EST DEUX HEURES DU MATIN. POURRIEZ-VOUS M'ENVOYER LE NUMÉRO DE TÉLÉPHONE DE L'HÔPITAL? JE TIENS À PARLER AU MÉDECIN. JONATHAN*.

Une heure plus tard, il a appelé. Du moins, le téléphone a lancé un trille. C'était un numéro privé. Mais qui d'autre cela aurait-il pu être? J'ai éteint le portable et l'ai déposé dans le casier du Centre Dasgupta avec mon portefeuille et mon iPod, et je suis allée prononcer le vœu de silence.

Il s'est mis à crachiner. Je fume sous la fenêtre de Mi Nu. Il doit être minuit. Et j'adore la fumée. Non, *vraiment* j'adore ça. Je la sens s'insinuer dans tous les recoins purifiés de mes poumons méditatifs, descendre droit vers le diaphragme, droit dans la cage thoracique et jusque sous les aisselles, dans le haut des poumons et tout autour de la gorge. La *vipassana* m'a appris à mieux fumer! Je sens la fumée qui monte lentement dans les sinus, salissant la transparence de mon esprit. Il était temps. Trop de transparence, c'est trop. Prenez-la comme un holocauste, Mi Nu. Prenez ma pureté partie en fumée.

Que vais-je faire?

Il me vient à l'idée que c'est la seule question que je pourrais vraiment lui poser. Que vais-je faire après, Mi Nu? Où aller, maintenant?

C'est le seul truc que j'aie besoin de savoir. Quel est l'envers de cette obstruction?

Qui suis-je?

Un hibou a hululé. Quel joli son – hou-hou – dans la nuit. Un son spirituel. Mais l'humidité gagnait. J'étais gagnée par l'humidité. J'allais laisser ma clope s'éteindre sans en allumer une autre avec. C'était idiot. Cela ne rimait à rien d'en fumer une seule.

Tape-toi tout. Qu'on en finisse. Qu'est-ce qui fait que pendant des mois et des mois on observe les règles, et même on fait respecter les règles, on espionne les gens, on s'assure qu'ils ne sortent pas du rang, et puis que soudain on enfreint toutes les règles possibles, de la façon la plus évidente possible, on parle, on embrasse, on fume ? Après viendra la baise. Comment cela arrive-t-il ? Va jusqu'au bout, ai-je pensé. Fais-le.

"J'adore que tu sois tellement casse-cou", disait Jonathan. Il a dû le dire mille fois. Ce n'était pas vrai. Il adorait que *j'aie l'air* tellement casse-cou, mais sans jamais aller jusqu'au bout, sans jamais le mettre en danger. Pisser entre deux bagnoles dans Acton Vale, exhiber mes seins au restaurant, lui faire des pipes au cinéma – il n'y avait jamais de véritable danger. Je ne suis jamais allée voir son ex-femme, sa femme, en réalité, pour dire : Écoutez, votre vieux cochon de mari me baise comme un malade tous les jours, il me lèche la chatte en long en large et en travers et aime jouir bien profond dans mon cul. Je n'ai pas dit à Carl : Je te quitte pour ce vieux peintre bedonnant, le type qui oublie tout le temps de remonter sa braguette. Je n'ai pas dit à mon père : Ton vieux copain du Rotary, le soi-disant Picasso, me saute à mort. C'est l'homme de ma vie. Je n'ai pas eu autant de courage que la fille de mon auteur de journal intime, *qui laisse tout tomber pour son mec*, quels que soient les trucs horribles qu'il a faits, et à quel point il ne la mérite pas. La seule pensée de cette fille et de sa démarche me donne davantage le tournis que n'importe quelle clope : laisser tout tomber, vraiment *tout*. L'abandon total. Par amour. J'en ai le tournis de jalousie. Et votre mec dit : Allez, ma belle, viens me rejoindre. Je suis peut-être un nul et un assassin, mais je ne te laisserai pas tomber. Je ne te laisserai jamais tomber.

Jonathan aimait simplement que je sois folle, parce que je n'étais pas folle du tout. Je *jouais* à la folle pour faire plaisir. Je n'étais ni chair ni poisson. Je ne l'ai jamais été.

— Ça t'a plu ? avait demandé Zoë.

Son visage rayonnait, souriait, contemplait.

— Ça t'a plu, Petite Beauté ?

— Je n'en sais rien, lui avais-je répondu. Je n'en sais trop rien.

Le truc vraiment bizarre, c'était que ma bassiste m'appelle Petite Beauté.

Tou-ouh. Le hibou, encore. Le hibou est un pur esprit. Je me suis relevée d'un bond, je suis retournée au réfectoire des femmes, j'ai traversé le couloir qui mène à la cuisine avant de revenir sur mes pas et de traverser le réfectoire des hommes pour ressortir dans la nuit de leur côté. Je ne sais pas du tout où dort Ralph. Qui se soucie de Ralph? Quelqu'un toussait aux toilettes, quelqu'un qui avait besoin de faire pipi la nuit. J'ai pensé qu'il valait mieux que j'attende que le type soit reparti se coucher, et je suis allée me poster à l'endroit où l'on range les outils de jardin, dans la remise ouverte.

Il y avait quelques cordes sur lesquelles séchait du linge pour me planquer, et là, debout, j'ai maté entre des serviettes et des tee-shirts humides jusqu'à ce que le gars sorte des toilettes et parte vers le Dortoir B. Il s'est arrêté sous le crachin, a respiré à fond et regardé autour de lui. C'était Tony. Il avait l'air triste et voûté. Tony est un navet, ai-je songé. Un légume dont plus personne n'a envie. Un navet fatigué. J'aurais peut-être dû embrasser Tony, partager mes mérites avec lui. Il aurait compris que c'était une blague. Je suis allée droit au Dortoir A, et j'ai compté les portes le long du couloir jusqu'à ce que j'arrive à la cinquième à droite.

Qu'avais-je écrit dans le journal intime de ce mec, quatre jours plus tôt? Impossible de m'en souvenir. Franchement, non. Quatre jours, c'est une éternité au Centre. Une éternité et un rien de temps. C'est quatre fois dix heures les yeux fermés, assise sans bouger sur son derrière. C'est quatre fois quatre-vingt-dix minutes de causerie en vidéo de Dasgupta. Et les psalmodies. C'est des haricots azuki en cocotte, du pâté végétal, du tofu au curry, des pommes de terre au four nappées de cheddar fondu, du dahl, du dahl et encore du dahl. Ce sont des dizaines de tasses de rooibos et de tisane. J'ai horreur du rooibos. Et autant de visites aux toilettes. Quatre jours à boire, manger, pisser, chier, inspirer et expirer inspirer et expirer sans fin en observant l'air qui passe sur la lèvre supérieure, l'inspir qui passe sur la lèvre, l'expir qui passe sur la lèvre. Je ne suis plus la personne qui a écrit je ne sais trop quoi il y a quatre jours. Il n'est plus la personne qui m'a lue. Alors à quoi bon écrire?

Pour voir à quel point on a changé quand on se relit.

J'avais une cigarette aux lèvres mais rien pour l'allumer. C'était agréable qu'elle soit là, mais frustrant. Quand j'ai repoussé les cheveux qui me tombaient sur le visage, je l'ai senti poisseux et mort. Dieu seul sait à quoi je ressemble. Je vais avoir mes règles sous peu. Je le sens. J'ai regardé d'un bout à l'autre du couloir. J'ai écouté. Avec beaucoup de précaution, j'ai tiré la poignée vers moi pour que la porte reste bien fermée, et puis j'ai pesé dessus, doucement, doucement, doucement. Elle s'est ouverte sans un déclic. Beth la Barbote. Zoë avait remarqué mes manières furtives. Elle voyait plus clair en moi que les mecs. Et une fois de plus, j'étais là à regarder un type dormir.

Il fait face au mur sous une ou deux couvertures, il respire paisiblement, sans même ronfler. C'était l'horreur, la dernière nuit passée avec Jonathan, ce qu'il pouvait respirer paisiblement. J'étais assise là, à fumer et à le regarder. Il savait que c'était fini, j'en suis sûre, mais il dormait bien tout de même. J'aurais dû lui annoncer que j'étais enceinte. Il n'aurait pas fermé l'œil. J'aurais dû lui dire que j'allais garder le bébé et révéler au monde entier qu'il était de lui et qu'il faudrait qu'il paie. Cash. Là, on aurait tiré quelque chose de lui. Là, il aurait vraiment eu une petite amie casse-cou. Il savait que c'était fini et il s'est endormi avant vingt-trois heures, exactement comme d'habitude, pour être debout à l'heure, en forme, et prendre son avion du matin, faire son voyage annuel à New York.

Carl aussi dormait bien, sauf que je n'ai fait ni une ni deux avant de le réveiller. Nous étions dans nos sacs de couchage, sur les dunes au sud de Bayonne. On entendait le ressac.

— Pourquoi est-ce que tu reçois des SMS en pleine nuit ? avait-il voulu savoir.

— C'est Zoë, avais-je menti.

— Mais il est trois heures du matin.

— Elle a une aventure géniale avec une femme à Édimbourg. J'ai menti, menti, menti.

Carl dormait, le visage tourné vers moi, dans un désordre de cheveux bouclés. Il respirait comme un ange dans l'obscurité de la tente.

— Je suis enceinte, lui avais-je annoncé.

— Quoi ?

Ça, ça l'avait réveillé.

— Mais c'est fantastique ! s'était-il exclamé. C'est absolument fantastique !

Et puis il s'était rallongé en remarquant qu'il ne pigeait pas comment c'était arrivé, parce qu'il faisait toujours très attention.

— Qu'est-ce que tu insinues ?

— Rien, hé, Beth, rien.

Il avait parlé une dizaine de minutes et s'était rendormi. Au beau milieu d'une phrase. Il jacassait, et puis terminé, il dormait et sa respiration était de nouveau légère, facile.

M. GH Auteur de journal intime n'a même pas remué. Il ne s'est absolument pas rendu compte de ma présence. Je ne me suis pas glissée dans ses rêves et n'ai pas modifié sa respiration ni rien. Il est couché, et le temps coule sur lui comme de l'eau sur un rocher. En fait, j'aime assez être réveillée quand les autres dorment. Je pourrais l'embrasser, si je voulais, ou le tuer. Ou l'observer, c'est tout. "Observez, c'est tout, mes amis, observez les sensations qui surgissent et s'en vont. Sans une ombre d'envie, sans une ombre d'aversion. C'est la seule façon de changer le type de comportement au plus profond de notre esprit. C'est la seule façon de dépasser ses souffrances."

Sauf qu'il n'y a pas grand-chose à observer, à vrai dire. Je me penche. Il perd ses cheveux. Son visage est assez mince mais ridé autour des yeux. Sa bouche est charnue et paisible. Il ne s'est pas rasé. Pourquoi se donner cette peine, au Centre ? Il a une barbe de deux ou trois jours. Pas grand-chose d'autre à signaler. Un homme. Un homme ordinaire. Je pourrais entrer dans toutes les chambres le long de ce couloir et tous les regarder en train de dormir, tous les hommes. C'est une pensée sympa. Être là pendant qu'ils dorment. Veiller sur des hommes endormis. Sur leur haleine fétide. Peut-être passer un doigt sur leurs joues mal rasées. Ou bien je pourrais m'asseoir par terre à côté d'eux et méditer. Je pourrais rester telle une statue à côté de chaque homme endormi. Tel un ange. Mes hommes.

Pourquoi est-ce que je veux faire ça, Mi Nu ?

Je me sentirais forte, paisible et heureuse, en train de méditer à côté des hommes endormis, si on m'y autorisait. Ou je pourrais être une petite souris dans le dortoir des hommes, grignotant dans le noir. Ce serait drôle. J'étais folle de rage que Jonathan dorme si bien pendant notre dernière nuit ensemble. Mais quelle avait été ma réaction ? J'étais restée là à veiller sur lui. J'avais grignoté autour de lui. J'avais ressenti de l'amour maternel, en vérité. La stupide, stupide vérité. Jonathan était un bébé. N'importe qui pouvait s'en rendre compte. Il avait quitté sa femme et il était redevenu son bébé. Il était l'enfant qu'ils n'avaient jamais eu. Elle avait les clés de son atelier et lui apportait de quoi manger en son absence, lui apportait des vêtements, même de l'alcool. Je ressentais davantage d'amour maternel pour Jonathan que pour le bébé qui était dans mon ventre. Et pour Carl. Je ressentais de l'amour maternel pour Carl. Même quand j'avais filé pour me baigner à poil avec les petits Français. Peut-être surtout à ce moment-là. Je titubais sous l'effet de l'alcool et des joints. Cela va t'épargner, Carl, avais-je songé. Cela va t'épargner tellement de merdes, tellement de merdes. Tout sera emporté par la marée. Les merdes de Beth. Les petits Français avaient été sidérés que je sois partante pour me baigner dans une mer pareille.

— *C'est dangereux, bien sûr*.

Ils étaient sidérés par la hauteur des vagues.

— Vous avez la bite toute rabougrie, avais-je hurlé, toute rabougrie, toute rabougrie.

Est-ce qu'un jour j'aurai un enfant, Mi Nu ?

Au moins, ce pourrait être une question d'un genre nouveau pour elle.

Il n'y a rien dans la chambre du type, à part ses vêtements par terre et le journal intime à côté du lit. Les journaux intimes. Une pile de cahiers d'écolier. Il fait trop sombre pour lire, ici. La chambre de Jonathan était remplie de tableaux. Je ne sais pas si c'était un bon peintre. Il y avait quelque chose d'enfantin dans ses images, un genre de mélancolie débile. On les regardait et on ressentait comme du désir. C'était absurde. Il n'y avait aucun lien avec quoi que ce soit de réel, aucune chance qu'il se passe vraiment quelque chose. C'étaient des filles qui disparaissaient dans des arrière-plans abstraits, des collages surréalistes. Habiles, mais débiles. Débiles *parce qu'ils* étaient si habiles, peut-être. Il y avait quelque chose que je ne comprenais pas. L'habileté était employée à mauvais escient, peut-être. Comme lorsqu'un musicien gaspille son habileté sur une syncope compliquée plutôt que de se concentrer sur la chanson. Le tableau qu'il avait fait de moi était différent, pourtant. Il était plus affirmé et plus généreux que les autres, plus réel, à part cette volée d'oiseaux ridicules autour de mes pieds. C'étaient de minuscules oiseaux aux couleurs vraiment éclatantes.

— Les oiseaux sont aussi toi, Beth, avait-il remarqué. Les oiseaux sont mon étonnement que tu existes.

— Donne-le-moi, avais-je demandé.

Il avait réfléchi un instant.

— Quand je l'aurai exposé à New York. J'en ferai une copie.

— Non, maintenant.

— Il est dans le catalogue, Beth. Il faut que je l'expose.

— Le temps que tu reviennes de New York, tout sera fini entre nous.

— Pourquoi, Beth ?

— Parce que j'ai d'autres chats à fouetter. Je ne suis pas le genre de fille qui attend.

Il était resté silencieux.

— Toi, c'est pareil. Tu vas baiser tout ce qui bouge. Je le sais.

— Viens avec moi, avait-il alors demandé. Viens à l'aéroport et saute dans l'avion. Viens à New York.

— Tu aurais dû me le demander plus tôt. Tu ne peux pas me le demander la veille du départ.

Il y avait eu un petit silence. Notre vie était contenue dans ce petit silence, dans l'espace soigneusement mis en ordre entre ses tableaux et le lit. Jonathan était un homme étonnamment ordonné. Mais il ne se battait pas pour obtenir ce qu'il voulait.

— Je crois que je vais aller baiser avec Carl, avais-je lancé. Sous sa tente, en France.

Il n'avait rien répondu. S'il m'avait attrapée par le poignet, s'il avait dit : Viens, on va chercher ton passeport, Beth…

Et si j'allais prendre un des couteaux de cuisine, celui qui, d'une grande torgnole, tranche la boule de céleri en deux, je pourrais tuer cet homme qui dort. Cet auteur de journal intime infidèle. Combien d'hommes pourrais-je tuer dans ce couloir avant qu'on m'arrête ? Deux ? Trois ? Quatre ? Tous infidèles. Soyez-en sûrs. Tous à écrire leur journal intime. Mais la nuit s'écoule. J'ai besoin d'allumer cette cigarette.

J'ai attrapé le cahier du dessus et je suis ressortie à pas de loup.

LA DEUXIÈME FLÈCHE

La merde *vipassana* a une odeur particulière. Je dirais plus douce, mais plus nauséabonde. Tenace. J'ai d'abord pensé que c'était ce qu'on mangeait, le porridge, les légumes, pas de viande, pas de poisson, pas d'alcool. Maintenant je pense que ce pourrait être toute l'activité mentale à laquelle nous nous livrons ici. Si l'esprit et le corps ne font qu'un, pourquoi notre merde n'aurait-elle pas l'odeur de nos pensées ? Merde angoissée, merde relax. En tout cas, les toilettes des filles bénévoles sont le seul endroit où je peux fumer et lire toute la nuit. Elles puent.

Mais ce gars a écrit de vraies tartines. Je n'arrive pas à trouver la phrase que j'ai griffonnée. Un truc sur les maux. Qui doit être très loin vers le début. Ou bien dans un autre cahier. Lorsqu'on tourne les pages au hasard, peu importe où l'on commence, apparemment. Le type pilonne comme dans un solo de batterie d'un festival bien défoncé. Parfois je trouve quelques mots que j'aurais pu écrire moi-même. Je veux dire, que j'aurais *vraiment* pu écrire moi-même, comme si nous n'étions qu'une seule et même personne. Je le pensais de Jonathan de temps en temps, que tout au fond nous étions pareils. Nous nous étions mis à parler pareil, à penser pareil. Ou bien je m'étais mise à parler comme lui. Maintenant je me demande si nous nous sommes jamais rencontrés.

Séance matinale surréaliste. Depuis que nous avons commencé la vipassana *le corps aussi désorienté que l'esprit. Les mains qui changent de place, gauche droite, gauche droite, la bouche qui se détache de mon crâne, fusionnant avec mon ventre, des parties de mon corps qui disparaissent pendant de longs moments, puis remontent à la surface, telles ces îles exotiques que les explorateurs ne cessaient de perdre de vue puis de retrouver. Mes genoux derrière moi. Mes épaules dans mes cuisses. Crampes douleurs coups de poignard plaisir cuisant souffrance bonheur tristesse désespoir félicité se succédant en fondu enchaîné à travers mollets chevilles colonne vertébrale partout.*

Commence à m'habituer à tout ça quand L fait irruption. Elle surgit à l'intérieur de mon crâne comme une ombre sur le mur dans un film de Hitchcock. Je veux un chien! hurle-t-elle. Il lui faut un chien. Elle a besoin de me remplacer par un chien. Parce qu'un chien, elle peut le dresser. Un chien, elle peut lui faire confiance. Elle ne peut pas me faire confiance. Je l'ai trompée. Elle en a fini avec les hommes. Elle veut un chien! Moi qui crie : Mais Linda, je <u>suis</u> un chien! Tu ne le vois donc pas? J'ai toujours été ton petit chien-chien.

En allumant la clope numéro un à la clope numéro deux, je repense à Carl se plaignant toujours que je le traitais comme un chien. Carl, fais ceci, Carl, fais cela. Entre-temps, mes règles sont arrivées. Je vais devoir aller chercher des tampons dans les toilettes principales.

Maman a rendu papa dingue avec ses chats. Cinq chats.

Et pourtant, quel soulagement de lire. Les merdes de quelqu'un d'autre. Lire lire lire. J'ai toujours eu horreur de lire. Bon, donc sa femme s'appelle Linda. C'est bien d'avoir un nom pour elle.

Vanité vipassana. En allant déjeuner, jeune gars, grand, pâle, assis en lotus sur le banc à l'extérieur du réfectoire, volontairement bien en vue de tous, mains tournées vers le haut sur les genoux, pouces et index réunis, les yeux extatiquement mi-clos. Jim Carey dans Ace Ventura. *Combien de fois avec Susie? A presque compensé l'horrible déjeuner. Qu'ont-ils donc fait à ce pâté? Ils l'ont plongé dans la térébenthine?*

Ouais, Ines s'est complètement plantée avec le pâté végétal. J'étais peut-être indispensable, après tout. Les frimeurs en lotus sont monnaie courante dans ces retraites. Il y a deux ou trois mois, une fille bloquait toujours l'escalier menant aux chambres des bénévoles. Soi-disant qu'elle méditait. Ses genoux écartés allaient presque d'un mur à l'autre.

En attendant, j'aimerais bien apprendre à ne pas me sentir supérieur à tout le monde, quoique je ne pense pas que j'y arriverai un jour. En fait, je suis déjà en train de songer combien je suis supérieur, en refusant de me sentir supérieur. Et quelle supériorité de ma part d'avoir reconnu ce paradoxe. Et d'avoir admis l'impasse dans laquelle je suis. Et ainsi de suite. On dirait bien que je ne peux pas échapper à ma supériorité.

Quel con !
Mais voilà un des passages que j'aurais pu écrire moi-même.

Tu es allongée sur le divan et je te touche le pied. Tu l'écartes. Tu tournes le dos. Au lit, c'est pareil. Tu t'es détournée et je te touche le pied avec le mien. Je veux au moins que nos pieds soient ensemble. Tu te retires dans ton coin. J'ai sommeil, dis-tu. Laisse-moi tranquille. Idem avec ta main sur la table. Tu la ramènes vers toi et tu te penches pour caresser le chien. Tu te détournes de moi au profit du chien. Je te touche l'épaule pendant que tu fais la cuisine et d'une secousse tu repousses ma main. Tu ne me désires pas. Alors pourquoi veux-tu me garder ? Pourquoi ? Pourquoi ne pouvons-nous pas nous séparer ? Qu'est-ce qui cloche entre nous ?

Ça, c'était moi avec Carl en France. Exactement. Je ne supportais pas qu'il me touche. Mais sous la tente, comment éviter un homme ?
Pourquoi tout parle-t-il de moi dans ce journal intime ?

6ᵉ jour. Me suis inscrit pour un RDV avec le directeur de la retraite, un certain Ian Harper. Pure curiosité. N'attends pas qu'il m'aide pour de bon. Un créneau de dix minutes dans le salon de son bungalow. En sortant, le type qui l'a vu avant moi refuse de croiser mon regard. Sombre, mâchoire lourde, sourcils broussailleux. Harper est assis dans un fauteuil. Rose et bien comme il faut. Pull gris. Genre responsable du personnel d'une grande chaîne de librairies. Décor bourgeois quelconque, table fauteuil divan, étagères chargées de CD. Plutôt vieux jeu. Sais pas trop pourquoi. Moi dans un fauteuil face à lui. Il demande comment ça va. Est-ce que j'arrive à sentir le souffle sur mes lèvres, est-ce que j'arrive à déplacer mon attention à travers mon corps et à découvrir des sensations dans ses différentes parties, est-ce que j'arrive à rester immobile pendant les heures de Ferme Résolution ?

La Vipassana *pour les Nuls.*

Quand j'ouvre la bouche pour répondre, je me demande s'il en sortira un son. Il y a des jours que je n'ai pas parlé.

Cela dépend de mon humeur, lui dis-je. Ma voix semble ténue, un peu haut perchée. Je lui explique que j'ai de brusques sautes d'humeur. Euphorie. Dépression. Parfois je réussis à garder la posture, en tailleur, si je parviens à me concentrer sur mon souffle, ou sur une sensation quelque part. Là, c'est assez agréable. Il y a un rayonnement agréable. Parfois il faut que je bouge toutes les deux ou trois minutes. Je souffre le martyre. Je ne comprends pas comment j'ai pu méditer immobile dix minutes d'affilée, encore moins une heure entière. Je ne comprends pas ces gens qui sont là immobiles, séraphiques, comme si le temps n'existait pas. Ils ont déjà atteint l'éternité. L'enseignante du côté des femmes, l'Asiatique. Comme une statue sculptée dans l'air.

Il hoche la tête avec sagesse. Il s'ennuie.

Je lui avoue :

— *En vérité, j'ai quelques problèmes à la maison, ces temps-ci, et du coup je pense sans arrêt à ce que je vais trouver en rentrant après cette retraite. J'ai du mal à me concentrer.*

Silence. Il ne tient pas à aller dans ce sens. Il ne tient pas à entendre parler de mes problèmes conjugaux. Difficile de le lui reprocher. Sur un ton absolument neutre, il me demande ce que je fais dans la vie.

— *Je dirige une petite maison d'édition. Malheureusement, nous sommes au bord de la faillite.*

Nouveau hochement de tête plein de sagesse. Il ne veut pas savoir. J'ignore s'il m'observe avec beaucoup d'attention ou s'il attend tout bonnement que les dix minutes soient écoulées. Pourquoi fait-il ce boulot ? Est-ce un boulot ? Est-il payé ?

Je demande :

— *La méditation peut-elle m'aider d'une façon ou d'une autre ? J'ai tendance à paniquer et j'ai peur de vraiment paniquer la semaine prochaine. La méditation peut-elle m'aider ?*

Il cligne des yeux. Peut-être qu'enfin il me voit net.

— *Êtes-vous venu ici pour échapper à cette situation ?*

C'est une question vache, mais il fait en sorte que sa voix soit détendue et paisible, comme si cela n'avait pas grande importance.

— Disons, pour prendre un peu de recul, avant que tout me pète à la gueule.

— Ces situations vous font-elles souffrir?

— Oui.

— Pourquoi?

— Eh bien, c'est normal, non? Je suis en train de perdre tout ce pour quoi j'ai travaillé. C'est mon entreprise. Je l'ai montée de a à z. Et puis j'ajoute : Dans le même temps, je me sépare de ma femme. Je vais perdre ma maison.

J'aurais bien aimé savoir que je me séparais de ma femme. J'aurais bien aimé que ce soit décidé, consommé. Terminé.

Il soupire. Après un bref silence, il demande :

— Connaissez-vous l'histoire du Bouddha et de la deuxième flèche?

— Non.

La moutarde commence à me monter au nez.

— Un étudiant posa un jour au Bouddha une question très semblable à celle que vous venez de me poser.

Sa voix est précise, bureaucratique, comme enregistrée, mais je crois que son visage a quelque chose de bienveillant. Pas facile à décrire. Une bienveillance impersonnelle, pour autant que cela existe. J'essaie d'être attentif.

— Le Bouddha répondit alors à l'étudiant par une autre question : "Lorsque quelqu'un est touché par une flèche, est-ce douloureux?" "Oui", dit l'étudiant. Et puis encore par une question : "Lorsque quelqu'un est touché par une deuxième flèche, est-ce douloureux?" "Évidemment", reconnut l'étudiant. Alors le Bouddha dit : "Pour ce qui est de la première flèche, on ne peut rien y faire. La vie est dukkha. Vous connaîtrez forcément la souffrance. Toutefois, la deuxième flèche…"

Harper hésite.

— "La deuxième flèche est… facultative."

Il s'arrête, fin de l'histoire, visiblement. J'ai l'impression qu'il l'a racontée des milliers de fois.

— Facultative? Le Bouddha a dit "facultative"?

— Oui. Facultative.

— Je suis étonné que le mot ait existé. À l'époque. En sanskrit?

Harper hausse un sourcil. Il sourit.

— Facultative, répète-t-il. La deuxième flèche est facultative. La méditation peut vous aider face à ce choix. Vous pouvez refuser la deuxième flèche.

Long silence. Peut-être une minute entière. Finalement, il lance :

— Il vous reste encore quatre jours de travail. Continuez sīla. *Développez* samādhi *et* paññā. *Et surtout, renforcez votre équanimité dans la connaissance d'*anicca, *la loi de l'impermanence. Travaillez dur et vous en ressentirez forcément les avantages. Forcément.*

Je l'aurais volontiers étranglé.

Une description de Harper très réussie. Moi, quand je suis arrivée ici, j'ai pensé que ce type était trop quelconque et ennuyeux pour diriger le Centre. Dans le genre comptable, ou conseiller professionnel. Même lorsqu'il s'assoit pour méditer, on dirait un fonctionnaire qui a perdu son fauteuil pivotant. Un beau jour, il est entré dans son bureau et a découvert qu'on avait remplacé son siège par un *zafu*. Et puis, brusquement, on découvre un nouvel aspect de sa personne : on se rend compte que sous ses airs ringards règne un grand calme. Il change. Pendant quelques secondes on a une vague idée de la raison pour laquelle il dirige un centre de méditation. Je suppose que c'est le corps du Bouddha qui est en lui, et qui est censé être en chacun de nous. Un corps de Bouddha calme sous la Beth agitée, fumant cigarette sur cigarette et hyper-stressée. Vous imaginez un peu ? Mi Nu c'est le contraire. Mi Nu ne ressort jamais de son corps de Bouddha. Une statue sculptée dans l'air, c'est bien vu. Quelquefois on apercevra un sourire, un geste vif et sexy, une flambée d'appétit. Surprenant, parce qu'on ne s'y attendait vraiment pas.

Ai fait le tour du pré si souvent que j'ai décidé de filer dans le noir après la dernière méditation. Besoin de bouger plutôt qu'être seul dans ma chambre. Tellement marre de penser à ce qui va se passer quand je rentrerai à la maison après la retraite. Ai traversé le pré dans une brume sombre, suis entré ensuite dans le petit bois du bas. Complètement aveugle. Combien d'années que je n'ai pas fait un truc pareil, chercher mon chemin à tâtons entre les arbres la nuit, en butant contre des trucs ? Vingt ? Trente ? Étrangement comparable à la méditation, si

on y réfléchit, car on ne sait jamais bien où l'on est, alors qu'en prin-
cipe on se trouve en un lieu très familier. À l'intérieur de soi. Sauf qu'il
y fait noir. Peut-être qu'on ne se connaît pas du tout. Et puis là où
le sentier ressort du bois dans le pré, j'ai soudain frôlé quelqu'un qui
venait en sens inverse. Quel choc. Dans l'obscurité totale et le silence.
Pendant une fraction de seconde, j'ai eu peur. Je ne l'avais ni vu ni
entendu venir. C'est bizarre. Je suppose qu'il s'agissait d'un individu
masculin, parce que nous étions du côté des hommes. En tout cas,
qui que cela ait pu être, il a été aussi surpris que moi, je l'ai entendu
reprendre son souffle, mais nous avons tous les deux respecté le vœu de
silence et il est reparti en vitesse. Et puis le truc vraiment dingue : tout
d'un coup, j'ai pensé que c'était moi. Je m'étais embouti moi-même!
Le soir, dans le noir. Ensuite on s'est dédoublés et il a disparu. Bon
Dieu, si seulement. Si seulement c'était possible. Même si dans ce cas,
je suppose, il faudrait que je décide lequel des deux moi je veux être.

Moi aussi, j'adore marcher dans le pré la nuit. Quand il faisait encore froid, il y a deux ou trois mois, je prenais une tasse
de thé brûlant entre mes mains et, debout dans le noir total, je
la buvais à petites gorgées et en humais la vapeur. Pourtant, en
huit mois passés ici je n'ai jamais réussi à me cogner à quelqu'un.
Malgré ma très mauvaise vue.

7ᵉ jour. Trois choses en conflit :

1. Méditer assis en silence : le souffle, l'esprit qui sombre dans le
corps, le corps qui tire l'esprit à travers lui, comme de la sève. Vrai-
ment un truc nouveau. Qui vaut le détour.

2. Mes pensées qui y résistent, qui réclament avec force le retour
aux souffrances et au mélodrame. Immense désir de passer l'éponge,
que mon esprit redémarre sur de bonnes bases. Comment?

3. Les explications de Dasgupta, le soir, sur ce qui se passe dans
ma tête, dans nos têtes à tous : nos douleurs physiques et mentales
sont "la conséquence du karma ou de sankhara accumulés selon le
principe de la production conditionnée".

Ce qui n'éclaircit pas grand-chose.

Oublié de signaler le grand moment de la journée : un bout
de sparadrap dans ma salade. Qui devait être collé sur le doigt de

quelqu'un. *Je l'apportais à un bénévole pour me plaindre, et puis j'ai changé d'avis. Pas eu envie de rompre le Noble Silence. Le silence, c'est ce qu'il y a de mieux ici, une sorte de cocon. Je n'aurais jamais pu imaginer cette intimité quand on mange ensemble en silence.*

Le pansement de Meredith dans la salade Waldorf des messieurs. Elle est nulle!

La deuxième cigarette ne vaut pas la première. Je commence déjà à me racler la gorge.

La production conditionnée est une drôle d'expression. Un bon titre de roman, peut-être. Rien n'existe totalement seul. Tout résulte de certaines conditions. Rien n'est indépendant ni permanent. Par conséquent, pour se débarrasser de quelque chose il suffit de faire disparaître les conditions qui la produisent.

Facile.

Le bouddhisme est un mode de vie optimiste, affirme Dasgupta avec son drôle de sourire genre soirée de gala. Il y a la souffrance, mais il y a aussi une fin à la souffrance, une voie qui élimine les conditions permettant à la souffrance de se produire. Je me mets à le trouver sympa, comme on se met à trouver sympa un vieil imposteur. Une si grande part de ce qu'il raconte ne vaut rien, une si grande part est égocentrique, mais c'est logique, d'une certaine façon. C'est logique qu'un homme prêche contre l'égocentrisme de façon égocentrique. Pourquoi serait-il conscient de ses dangers s'il n'en était pas lui-même un insupportable exemple? Plein d'égocentrisme, il prêche contre l'égocentrisme et y gagne des disciples qui l'adorent. C'est pratique. C'est peut-être quelque chose que j'ai déjà dit. La moitié des auteurs que je publie s'indignent dans leurs écrits contre l'orgueil et l'arrogance, puis s'indignent encore davantage quand personne ne les remarque.

Heureux les simples d'esprit, dit Jésus, en faisant de l'esprit.

J'aime bien les joues luisantes de Dasgupta et ses tenues d'un blanc immaculé sur fond de fauteuil rouge. Il porte des boutons de manchette en or. J'aime bien sa façon de se rengorger après avoir fait rire son auditoire. Ce devait être un auditoire américain, à en juger par les gloussements. Surtout des femmes. Ou, du moins, ce sont les voix des femmes que l'on entend. Dans la vidéo on ne voit que Dasgupta. Si les hommes ne réagissent pas, c'est peut-être parce qu'ils devinent

que les plaisanteries sont destinées aux femmes. Est-ce que les gou-
rous s'envoient en l'air de temps à autre, la bandaison se produisant
en réaction à certaines conditions ? Je n'ai pas eu une seule érection
de la semaine. Pas étonnant, sans T et sans porno.

Les hommes ne pensent-ils donc à rien d'autre ?
Jonathan estimait que la civilisation moderne ne pourrait pas
survivre sans pornographie. Condamnée en public et appréciée
en privé, disait-il.

Donc pas de conditions, pas de bandante réaction. Il faut peut-
être un bouddha pour voir l'évidence.
Pas de femme, pas de baise.
Pas de baise, pas d'enfants.
Pas de mariage, pas de divorce.
Pas de litron, pas d'ivrogne.
Pas d'entreprise, pas de faillite.
Pas de flingue, pas de coup de feu.
Pas de naissance, pas de karma.
Pas de karma, pas de naissance.
Le but du bouddhisme : éviter les conditions produisant une nou-
velle existence, une nouvelle naissance.
Le contraire de Jésus. Qui veut toujours que tout le monde res-
suscite.
Dans le bouddhisme, le fait même d'être né est une preuve d'échec.
Le vieux karma qui reprend tout au début. Désolé, mon petit, mais
tu as merdé.
Quel accueil. Chaque début est un mauvais début.
Il y a de quoi être optimiste.
D'autre part, être né humain vaut mieux qu'être né animal. On
peut développer silā, samādhi, paññā. *Le verre est à moitié plein,*
tout compte fait.
À cause de la conscience supérieure de l'homme.
Y a-t-il quelqu'un qui croit à ces conneries ?
Nous devons faire le meilleur usage moral de notre état d'êtres
humains parce que les chances de renaissance humaine sont égales à
celles d'une tortue aveugle remontant à la surface de l'océan une fois

par siècle et trouvant, par pur hasard, qu'elle a passé la tête dans le seul joug étroit flottant à la surface.

Qu'est-ce qu'on me raconte là ? Pourquoi un joug ? Quel genre de joug ? Y a-t-il des jougs qui flottent à la surface des océans en attendant que des tortues aveugles y passent la tête ?

Quelle espèce de tortues peut rester sous l'eau un siècle ?

Combien doit-il y en avoir alors qu'on regarde toute la vie humaine qui nous entoure ?

Serait-ce plutôt un jeu ?

Qu'est-ce que c'est que cette histoire ?

En fait, c'est assez agréable de réfléchir à ces conneries bouddhistes plutôt qu'à mes propres misères. Je devrais peut-être lancer une collection des religions ésotériques offrant la fuite suprême hors de la réalité – Le Guide de la méditation tantrique pour débutants. Les Cent Réincarnations à éviter à tout prix.

Je parie qu'il y a un marché.

Moi aussi ça m'amuse, monsieur l'Auteur de journal intime. Peut-être que si vous et moi nous nous retrouvions pour bavarder, fumer, boire un petit verre peinards et faire une partie de billard, nous pourrions oublier toutes les merdes qui nous ont rendus dingues.

Inutile de rêver de sexe maintenant, j'ai mes ragnagnas.

Cela n'a jamais dérangé Jonathan.

La première fois qu'on a fait l'amour, je saignais comme un bœuf. Il a dit…

Stop.

Respire.

La fois où je suis venu chercher mes affaires après avoir dit que je m'en allais. Que je m'en allais pour toujours. Elle avait cuisiné de grosses tomates farcies à la semoule de couscous. Elle avait acheté du whisky et des chocolats. Susie ne tenait pas en place à cause d'une audition. Je me suis installé sur ma chaise et j'ai mangé les tomates et la semoule de couscous, qui était agrémentée de noix muscade et de pignons. Je me suis assis dans le jardin sur le banc sous la glycine et me suis servi un petit whisky, j'ai choisi un chocolat. Je ne me suis jamais relevé.

C'est peut-être ça, être bourgeois. L'héritage vendu contre quelques bouchées à la liqueur.

Et puis la froideur. La rancœur.

Maman servait un steak tartare à papa quand il menaçait de s'en aller. Et cantonnait les chats dans la chambre d'amis.

Rêve. Je suis par terre et je me bagarre avec une sorte de monstre homme-animal qui est aussi une partie de moi, qui est en moi, et je tente de le repousser, mais il fait sombre et je n'arrive pas à voir ce qui est moi et ce qui ne l'est pas. C'est une lutte féroce. Je fais un effort surhumain pour éjecter cette créature qui est à l'intérieur de moi, impossible à distinguer de moi. Je me suis réveillé en sueur, le mot "exorcisme" sur les lèvres. Exorcisme, exorcisme. Pas encore prêt. Je ne me sens pas prêt. Tellement de rêves. Tous intenses. La pièce fermée à clé avec le sapin de Noël brisé. L'accident de voiture.

Mon rêve : je marche sur la plage en compagnie de Jonathan. Les rouleaux déferlent dans un fracas de tonnerre à l'endroit même où nous marchons. Jonathan me tient par la taille et nous sommes amoureux. Il me fend le cœur, ce rêve. Il me ramène des semaines en arrière.

Supposons de façon purement hypothétique que je sois réincarné en triton. Bien sûr, j'ignore qu'auparavant j'étais un homme. J'ignore qu'auparavant j'étais marié à L. Soulagement. J'ignore que c'étaient des Everest de karma conjugal négatif qui ont mené à cette humiliante transformation vers le bas. De prince à triton. En fait, je ne me sens pas du tout transformé ni humilié. Je ne me rends même pas compte qu'on m'a épargné d'être grenouille. Je suis un triton. Je suis très heureux d'entrer et de sortir en ondulant de l'étang envahi d'algues. Je n'ai même pas à décider entre la terre et l'eau. Je suis amphibie. C'est une vie formidable d'être un triton. Dukkha est pour les humains. Les humains souffrent, pas les tritons. Les humains se rendent malheureux avec leurs pensées, leur besoin de décider. Les tritons sont au nirvana dès le premier jour. Sans le moindre effort. Y a-t-il quelque chose qui me fasse souffrir hormis mes pensées, mes décisions impossibles ? Rien. J'ai une douleur épouvantable dans le

dos. Ce n'est pas souffrir. J'ai d'impitoyables hémorroïdes. Un jeu.
Pas un joug. Mes hémorroïdes sont de vieilles copines. Faites-moi
une lobotomie et je serai cool Raoul. Si je ne veux pas de lobotomie,
c'est que je ne veux ni coolitude ni raoulitude. Je ne veux pas le nir-
vana. Je veux être vivant, souffrir d'une histoire personnelle bordé-
lique et compliquée. Ma petite intruse aux deux mignons melons a
mis dans le mille : "Vous aimez trop vos maux." En fait elle avait une

Mignons melons !
Au moins, maintenant je me rappelle ce que j'ai écrit. Ce devait
être dans le cahier précédent. En quatre jours il en avait terminé
un et avait gribouillé la moitié d'un autre.
Qui donc imaginerait revenir sous la forme d'un triton ?
Zoë disait qu'au-delà de quarante ans, tout le monde avait des
hémorroïdes. Elle avait trente-trois ans.

animalité intéressante, avec sa drôle de petite bouche fripée et ses
longues dents. Petites mains, ongles sales. Assez semblable à T, d'une
certaine façon. Un curieux côté mordilleur.

Dommage que le papier de ce journal intime ne soit pas absor-
bant. Je pourrais arracher les pages, m'essuyer entre les jambes
et tirer la chasse.
Ma bouche n'est *pas* fripée. Elle est froncée.
— Jolies lèvres froncées, mon doux petit rongeur.
Je vais me servir de PQ, en attendant. Il y a toujours des tonnes
de PQ au Centre.

Étant donné la place où elle médite, ce doit être une bénévole.
Tellement immobile, le dos si droit, des heures durant. Si seulement
j'y arrivais.
En a-t-elle lu très long ? Contrôle-t-on nos chambres ? Certaine-
ment pas une femme chez les hommes, pourtant.
De toute façon, c'est vraiment ce qu'on s'efforce de nous enseigner
ici. Cessez de vous identifier à votre douleur. Détachez-vous, dédra-
matisez. Quand ils ont demandé à la femme qui pleurait de quit-
ter la salle de méditation, à la première séance de vipassana, *je me*
suis fait du souci pour elle, qui sanglotait, un genre de dépression
nerveuse, et Harper qui lui dit simplement de s'en aller, si elle ne

peut pas cesser de pleurer. De sa voix super-morte de bureaucrate. Comment peut-il être aussi insensible ? pensais-je. Et puis j'ai pigé.

Vous aimez trop vos maux.

Arrêtez de pleurer. Arrêtez de dramatiser. Concentrez-vous sur votre souffle qui entre et sort de vos poumons. Une affaire de la plus haute importance pour vous.

Les tritons ne pleurent pas.

Putain, j'ai enfin pigé ce qu'il voulait dire par : la deuxième flèche est facultative. Plus lent que moi, tu meurs.

Tout le temps de notre mariage, j'ai eu peur. C'est la vérité. Sais-tu combien tu es terrifiante, Linda ? Ta froideur, ta rigidité, tes accès de rage. En as-tu la moindre idée ? Ou est-ce simplement moi ? Tu as été mariée à un dégonflé, à un mou, un triton, alors qu'il te fallait un homme.

Je vis comme un veuf hanté par le fantôme plein de colère de son épouse.

Très drôle. Il y avait une araignée sur le sol aujourd'hui entre mon coussin et le type à ma gauche. J'étais décontenancé puisque nous avons fait vœu de ne tuer aucune créature vivante. Impossible de communiquer avec le type, apparemment un méditant beaucoup plus chevronné que moi car il donne l'impression de ne jamais bouger. L'araignée ne savait pas sur quel tapis elle préférait grimper, et ni lui ni moi ne pouvions fermer les yeux et la laisser simplement aller là où elle voulait. Pourquoi pas ? Que risquait-il d'arriver ? Ça a duré, duré, l'araignée se baladait, avançait, reculait, avançait, reculait. J'ai dû perdre une demi-heure à regarder une bestiole absolument inoffensive, qui attendait certainement d'être réincarnée en humain et de pouvoir faire son premier pas sur le chemin du Dhamma. Finalement, le type de derrière l'a vue, a réussi à la faire monter sur sa main et l'a emportée dehors. Difficile de penser que l'araignée souffrait davantage que nous, ou qu'elle était inférieure à nous. Ce doit être assez rigolo de descendre du toit le long de son fil et de déranger les méditants.

Les araignées ne me gênent pas du tout. Je pourrais méditer avec des araignées grouillant partout sur moi. Mais je me souviens d'une scène dingue avec Zoë dans la salle de bains d'un motel.

Question : peut-on garder la théorie de la production condition-
née et bazarder la réincarnation?

Il n'y a pas de soi. La vidéo d'hier soir. Ce que vous prenez pour le
soi est un amalgame de cinq éléments chimiques de base (ai oublié les-
quels). La variation continuelle desdits éléments, ou agrégats, condi-
tionne les circonstances dans lesquelles, à tout moment, se produit
l'état de conscience. D'où l'instabilité. D'où la difficulté à prendre
des décisions. D'où la difficulté à savoir qui l'on est.

Logique.

Dans mon cas, alors, quelles sont/étaient les conditions qui ont mené
à la façon dont les choses se présentent maintenant dans ma tête? Les
conditions de cette production qui est moi.

Comment tout a-t-il commencé?

Quand je l'ai rencontrée autour de la table à la fête de bureau
de papa?

Bouche rouge vif, odeur fleurie.

Elle a été aussitôt, mais aussitôt, la mère que j'aurais voulu avoir eue.
Celle qui trouverait le temps de remarquer ma présence, de m'aimer.

J'ai été aussitôt, mais aussitôt, l'enfant qu'elle remettait de faire
aux calendes grecques. L'enfant qu'il lui fallait pour avoir le senti-
ment d'avoir vécu.

Rien de clair dans nos têtes, évidemment, mais le sentiment du
destin qui s'accomplit.

Elle a flairé le danger. Une baise bien alcoolisée et elle a fichu le
camp.

Je ne pouvais pas la laisser partir. Un type qui a cinq frères plus
âgés n'est pas prêt à entendre une femme lui dire qu'il lui faut un
homme plus âgé.

Je l'ai poursuivie, j'ai fait le siège de son téléphone, j'ai pris racine
sous sa fenêtre.

— Ce qu'il te faut, c'est un enfant.

— Tu es trop jeune.

— Et toi, tu ne peux pas attendre.

Elle en avait vu des vertes et des pas mûres avec un homme marié.
Elle buvait trop. Elle était intéressante. Je pouvais l'aider. Je suis
tombé amoureux de l'histoire où je l'aiderais. Elle avait l'argent
nécessaire pour m'aider. Et les compétences.

Fatale rencontre de besoins. Production conditionnée.

Les tritons, les vrais tritons, n'ont pas à se préoccuper de tout ça. Les tritons n'ont pas de mère qui les ignore ou dont ils pensent qu'elle les a ignorés. Les tritons ne vivent pas dans des histoires, ne se soucient pas d'échafauder des plans et d'organiser et de regretter et de reconstruire. Ils ne passent pas leur temps à raconter puis à raconter autrement. Ils ne tirent pas de deuxièmes flèches. Les tritons vont et viennent dans la vase en attrapant des insectes sur leur langue. Sans paroles, sans soucis. L et moi avons dû concocter les histoires les plus compliquées pour justifier la folie d'un homme de vingt-trois ans épousant une femme qui en avait trente-neuf. J'étais un jeune homme brillant, très mûr pour son âge, qui avait besoin d'argent et de stabilité afin de lancer une maison d'édition audacieuse qui marquerait un tournant dans la littérature anglaise. Je le croyais vraiment. Elle avait reconnu mon génie, elle avait du fric, elle abandonnerait les tribunaux, élèverait son bébé, soutiendrait mon projet, Wordsmith.

Maman a pleuré. Elle n'arrivait pas à y croire. Elle n'arrivait pas à accepter la réalité.

La première fois que maman a remarqué ma présence, c'est quand je lui ai échappé. Et que je me suis complètement planté.

Donc. Susie née au sein d'une histoire d'amour exceptionnelle, une histoire de réussite exceptionnelle, de déni exceptionnel. Une histoire à dormir debout. Si Susie et moi n'étions pas remarquablement exceptionnels nous ne pouvions justifier que L ait fichu sa carrière en l'air, que L ait fichu sa fortune familiale en l'air pour Wordsmith, que L se soit retirée du monde. Elle avait investi en nous et nous étions bloqués dans son investissement. Nous devions rapporter. Un fort revenu.

L obsédée par la réussite : la mienne et celle de Susie, pas la sienne. Nous ne devons pas la décevoir. Sinon elle se remet aussitôt à boire. Nous devons réussir pour l'empêcher de boire à en crever.

Tous les autres décriés. Tous les autres méprisés. Nous, son seul contact avec l'extérieur. Des complices face au monde. Trio de conspirateurs. Elle la reine des abeilles, nous le faux bourdon et l'ouvrière. Elle à la maison, nous vagabondant. Elle l'esprit, nous le corps.

Quand on me critiquait, elle me défendait. Elle était l'avocate de la défense. J'avais besoin d'elle.

Quand je réussissais elle était envieuse, critique. L'avocate du ministère public. J'avais besoin de me débarrasser d'elle.

Quand elle comprenait que je louchais sur des jeunes femmes, elle me haïssait et me méprisait. Juge et partie.

Elle avait nourri une vipère en son sein.

Ses problèmes d'intestins. Sa constipation. Ses colères noires.

La communication s'est arrêtée en même temps que le sexe. On baise pas, on cause pas.

Comment Dasgupta peut-il imaginer que le piège mental dans lequel nous sommes prisonniers peut être aboli d'un simple pas en arrière nous éloignant de l'attachement et de l'identification ? Ce n'est pas une histoire de deuxième flèche mais de troisième quatrième dixième vingtième centième millième flèche, toutes tirées il y a une éternité, toutes mises dans le mille.

Saint Sébastien.

Je suis coincé dans une histoire et ne peux pas faire comme si de rien n'était. Elle ne va pas s'évanouir parce que je dirai : "Histoire, histoire, pas mon histoire."

Ce n'est pas une pièce de théâtre où je peux me lever et partir.

Ou plutôt si, c'est une pièce, mais je suis l'un des acteurs engagés pour la jouer. On ne vous laisse pas partir. Ou alors vous crevez de faim.

Déçue par ma personne, L a étouffé Susie. Si Susie prenait des leçons de piano, L prenait aussi des leçons de piano. Pour aider sa fille, pour éclipser sa fille. Si Susie étudiait l'espagnol, L étudiait aussi l'espagnol, avec de meilleurs résultats. Afin de montrer à son mari quelle somme de génie et de potentiel avait été sacrifiée lorsqu'elle avait renoncé à sa carrière pour moi, pour Susie.

Ensuite elle picolait pendant deux ou trois mois.

Susie a choisi la danse parce que pour L c'était impossible. L est trop gauche. L a une hanche en mauvais état. Susie excellait quand elle dansait jubilait quand elle dansait se délectait quand elle dansait parce que sa mère ne pouvait pas danser, mais cette dernière a bientôt su tout ce qu'il y avait à savoir sur la chorégraphie. L a bientôt connu tous les débouchés, tous les parcours professionnels du monde de la danse. L achetait les tenues, les chaussons. L accompagnait sa fille aux cours en voiture, parlait d'elle à tous ceux qu'elle rencontrait. L faisait sa promotion à la moindre occasion.

L ne dansait pas : elle éblouissait. Par son discours sur la danse.

L a cessé de boire pour admirer sa fille qui dansait.

Je ne me sens pas bien.

Je sens qu'il n'y a rien entre nous à part la conscience qu'il n'y a rien entre nous. C'est la seule chose que nous partagions. Le sentiment de l'échec. Quelle intimité!

Ce qui donne d'autant plus d'importance au fait de réussir.

L et moi nous soucions-nous vraiment de Susie, ou est-ce que nous ne voulons pas avoir à dire aux autres que notre fille est une ratée? Susie a raté son coup. Nous ne voulons pas avoir à le dire aux autres. Nous ne pouvons pas parler avec enthousiasme de notre fille qui a fichu le camp avec un alcoolique d'âge mûr risquant une peine de prison pour homicide involontaire. Notre mariage tient encore grâce à une fierté partagée pour la réussite de Susie, sa réussite professionnelle. Sans cela, les sacrifices de L ont été consentis en vain. La beauté et la réussite de notre fille justifient notre persistant mariage (gangreneux). Gangreneux, paralysé, qui se désagrège.

C'est ça?

Est-ce là ce que Dasgupta entend par profonds, profonds sankhara*?*

Il faut que je fasse tout mon possible pour que Susie change d'avis et que notre vieille impasse puisse continuer d'exister.

Impasse. Un passé.

C'est ça?

Ça me rappelle Le Gardien*. Le héros embaume la famille entière pour que tout reste tel quel. La maison et le foyer, exactement tel quel.*

Si Wordsmith coule, nous perdrons la maison, c'est sûr. Nous perdrons la baie vitrée. Perdrons le jardin. Perdrons la glycine. J'adore la glycine. En méditant ce matin, étrange moment, j'ai poussé le portail de derrière, senti le jasmin le long de la clôture. Il était si présent. J'ai écarté quelques feuilles et suis allé sur la terrasse. J'étais chez moi. En sécurité chez moi. C'était tellement fort.

Si j'étais venu au Centre il y a vingt ans, cela aurait peut-être eu un sens. Comment puis-je me détacher des choses au cœur de cette histoire tragique qui me contraint à être moi-même? Je ne peux pas modifier les conditions qui, il y a longtemps, ont déterminé la façon dont mon état de conscience se produit. Ma femme ne me le permettra pas. Les banques ne me le permettront pas. Les librairies ne me le permettront pas. Mes auteurs ne me le permettront pas. Je ne peux pas dire aux banques : désolé, le soi n'existe pas. Elles ne sont *pas très au fait des principes d'*anatta*. Elles me disent que ce sont mes responsabilités, elles me montrent où j'ai signé sur les pointillés. On est sa signature.*

Le Gardien est vraiment le meilleur livre que Wordsmith ait jamais publié. Il aurait dû avoir le Booker. Quelle arnaque!

Est-ce la raison pour laquelle Susie agit ainsi? Pas parce qu'elle aime le mec, mais parce qu'elle a compris que sa réussite est la seule chose qui retienne encore ses parents ensemble? Elle veut se servir de cette déception pour nous faire voler en éclats. Elle ne peut pas choisir cette vie réussie parce qu'elle a le sentiment que nous l'avons créée davantage pour nous-mêmes que pour elle. Elle se fait du tort pour nous donner le coup de grâce.

C'est ça?

Les conditions de sa production. Et de sa destruction.

Ou serait-ce que tu refuses de croire à son amour passionné? Parce que tu en es toi-même tellement incapable. La passion te fait honte. Parce que lorsque tu aurais dû partir avec T, tu ne l'as pas fait. Tu étais amoureux de T et tu n'as pas réagi. Tu as laissé périr ton amour par manque de courage. Tu vois Susie commettre un suicide professionnel par amour et tu te sens rabaissé, humilié. Tu vois la beauté de l'amour, du véritable amour, de l'amour sacrificiel, et tu vois ton échec absolu, absolu, à aimer.

Elle le sauvera, ils se marieront et auront beaucoup d'enfants. Peut-être.

L'énigme dans Le Gardien *ne tenait-elle pas à ce que les trois victimes avaient été embaumées à des années de distance? La grand-mère avant le fils, le fils avant la mère. Donc d'abord le fils, puis la mère, avaient dû accepter la présence d'un cadavre / de cadavres dans un fauteuil / des fauteuils à la maison, pendant des années, avant que vienne leur tour d'être la victime. Bizarre. Mais fascinant. Les complices devenant des victimes. Même après avoir vu un autre complice devenir une victime.*

Quelle importance si l'auteur a emprunté l'intrigue à un vieux conte de fées? C'est monnaie courante. Wordsmith ne serait pas au bord du gouffre si on lui avait attribué le Booker.

Dasgupta dit que nous devons éviter la prolifération mentale / les conjectures / les rêves éveillés / les deuxièmes flèches, etc., mais comment puis-je ne pas me perdre en conjectures sur les motifs qui poussent mon unique enfant à gâcher son talent pour vivre à l'autre bout du monde avec un criminel alcoolique?

Est-ce de l'attachement mal placé?

C'est peut-être notre faute. Elle fiche le camp par amour parce que ses parents ne font pas preuve d'amour. Elle aime passionnément parce que notre union est du venin momifié.

Je devrais certainement être vigilant si c'est ma faute.

Ou bien est-ce une malade mentale? Devrais-je la faire interner?

Comment puis-je profiter des enseignements de Dasgupta jusqu'à ce que cette tragique histoire soit derrière moi? Comment quelqu'un qui est aussi impliqué dans la vie que moi, aussi mêlé aux autres que moi, aussi pieds et poings liés aux autres, comment une telle personne peut-elle profiter des préceptes simplistes de Dasgupta, comment une telle personne peut-elle MÉDITER alors que sa femme explose dans sa tête, que sa fille chante à ses oreilles, que sa maîtresse respire dans son cou, que sa glycine l'attire, que son jasmin inonde l'air de parfum, que sa pelouse magnifique le supplie de la tondre?

Si seulement c'était terminé. Vraiment terminé. L'enfant mort, la mère finit par comprendre qu'elle devra l'enterrer et lâcher prise. La souffrance n'est pas de la souffrance quand il n'y a pas le choix.

Peut-être n'y a-t-il en fait qu'une seule flèche, la deuxième.

La première était à peine une flèche.

Comment un triton peut-il souffrir?

En parlant d'indécision. Je ne suis même pas capable de décider dans quel sens croiser les jambes. Terrorisé avant la Ferme Résolution de choisir la mauvaise position et de souffrir comme une bête. Est-ce que je replie d'abord la gauche, ou la droite? En attendant, le type derrière moi est soudain enrhumé. À un moment, j'ai eu l'impression que sa toux sifflante était carrément dans ma poitrine.

Ai rêvé de T. Nous faisions l'amour. Exultation naturelle et généreuse. Incroyablement vive. Je ne sais pas où finit mon corps et où commence le sien. Sérénité absolue. Jusqu'à ce que je me rende compte que nous sommes chez moi. Nous sommes chez moi sur le canapé, bon Dieu de merde! L passe par là, elle appelle le chien. Susie la tire par la manche. "Maman, regarde papa et Teresa. Regarde papa et Teresa! Pourquoi tu ne regardes pas, maman?" Susie sait. "Pourquoi tu ne vois pas?" Mais L ne tourne pas la tête. L ne veut pas *voir. L appelle le chien. "Charlie. Charlie!" Et le chien est le mari de T. Le mari de T est le chien de L!*

"Je suis enceinte, est en train de dire T. Je vais mettre au monde notre enfant." Non, elle l'a déjà mis au monde, il est déjà là sur sa poitrine. Un triton minuscule se glisse entre ses seins pour aller téter son mamelon.

Bravo, mon petit gars.

Curieux moment après la séance de quatorze heures trente. J'avais à peu près gardé la posture jusqu'au bout. Je me lève, en luttant contre les fourmis dans mes jambes, quand soudain je suis cloué sur place à la vue de ma couverture que j'avais laissée tomber de mes épaules sur le coussin. Franchement, je suis incapable de bouger parce que je fixe les plis de ma couverture grise. Je suis fasciné par la complexité de toutes ces courbes et ces fronces, par la façon dont la lumière joue sur ce fouillis, et l'idée subite qu'en tombant aucune couverture ne reprendra jamais cette forme précise. Par la conscience très aiguë que le moment est unique, que tous les moments sont uniques.

Ben ouais, bah, la barbe. Mais c'est encore un passage que j'aurais pu écrire. Nous vivons tous ces moments-là, au Centre.

Le truc dans Le Gardien *c'était vraiment la maison. Il voulait que la famille reste unie parce qu'il adorait la maison. Le propos du roman était peut-être de rendre le caractère fondamentalement bourgeois de l'embaumeur. Le tueur en série soigne son beau jardin. Les voisins sont admiratifs. "Très fort pour les roses et les plantes grimpantes", signale quelqu'un à la BBC. "Bravo, l'artiste."*

J'adore les baies vitrées. J'adore la vieille cheminée. J'adore l'arcade couverte de roses.

Et les iris.

Au bout du compte, tous ces crimes n'ont jamais rapporté gros. Je m'en serais mieux sorti en publiant du porno.

Les toilettes sont envahies de fumée. Il est temps d'ouvrir la fenêtre. Clope numéro quatre, déjà. Plus que deux. Mais je me sens plus calme. Plus mon auteur de journal intime est bouleversé, plus je me sens calme. C'est peut-être pour ça que Jonathan

lisait tous ces affreux bouquins. Cormac Machin Chouette. Tho-
mas Bernstein ? Plus les autres sont dans la merde, plus le lecteur est serein.

Je ne crois pas que Mme Harper approuverait.

*Me suis mis à pleurer dans le pré. J'étais allongé sur le dos dans
l'herbe. Soudain les pensées se sont transformées en larmes, les pensées sont sorties à flots de ma tête sous forme de larmes. Ai mar-
monné sans trêve : j'aime ma femme faut que je prenne la fuite
je déteste ma femme faut que je prenne la fuite j'aime ma femme
faut que je prenne la fuite je déteste ma femme faut que je prenne
la fuite. La vie est injuste injuste injuste injuste injuste injuste
injuste injuste.*

Édifiant.

*Je suis donc allongé là sur le dos dans le pré en train de pleurer et
je me rends compte que je pleure de JOIE. Ouais. Cinglé. Ce truc
de méditation m'a rendu fou. Je suis un zéro fini mais j'aime la vie.
J'ai fichu ma vie en l'air, mon mariage, vingt-cinq années, mais je
déborde d'optimisme. C'est criminel. La méditation devrait être pro-
hibée. Pour de bon. C'est dangereux pour un esprit d'être livré longtemps au silence. Il nous faut de la musique, il nous faut la radio,
il nous faut la télévision, il nous faut des réceptions. Et même des
livres. Des bonnes nouvelles, des mauvaises nouvelles, n'importe quoi.
En fait, rien ne vaut les mauvaises nouvelles. Un tsunami un trem-
blement de terre une crue. Volcan bombe viol anal excision torture
scandale atrocité. Envoyez un don écrivez une lettre postez un com-
mentaire exprimez votre opinion dites ce que vous avez à dire n'importe quoi sauf ce silence seul avec ses pensées.*

*Pas simplement moi mais nous tous. Réfléchissez. Cent cinquante
personnes toutes désespérées réunies dans la même pièce. Cent cinquante silences désespérés dans la même pièce, de terribles silences
bouillonnants et cancéreux.*

*Trois cents jambes ankylosées, chevilles ankylosées, genoux dou-
loureux.*

*Toutes les histoires. Songez à toutes les histoires atroces tournant dans
toutes ces têtes malades. Pire que ma collection "Les Maîtres du crime".
Faites-les dissoudre dans l'acide, l'acide silencieux, le silence acide.*

Quoi que vous fassiez, ne l'écrivez jamais. Ne publiez pas !

Ou peut-être que si, écrivez ces histoires pour mieux les détruire. Bonne idée. Le papier peut être déchiré. Les fichiers électroniques peuvent être effacés.

Plutôt qu'une maison d'édition, une maison de DÉSédition.

Un créneau!

"Cher jeune homme, vous avez écrit là un roman fort intéressant, extrêmement poignant ; le récit que vous donnez à lire de la lente descente de votre héros vers la pauvreté, la vieillesse et la perversion, est à la fois émouvant, inquiétant et profondément, profondément dérangeant. Bref, j'ai le plaisir de vous annoncer que nous pouvons vous proposer un contrat pour détruire cette histoire dans toutes ses éditions existantes, manuscrits, fichiers électroniques, et tout autre support approprié. Notre offre concerne, bien entendu, les droits mondiaux. Nous veillerons à ce que le récit reste épuisé dans le monde entier pendant au moins dix ans à compter de la date de signature. Nous nous flattons que nos titres soient tous environnés du plus grand silence et du plus grand secret ; en aucun cas votre nom en tant qu'auteur n'apparaîtra dans quelque publication que ce soit. Non, jeune homme, ni vous ni personne n'aura jamais plus à être tourmenté par cette histoire émouvante."

L'auteur a exercé son droit moral.

Que font les récits, sinon donner du glamour à la douleur? C'est vrai de tous les romans que j'ai publiés, de toutes les sagas prétentieuses dont j'espérais qu'elles changeraient la face de la littérature anglaise. Ces œuvres donnent du glamour à la souffrance. Seule une vie où l'on souffre est glamour. C'est clair. En commençant par le Christ. Souffrance physique souffrance amoureuse souffrance spirituelle. Pas de souffrance, pas de glamour. Nous sommes amoureux de dukkha. *C'est la vérité. Raides dingues de la douleur. En feignant de vouloir le bonheur, nous partons en quête de tourments, comme des miséreux lavant le sable aurifère à la batée. Nos vies doivent être des histoires émouvantes. Pas de triomphe sans adversité. Une longue adversité. Plus elle est longue, mieux c'est. Les cendres acides d'Angela*. Et l'attrait réside dans l'adversité, pas dans le triomphe de la dernière page. L'attrait réside dans le sentiment qui s'accroche à l'adversité. Oh, pauvre petit. Oh, pauvre David Copperfield. Oh, pauvre*

---

* *Les Cendres d'Angela*, roman de l'Irlandais Frank McCourt.

petite Nell. Oh, mon cœur généreux qui éprouve des sentiments géné-
reux pour ces pauvres gens.

Attrapons un tsunami avec notre dîner.

Tsunami salami.

Dasgupta enseigne le calme affectif. La fille pleure dans le silence
de la salle de méditation. Elle a une histoire à raconter, un roman
à écrire. Elle ne se précipitera que trop vite chez les éditeurs avec son
manuscrit. Combien de chroniques douloureuses m'attendront-elles
sur mon bureau quand j'y retournerai? Les tourments de la jeune
fille pourront alors être rendus publics et chacun pourra les tenir dans
ses mains, les savourer, les caresser, ouvrir les pages et soupirer : Oh,
quels sentiments intenses, oh, quels dilemmes abominables, oh que
l'âme humaine est noble! Oh, quelle vie fascinante!

Dasgupta dit : Mes amis, la dernière chose dont nous ayons besoin
c'est de votre triste histoire, la dernière chose dont nous ayons besoin
c'est d'un compte rendu de votre douleur.

Nous avons besoin de silence.

Si vous ne pouvez cesser de pleurer, je vous prie de quitter la salle.

Harper a eu raison de ne pas s'informer davantage de mes pro-
blèmes, de me laisser partir sur une simple recommandation. Ne
tirez pas cette deuxième flèche, mon gars.

Quittez la pièce. Posez votre crayon.

La deuxième flèche c'est le crayon.

Bien sûr!

Éditions La Deuxième Flèche. Génial!

Du chagrin qui rapporte.

La mignonne petite jeune fille avait tout à fait raison. Oh, je vou-
drais l'embrasser. Vous aimez trop vos maux. Comment peut-elle être
si jeune et si avisée? Vous aimez trop vos mots. Vos mauts. Oh, je
voudrais embrasser sa petite bouche avisée de lapin.

Le métier d'éditeur devrait être prohibé. Interdit. Le métier d'édi-
teur n'est pas un gagne-pain convenable. Il ne fait pas partie du Noble
Chemin Octuple. Harper aurait dû dire quelque chose. Aurait dû
déclarer : Sachez, chers étudiants, que vous n'atteindrez jamais le
nirvana en étant éditeur.

Après cette retraite je rentre chez moi, je liquide Wordsmith, je dis
à Susie que sa vie lui appartient, qu'elle peut en faire ce qu'elle veut
– absolument ce qu'elle veut –, je dis à L que c'est fini entre nous.

Linda, c'est fini. C'est vraiment fini. Et T. Je dis aussi à T que c'est fini. Terry, c'est fini. Je n'avais besoin de Terry que pour rester avec Linda. Je devrais avoir honte de moi. Charlie est un chic type. Prends soin de ton mari.

Tout est fini.

Je voudrais bien.

Et après ? Moi, où suis-je ?

BROCOLIS

Jonathan n'avait pas de sautes d'humeur, n'était pas un indécis. Je pourrais me lever maintenant, retourner au Dortoir A, retirer mon jean, m'allonger de tout mon long à côté de mon auteur de journal intime. "Plonger mon regard dans tes yeux, maintenant, avait-il écrit sur un rond à bière, est le plus beau moment de ma vie." C'était notre meilleure soirée ensemble, l'avant-dernière. Pas une seconde il n'avait songé à changer ses plans. Je pourrais entrer en trombe dans la chambre et crier : "Quel con vous êtes, monsieur l'Auteur de journal intime! Quel misérable ver tordu et déboussolé!" Je pourrais flanquer son journal à la poubelle et ne plus y penser. Je pourrais aller en douce le remettre à côté de son lit, accompagné d'un sage conseil. "Lâchez ce poids, GH. Lâchez votre gros moi." J'éprouve de la compassion pour lui et pour sa femme. Ils sont paumés. J'éprouve de la compassion pour mes parents. Ils ne seront jamais heureux ensemble et jamais heureux séparés. À propos de gens qui s'embaument l'un l'autre. La maison Marriot était un funérarium. Cela aurait été la mort d'épouser Carl.

Mais je croyais que tu *voulais* mourir.

Deux papillons de nuit volettent contre l'abat-jour dans la salle des filles bénévoles. Pourquoi ai-je cessé de tuer des insectes? Leur façon de se cogner contre le globe en papier et d'aller à tâtons me donne la chair de poule. C'est bête. Tous les abat-jour du Centre viennent de chez Ikea. Un papillon de nuit tombe par terre, agite ses ailes sales, remonte en vrombissant. Jonathan tuait les mouches en tapant dans ses mains. Il ne se mettait jamais en colère, ne s'irritait jamais, sauf quand on essayait de lui parler de sa femme. "Mon ex-femme, corrigeait-il. Ex a son importance."

C'est très calme, ici. À part les papillons de nuit. Ils me donnent la chair de poule avec leur air de rechercher la mort, mais j'éprouve une véritable compassion pour eux. Je me sens paumée. Je devrais peut-être tuer une mouche ou deux, rien que pour me remettre en train. C'est peut-être ce dont j'ai besoin, de baiser, de tuer et d'être brutale : baiser avec Ralph, baiser Ralph, déchirer le journal intime, taper sur ces cons de papillons, tracer un graffiti obscène avec le sang de mes règles. DASPUTAIN !

Il est deux heures du matin et Beth se trouve à un tournant.

Et n'a nulle part où tourner.

Est-ce que je quitte cet endroit ou est-ce que je reste ?

Rien. Coincée.

Supposons que j'aille me coucher et écoute la souris grignoter, Stéphanie ronfler. Je pourrais. Je pourrais faire ça. Que veut la souris dans cette chambre ? Nous grignoter les orteils ? Nous mordiller les oreilles ? Pisser sur nos couvertures ? Ou simplement être là, en notre compagnie ?

Que font les animaux toute la journée ? Que font ces papillons de nuit, en réalité ? Comment *savent*-ils quoi faire ?

Leur corps le leur indique.

Un côté mordilleur ! Lapin. Les dents, je suppose.

Supposons que je retourne à la cuisine et m'empiffre des restes d'hier. Je pourrais faire ça. Carl n'en revenait pas de ce que je pouvais engouffrer après les concerts. Nous étions tellement pleins de sueur, de fumée, d'alcool, et de vie. Saucisses. Pizza. Kebabs. Et sexe. Parfois c'était tout juste si je savais avec qui. Carl faisait toujours des hauts et des bas, heureux ou déprimé. Il voulait tellement qu'on se marie. Il sentait déjà l'odeur de nos bébés. C'étaient des chiots ou des lapereaux. Carl voulait changer leur litière. C'était un gentil petit garçon qui avait besoin d'un animal de compagnie. Cela aurait dû crever les yeux que je ne faisais pas l'affaire. J'éprouve une véritable compassion pour lui. C'était un guitariste extraordinaire. Tellement pro. Tellement sain. Tellement talentueux. Mais il aurait accepté un boulot chez Marriot séance tenante. Du marketing. C'est peut-être déjà fait. Peut-être que Carl travaille là-bas, pour papa, qu'il vend des synthétiques Marriot. J'éprouve de la compassion pour lui. J'éprouve de la compassion pour moi. J'envie la petite amie enceinte de mon auteur de journal intime. Teresa. Joli nom. Merde alors, ce que je peux l'envier! Oui. Elle n'a rien d'autre à faire qu'à laisser son petit grandir. Laisser son corps bosser. Comme les souris, les papillons de nuit. La femme dans la rangée derrière moi. Qui se soucie de qui est le père? Je ne m'en souciais pas, en vérité. Ce que je ne voulais pas, c'était élever un enfant avec Carl. Il était clair que Jonathan n'en voudrait jamais. Je pourrais aller voir Mi Nu et demander : Pourquoi est-ce que je ne sais jamais quoi faire? Le temps s'écoule et tout le monde dort ou s'active. Les papillons de nuit s'activent, les lapins s'activent. Les souris s'activent. Mon auteur de journal intime rêve de démons. Je ne sais jamais quoi faire. Je n'arrive pas à dormir. Je n'ai pas laissé mon petit grandir, Mi Nu. Je n'ai pas su aimer pas su aimer.

Je pourrais me masturber. Ouais. Je pourrais baisser mon jean, mon slip, me renverser dans le fauteuil, me sentir, lécher le bout de mes doigts. Jonathan, ça le rendait fou. Il me mordillait les jointures. S'il te plaît fais-toi jouir, Beth, s'il te plaît s'il te plaît s'il te plaît. J'adore quand tu jouis.

Non, je ne pourrais pas.

Et en plus avec mes ragnagnas.

Je pourrais lire mes mails. Sortir de la cuisine, prendre à gauche vers la grande porte, puis à droite et me voilà dans le bureau. Il n'y aura pas de mot de passe pour l'ordi. Ce n'est pas l'esprit Dasgupta. Ou alors un truc du genre : SOIENTHEUREUX. Nom d'utilisateur : TOUSLESÊTRES, mot de passe : SOIENTHEUREUX. Je traverse la cuisine, j'entre dans le bureau, j'allume l'ordinateur, je regarde mes mails. Les bénévoles ont de temps à autre le droit de consulter Internet, s'ils demandent l'autorisation et ne vont pas sur de mauvais sites. Pour garder le contact avec ceux qui leur sont chers, évidemment. J'en ai rêvé souvent pendant le premier mois que j'ai passé au Centre. C'était un des trucs les plus difficiles à me sortir de la tête. J'ouvre ma boîte mail et son nom surgit. Des tonnes de messages. Jon Jon Jon Jon. Je veux que tu reviennes, Beth. Je veux vivre avec toi. Je veux te peindre du matin au soir. Je t'en prie. Pardonne-moi de ne pas avoir cru au coma. Pardonne-moi, Beth. Reviens, Beth. J'ai besoin de toi, Beth.

Il y aura des messages de Carl, des messages de Zoë, des messages de maman, de papa, du producteur, du manager. Où es-tu,

Beth? Chère Elisabeth, où es-tu? Betsy, qu'est-ce que tu deviens? Tu n'es pas obligée de faire ça.

Pardonne-moi de ne pas t'avoir crue, a écrit Jonathan. Plonger mon regard dans tes yeux ce soir-là…

J'ai arrêté de fantasmer sur tout cela il y a des mois.

Apparemment non.

"S'il y a des pensées, des rêves éveillés, des projections mentales importunes, ramenez doucement votre attention sur le souffle, sur l'inspir qui passe sur la lèvre, sur l'expir qui passe sur la lèvre…"

Tu as de la chance d'avoir encore un souffle.

Peut-être qu'Hervé aura écrit. *Il ne faut pas te sentir coupable, chère Elisabeth. Ce n'est pas ta faute si nous sommes venus nous baigner avec toi*.

Est-ce que Philippe est mort, Mi Nu?

Un coma artificiel est-il une forme d'embaumement? Philippe est-il toujours là-bas sur son lit d'hôpital?

— Ce sont eux qui t'ont demandé de venir te baigner, Beth, ce n'est pas l'inverse.

Carl était à mes côtés, à côté de mon lit. Je gardais les yeux fermés et envoyais des SMS sous les draps.

— Ce n'est qu'un coma artificiel, Beth. C'est un truc qu'ils maîtrisent. Il va récupérer. Ce n'est pas ta faute. Et, Dieu merci, ce n'est pas toi.

Mais je comptais me suicider, Carl. Non, je n'ai pas prononcé ces mots. J'étais incapable de lui parler. Et se suicider, c'est un truc qu'on devrait faire tout seul. Pas avec deux adorables jeunes Français. Ils ne seraient jamais allés se baigner sans moi.

Pas par une nuit pareille.

Ils ne se seraient jamais baignés avec moi s'ils avaient su que je comptais me suicider.

Carl est resté près de mon lit pendant des jours. Le petit ami parfait.

— Pense à l'enfant, Beth, avait-il dit. Merde alors. Pense à nous.

J'ai perdu l'enfant, Carl. Les médecins ne te l'ont-ils pas dit? Je ne parlais pas. Je gardais les yeux fermés. J'avais un petit ami parfait et je n'ai absolument pas su l'aimer. J'ai essayé, je n'ai pas pu. Je l'ai trahi. Je l'ai trompé. Tous les soirs, en faisant l'amour sous la tente, j'essayais d'être là, de faire vraiment l'amour, je crois que j'ai essayé. Je n'y arrivais pas. Je n'arrivais pas à aimer. Mon seul projet était de prendre la fuite. Si lui ne disparaissait pas, alors c'était à moi de prendre la fuite. C'était à moi de partir en fumée. Ou dans la mer.

Mais c'est l'enfant qui a disparu.

JE SUIS EN SOINS INTENSIFS, avais-je annoncé par SMS. ON VA ME PLONGER DANS UN COMA ARTIFICIEL. SI TU M'AIMES, VIENS AVANT QU'IL NE SOIT TROP TARD.

Ce n'est pas vrai que je pourrais consulter mes mails. Non. Je n'ouvrirai peut-être jamais plus une boîte mail.

Oui, mais si toutes les nouvelles étaient bonnes ?

Beth, Philippe est sorti du coma. Il demande de tes nouvelles.

Beth, *Better Off On My Own* est numéro un. Tout le monde te cherche. Tout le monde te veut. Mais où as-tu été te cacher ? Nous sommes engagés dans tous les grands festivals. Nous avons des contrats pour deux nouveaux CD. Nous avons de quoi acheter une maison.

Je suis désolée, Carl, ce n'est plus ce que je veux.

Je suis désolée, Carl, je ne suis plus moi.

Ce n'est pas la bonne adresse électronique pour me joindre, Carl.

J'ai pris la fuite, j'ai disparu.

Chère Elisabeth, je crains que le cancer de papa ne soit revenu. Son état est préoccupant. Quelles que soient tes raisons de disparaître, viens, je t'en prie. Autrement, ce n'est vraiment pas gentil.

Je n'ai aucune possibilité de lire mes mails.

Pourquoi les papillons de nuit ne peuvent-ils pas renoncer ? Ne sentent-ils pas qu'ils se détruisent les ailes en grattouillant ainsi contre la lumière, en pressant leur corps là où des corps ne peuvent pas aller ?

Les papillons sont une torture. J'éprouve de la compassion pour eux.

Mes mots forcent et grattent là où je ne peux jamais aller. Mauts. Jolie trouvaille, monsieur l'Auteur de journal intime.

Il y a une heure j'allais bien, quand je lisais son journal. Je me délectais de ses ennuis.

Il y a une semaine j'allais bien, quand je vivais la routine quotidienne du Centre, quand j'acceptais les règles du Centre.

J'allais bien quand je lavais du riz et des haricots kichada.

Bien quand je coupais du céleri.

Bien quand je préparais une purée de pommes de terre au lait de soja.

Bien quand je décrassais les assiettes à la douchette.

En écrivant, je me pousse contre un endroit dur, sans parvenir nulle part, mais sans vraiment souffrir non plus.

Cela a-t-il un sens?

Je veux peut-être dire, sans aucun risque de mourir.

Je me suis levée, j'ai traversé la cuisine et allumé la lumière. Le ménage n'avait pas été très bien fait. J'avais la gorge irritée par les cigarettes. Et je commençais à avoir la peau moite. Il y avait un saladier de chou éminçé qui aurait dû être dans la chambre froide. Le torchon qui le recouvrait était sale. Vikram piquerait une crise. J'ai posé dessus un torchon propre et l'ai déplacé. Imaginez être enfermé dans la chambre froide. Vous êtes ce que quelqu'un n'a pas fini de manger, en train de crever de froid.

J'ai chargé un chariot et emporté des assiettes, des bols et des couverts dans les réfectoires pour le petit-déjeuner. Le réfectoire des femmes. Le réfectoire des hommes. J'ai allumé toutes les lumières. J'ai vérifié les céréales, les pâtes à tartiner, le lait, la margarine, le beurre, le miel, et j'en ai remis dans les pots. Je pouvais le faire les yeux fermés. Je n'ai pas besoin de prendre une décision pour vérifier s'il y a du lait de soja et du lait de vache, des graines de sésame et des fruits secs hachés. Je n'ai pas besoin d'être quelqu'un. Il ne reste plus de rooibos chez les hommes, plus de houmous chez les femmes. Si seulement il y avait davantage de boulot. Si seulement je pouvais servir, servir, servir. Servir, servir. Nuit après nuit. Jour après jour. Une rien du tout. Si je pouvais laver les vêtements de quelqu'un, cirer les chaussures de quelqu'un, couper les cheveux de quelqu'un, préparer les repas de quelqu'un, repasser les chemises de quelqu'un. Comme maman l'a fait pour papa, ne pas aimer, simplement servir.

"Moi, repasser tes chemises, tu veux rire", avais-je dit à Carl. Je n'arrivais pas à l'aimer. J'ai vraiment essayé. Ou peut-être pas. Des mots comme "essayer" ont-ils une signification à côté de mots comme "aimer"? "Je ne m'occupe pas de la lessive, l'avais-je averti. Je ne m'occupe pas de la cuisine. Je ne m'occupe évidemment pas du repassage. Quand nous serons célèbres, nous vivrons à l'hôtel. On nous bichonnera."

Pourquoi je suis restée avec un garçon que je n'aimais pas ? C'est ça qui est bizarre. Pendant des années. Pourquoi je l'ai traité si mal ? Au Centre, le plaisir de servir les gens tient précisément à ce qu'on ne les connaît pas, tout comme les clients d'un hôtel. Cette personne n'est pas votre père. Ni Jonathan. Ni Carl. Ni une mère, une copine ou une sœur. On n'attend rien en échange. On n'a aucune rancœur. Qu'ils ne vous soient rien du tout vous amène à n'être rien du tout. Comme vous ne les connaissez pas, vous ne vous connaissez pas. Vous servez. Vous servez l'humanité, vous vous servez. N'être rien du tout c'est se servir soi-même.

Je pose les plateaux destinés aux assiettes sales sur la table près de la porte. Puis les seaux en plastique pour les couverts. D'abord le côté des femmes, ensuite celui des hommes. C'est bien qu'il y ait deux côtés. Deux fois plus de boulot. Les premiers jours où j'ai servi ici, j'ai passé mon temps à aider gentiment tout le monde. Je me précipitais pour apporter un couteau propre à une femme qui avait laissé tomber le sien. J'allais chercher une grosse couverture pour une méditante qui frissonnait. C'était une sorte de comédie. Très Beth. Je voulais me faire connaître, dire : Voici Beth, qui vous sert ! Grand sourire épanoui. Voici Beth, qui vous aide à méditer ! J'en ris, maintenant. Ce n'est pas cela, servir. Servir, c'est ne faire que ce qui est nécessaire, de façon anonyme, pas plus, rien de personnel. Laisser la femme qui mange aller se chercher un couteau propre sur le plateau. Laisser la méditante aller au fond de la salle se chercher les couvertures dont elle a besoin. Ce qui est personnel est toxique. Ce qui est personnel déconcentre. Invite à tisser des liens. Je voudrais pouvoir servir davantage, davantage et encore davantage, en pleine nuit, toujours en pleine nuit, dans le silence complet, sans qu'on m'entende, sans qu'on me voie, sans qu'on m'admire, sans qu'on m'aime. Servir. Je ne veux pas être aimée. Je ne dois pas être aimée. Je ne veux pas ne pas savoir aimer celui qui m'aime. Je ne veux pas quoi que ce soit.

Que tous les êtres visibles et invisibles soient libres de tout attachement.

Que tous les êtres soient libérés, libérés, libérés.

Je veux faire partie des êtres invisibles.

Mi Nu devient peu à peu invisible. Un jour, nous verrons carrément au travers. Elle ne sera pas là.

Je sors les couteaux à pain et les biscuits secs. J'ai mesuré la quantité de flocons d'avoine pour le porridge des hommes et celui des femmes. J'adore l'odeur des flocons d'avoine sur mes doigts. Je dépose des pruneaux et des rondelles de citron dans une casserole pour les tiédir. Si seulement il y avait plus à faire, j'aurais continué pendant des heures. Je n'étais pas fatiguée. C'était comme installer le matériel sur scène pour un concert quand on est arrivé trop tôt. Tranquillos. La batterie les amplis les micros les conduites la wah-wah. J'adorais installer le matériel avec Zoë. On se cognait l'une à l'autre et on se tordait de rire. Le sexe était tellement gamin avec Zoë. J'étais tellement gamine.

Maintenant j'ai repensé aux cuillères de service pour les céréales, pour les fruits cuits. J'ai préparé des compotiers d'oranges et de pommes. Les pommes étaient d'un vert foncé cireux. Je les ai sorties une par une du cageot rangé dans la chambre froide, les ai rincées à l'évier et séchées. Je les ai même astiquées avec un torchon propre. Elles étaient belles. Et les oranges luisaient à côté d'elles. L'orange des oranges rendait le vert des pommes plus vert. Ce que les fruits peuvent être sains. Après les concerts, on bouffait de la merde. On fonçait dans n'importe quel rade qui nous gaverait de trucs dégueulasses et d'alcool. Qu'est-ce que vous croyez ? Mais maintenant je saignais comme un bœuf. J'étais gênée par les épaisseurs de PQ que j'avais entre les jambes. Il faut que j'aille chercher des tampons dans les toilettes principales. Tu es une femme impure, Betsy M. On devrait t'isoler.

Jonathan était le seul type que j'aie connu qui se moquait d'avoir du sang sur la bite. Rien ne le déconcertait. Rien ne le changeait. Ni le sang ni la passion. Il n'y avait rien à faire avec Carl pendant mes règles. Si seulement l'Armée rouge avait envahi la France, cette semaine-là. Pas de sexe, mais il était aux petits soins. "Comment te sens-tu, Beth ? Tu vas pouvoir chanter, Beth ?" Carl aimait qu'une fille soit faible, il m'aimait fragile. Une Beth fragile s'occupant de ses chiots et de ses lapereaux. Mince alors ! Je suis allée aux toilettes qui sentaient toujours la fumée. Si seulement j'avais un autre paquet de clopes. Si seulement on pouvait fumer cigarette sur cigarette pour l'éternité. Cigarette sur cigarette, verre sur verre, baise sur baise. Pourquoi pas ? Si ce doit être *dukkha*, autant le faire à fond.

Je suis retournée à la cuisine et j'ai cherché le livre de recettes. Le temps passait. Un mois au loin passera en un clin d'œil, avait promis Jonathan. Il avait même souri. J'ai trouvé le bouquin sur le petit frigo, mais finalement je me suis préparé une tasse de *chaï*. J'ai rincé une théière, je l'ai remplie au chauffe-eau de la cuisine, j'y ai jeté du gingembre, des clous de girofle, de la cannelle. Je n'aurais jamais imaginé boire un truc pareil avant de venir au Centre. Mais pas de graines de fenouil. Quelqu'un ne les avait peut-être pas remises à leur place. Nous étions dans un pub à Édimbourg et un des groupes m'avait invitée à monter sur scène. Quelqu'un m'avait reconnue. Nous avions donné une reprise corsée de *Girls Just Wanna Have Fun*. Le public tapait du pied. Je pleurais en chantant. Je riais. Ma voix portait bien. J'avais pris le micro au creux de mes mains "Oh-o-oh-o-oh. La journée de travail terminée, les filles ne pensent qu'à s'amuser." Ce n'était pas vrai. Je voulais Jonathan. "Plonger mon regard dans tes yeux maintenant…" avait-il griffonné sur son rond à bière. Il était aux anges. Les gens n'arrivaient pas à croire que j'étais avec un type tellement vieux. Le soir suivant, de retour à Londres, il s'était couché avant vingt-trois heures pour démarrer tôt le lendemain matin.

— J'ai d'autres chats à fouetter, lui avais-je lancé.

Le Livre de cuisine *vipassana* de Vikram. Aliments pour la Méditation. Cuisine Cool pour Karma Cool. Les bénévoles plaisantaient toujours à propos de ce classeur de recettes. Nous imaginions une jaquette illustrée où l'on verrait Vikram assis en tailleur dans la braisière.

Je l'ai ouvert au neuvième jour. Tofu et brocolis sautés, chou frisé cuit à la vapeur, purée de pommes de terre, une salade composée, mayonnaise au soja, deux assaisonnements. Je suis allée voir dans la chambre froide si quelque chose avait déjà été préparé. Les patates. Il y avait deux boîtes en plastique où des pommes de terre pelées baignaient dans l'eau froide. Rien d'autre. Je me suis approchée des étagères de produits frais, j'ai trouvé un cageot de brocolis que j'ai tiré jusqu'au plan de travail.

C'est incroyable ce que les brocolis sont serrés, ce que c'est joli dans le cageot. Il y a une couche têtes vers le bas et tiges vers le haut, et une couche têtes vers le haut et tiges vers le bas. Lorsqu'on regarde dans le cageot on voit les têtes alignées en rang, et entre chaque groupe de quatre têtes une grosse tige qui pointe de la couche du dessous. Tout s'ajuste si bien qu'on dirait un puzzle. On ne peut pas en sortir un sans tous les tirer de là. Ils sont bloqués. Pour les déplacer il faut en casser un, au moins un.

Je me demandais comment c'était possible, s'il y avait une machine à emballer les brocolis, ou simplement des gens pour les disposer ainsi. Les têtes étaient d'un beau vert foncé mat et les tiges pâles et caoutchouteuses. C'était un motif ininterrompu qu'il fallait interrompre pour les faire cuire. Ce qui semblait dommage.

J'ai attendu un moment avant d'en sortir un. Comment pouvaient-ils si bien s'ajuster les uns aux autres, même si, étant des organismes vivants, ils étaient à coup sûr tous différents? Au moins un petit peu. Pas faits pour s'ajuster les uns aux autres. Pas comme des objets manufacturés. Je me suis sentie curieusement fascinée à la vue des têtes sombres et des tiges pâles de ces brocolis. Ma respiration s'est faite plus légère et j'en ai soudain pris conscience. J'ai eu l'impression de voir un peu autre chose que des brocolis, même si, comme dirait Dasgupta, lorsqu'on regarde des brocolis on regarde des brocolis et rien d'autre. J'ai secoué la tête.

"Séparez les brocolis en petits bouquets", disait le livre de recettes.

Pourquoi étais-je chagrinée d'avoir à en casser un et à l'extraire du motif, si l'objectif en les sortant de la chambre froide était qu'ils passent à la casserole? Je ne savais pas si je les bénissais, les adorais ou les examinais. Ou s'ils étaient dans ma tête, sans plus. Pourquoi prendre la peine de tirailler sur les sentiments pour qu'ils correspondent à ce mot-ci ou à ce mot-là? Qui se souciait de ce que je faisais? Maman nous donnait à manger des tonnes de brocolis parce que c'était excellent contre le cancer, or dès qu'il a eu cinquante ans c'est précisément ce qu'a eu papa.

J'ai saisi une tige et tiré dessus.

— Elisabeth? Elisabeth, mais que fais-tu?

J'avais trouvé une paire de ciseaux et détachais les petits bouquets au creux d'une grande passoire métallique placée sous le robinet ouvert. L'eau qui coulait avait dû couvrir les pas.

— Je n'arrivais pas à dormir, madame Harper.

Que faisait-elle donc là ?

J'ai continué à travailler tandis qu'elle flottait vers moi. Elle portait une ample chemise de nuit verte. Elle donne toujours la curieuse impression d'avancer sur des roues. On ne voyait pas ses jambes. Je coupais les brocolis à petits coups de ciseaux sous la lumière fluorescente de la grande cuisine déserte. Nous avons aussitôt compris qu'il y avait une tension entre nous. C'était la même tension à laquelle j'avais droit avec maman. Amour et impatience. Peut-être que je ne pouvais pas parler à Mme Harper à cause de sa nature maternelle. Ce ne serait pas pareil avec Mi Nu, ai-je songé. Ni avec GH. J'arriverais certainement à parler à GH si je décidais d'aller dans ce sens. Il était tout aussi ravagé que moi.

Cela me mettait en colère contre Mme Harper de ne pas pouvoir lui parler. J'avais envie de hurler. J'ai poursuivi ma tâche. Les brocolis offraient une résistance minime, et hop, un petit coup de ciseaux. Les petits bouquets dégringolaient dans la passoire où l'eau courante moussait dessus, poussant les tiges pâles et les têtes sombres de-ci de-là. J'ai dit :

— J'adore toucher les légumes et les laver. Cela m'apaise.

Elle a tendu la main et fermé le robinet. L'eau s'est écoulée en glougloutant. Les brocolis l'ont pompé et se sont égouttés. Tout était silencieux. J'entendais maintenant la respiration sifflante de Mme Harper. Elle devait être enrhumée. Elle a fini par dire :

— Je suis désolée que tu n'arrives pas à dormir, Elisabeth.

Elle a une voix bienveillante et pleine de regrets. J'ai horreur de ça. J'ai horreur des regrets. Les regrets de maman. Les regrets de Carl. Mes regrets.

Jonathan ne regrettait jamais rien.

J'ai pris une autre tête de brocoli et donné un coup de ciseaux plus brutal. C'est la résistance caoutchouteuse et puis la cassure brusque qui rend dingue. Comme des doigts de bébé.

— Parfois lorsque nous méditons plus intensément, comme tu l'as fait ces trois derniers jours, Elisabeth, il nous semble que les choses sont plus difficiles et non pas plus faciles. Il nous semble que nous avons davantage de souffrances, et non moins. Et davantage de pensées, peut-être. Trouver le sommeil s'avère plus difficile.

Je savais, lorsqu'elle s'est arrêtée de parler, qu'elle devait fixer sur moi un regard inquisiteur. Elle voulait que je confirme ses paroles.

J'ai coupé les brocolis à petits coups de ciseaux.

— La raison est que notre immobilité, nos *silā*, *samādhi*, *paññā*, ont permis aux *sankhara* enfouis profondément dans notre passé, à des choses qui nous causent vraiment des souffrances et nous perturbent, de remonter à la surface. Cela fait partie du processus de purification dont nous avons parlé. Et devrait te conforter plutôt que te décevoir.

Je n'avais pas dit que j'étais déçue.

J'ai attrapé une autre tige de brocoli, puis je me suis arrêtée. Quelque chose atteignait un stade critique, mais quoi ? Et quand, précisément ? Quelque chose était sur le point de changer, sur le point de changer. Oh, mais je suis toujours sur le point de changer et je ne le fais jamais. Je n'allais pas me mettre à pleurer devant Mme Harper.

— C'est à cause de mes règles, lui ai-je avoué. Je saigne comme un bœuf. Je vais devoir aller chercher un tampon.

C'était vrai.

Elle n'a pas été convaincue. Elle a attendu, en continuant à m'observer. Ce qui a commencé à m'énerver. Pour finir, j'ai demandé :

— Pourquoi faites-vous tellement attention à moi ?

Elle était plantée là à m'observer, très solide, très douce.

— Vous ne parlez pas de cette façon aux autres. À Kristin. Ou à Ines.

Elle était silencieuse.

— Est-ce parce que je suis un mauvais sujet ? Vous voulez convertir le mauvais sujet.

Mme Harper a souri.

— Au Centre, nous n'avons aucun désir de convertir qui que ce soit, Elisabeth. Tu le sais bien. Je ne suis même pas sûre de connaître le sens de ce mot. Je ne tiens pas à te faire changer d'opinion à propos de quoi que ce soit.

— Mes amis m'appellent Beth.

Je me demandais si elle avait senti une odeur de fumée. Je me demandais ce qu'elle fichait à la cuisine à trois heures et demie du matin. Venait-elle grignoter ? On voyait bien qu'elle ne se laissait pas mourir de faim.

— Ian et moi, nous avons l'impression que bien que tu sois depuis longtemps au Centre, ce n'est pas parce que tu as envie d'être ici, mais parce que tu as peur de partir. Nous aimerions te voir choisir de rester avec enthousiasme, ou partir avec courage.

Je l'aurais tuée. Ian et moi. Ian et moi.

— Pourquoi ne demandez-vous pas tout simplement quel est mon problème ? (J'ai flanqué les ciseaux sur le plan de travail.) Pourquoi ne le demandez-vous pas ? Comment pouvez-vous prétendre m'aider sans rien savoir de moi ? Tenez, je pourrais être une tueuse en série. Ou une nymphomane.

Je l'ai regardée droit dans les yeux. Je comptais décocher des flèches. Si elles l'avaient touchée, elle n'en a rien montré.

— Ce qui nous préoccupe, je suppose, c'est que tu fasses quelque chose de perturbateur pour qu'on te fiche dehors. Parce que tu n'arrives pas à prendre cette décision toute seule.

— Dans quel genre ?

Elle a souri gentiment.

— Difficile à dire. Fumer dans les locaux. Aller au pub. Explorer le côté des hommes.

Je l'ai regardée avec des yeux ronds. Elle était là, debout, le dos un peu voûté, les mains jointes sur son gros ventre. Et si je lui fonçais dessus et lui flanquais une grande baffe sur la bouche ?

J'ai repris le brocoli et lui ai donné cinq ou six petits coups de ciseaux rapides.

— Vous ne savez rien de moi.

— Tu es là devant moi, Elisabeth. Tes ciseaux à la main. La nuit. À la cuisine. À couper des brocolis.

— Beth.

Elle n'a pas soufflé mot.

— Ce n'est pas pour autant que vous me connaissez.

— Tu es là, a-t-elle répété. Maintenant. C'est quoi, connaître quelqu'un ?

J'ai songé combien il avait été agréable de travailler à la cuisine, seule, et combien j'étais agitée à présent. Son calme me rendait dingue. Je voulais qu'il y ait une scène. Je devrais la bombarder de brocolis.

— Pourquoi ne me demandez-vous pas quelque chose ? Demandez-moi ce qui me tracasse. Demandez-moi ce qui ne va pas.

— Tu as dit que c'étaient tes règles.

Elle a hésité. J'ai été brusquement angoissée qu'elle pose vraiment la question.

— Et vous, que faites-vous ici? ai-je demandé à toute vitesse. Moi, j'ai mes règles. Votre prétexte, c'est quoi?

Elle a pincé les lèvres, esquissé un sourire.

— Vous faut-il un bol de céréales, comme à Ralph? Il était ici tout à l'heure. Il bouffe comme quatre.

Mme Harper a tourné les talons, s'est avancée lourdement vers le chauffe-eau, a pris un sachet de thé vert, une tasse, et l'a remplie d'eau fumante.

— J'ai mal à la gorge. J'ai besoin de boire un thé. Elle a hésité de nouveau. Tu as demandé pourquoi je ne veux pas savoir ce qui te tracasse, pourquoi je ne te pose pas de questions. Mais si tu y réfléchis, Elisabeth, pourquoi voudrais-je entendre parler de tes *sankhara*? En quoi cela t'aiderait-il, que je sache? Tes *sankhara* passés ne sont pas toi. Je ne suis pas psychologue. Je n'ai pas les compétences pour analyser la vie de quelqu'un. Cela fait un bon bout de temps que tu es ici. Tes histoires ne sont plus toi. Tu peux ne plus y penser.

— Comme ça, c'est tout?

J'ai pris un bout de brocoli cru et me le suis fourré dans la bouche. Il était dur et froid comme le machin que le dentiste vous enfonce entre les mâchoires.

— Si tu commences à me raconter ton passé, tu reviendras à ton chagrin d'alors. Tu seras à nouveau impliquée.

Je me suis mordu la lèvre. Il se préparait quelque chose.

— Peut-être que si j'en parlais à quelqu'un, je trouverais un exutoire.

Elle a repêché le sachet au fond de sa tasse et a bu son thé à petites gorgées. Quand elle s'est tournée vers le plan de travail, j'ai vu son dos large, son gros derrière.

— Tentons une expérience, a-t-elle proposé d'un ton jovial. Si tu en éprouves vraiment le besoin, tu peux me raconter ton histoire, mais pourquoi pas comme si elle était arrivée à quelqu'un d'autre? À une certaine Elisabeth. Que tu connaissais avant de venir ici.

Je me suis rendu compte que je me balançais d'un pied sur l'autre. Quelque chose dégoulinait le long de ma cuisse. Il fallait que j'aille aux toilettes.

— C'est idiot. C'est idiot de prétendre ne pas être qui je suis.

— J'ai dit que c'était une expérience. Cela ne peut pas faire de mal, si ?

Elle a fixé son visage à sa tasse. Ses lèvres buvaient à petites gorgées et souriaient.

J'ai tapoté le plan de travail avec les ciseaux. C'était une conversation d'une lenteur inouïe. Un bavardage au ralenti. Le dégoulinement a avancé lentement puis s'est arrêté. Mme Harper m'observait par-dessus le bord de sa tasse. Son corps sifflait lentement, ses seins, son ventre flasque. Attendant d'être percé d'un coup de mes ciseaux, peut-être.

Et puis j'ai dit :

— J'aimerais mieux en parler à Mi Nu.

— Ah.

Elle a hoché la tête, comme si nous avions progressé. Elle ne paraissait pas blessée.

— Si je dois en parler à quelqu'un.

— Elisabeth, comme je l'ai dit, tu n'es pas obligée d'en parler à qui que ce soit. C'est toi qui as évoqué le besoin que tu as d'en parler.

— J'aimerais mieux en parler à Mi Nu.

— Eh bien, fais-le. Elle reçoit après le déjeuner. Prends rendez-vous.

Je ne comprenais pas pourquoi j'étais tellement tendue, pourquoi je serrais si fort les ciseaux.

— Je ne peux pas, ai-je hurlé. Je passe mon temps à essayer d'en parler mais je ne peux pas. J'ai la trouille.

Elle a poussé un profond soupir.

— Qu'as-tu à perdre, Elisabeth ? Qu'est-ce qui est en jeu ?

Je priais pour que le gong matinal nous interrompe. Il ne devait pas être loin de quatre heures. J'avais vraiment besoin d'aller aux toilettes.

— Alors ?

— Elle ne pourra pas m'aider, c'est ça ? Ce sera une perte de temps. Elle me méprisera.

J'ai lâché les ciseaux, posé les mains dans mon dos sur le plan de travail, sauté pour m'asseoir dessus et commencé à flanquer des coups de talon dans la porte du placard. *Bam bam bam.* Je pourrais attraper un des couteaux, ai-je songé. Ils étaient alignés sur le mur. Je pourrais en empoigner un. Nous saignerions toutes les deux.

Et puis Mme Harper a eu un beau mouvement.

— Elisabeth, Mi Nu t'aidera en étant tout simplement là à t'écouter. Mi Nu nous aide tous par sa seule présence.

Elle a marqué un temps.

— Je pense parfois que regarder Mi Nu, c'est regarder la *vipassana*. La regarder, c'est tout l'enseignement dont on peut avoir besoin. Tu as parfaitement raison de vouloir parler à Mi Nu. Et ne t'en fais pas, une chose est sûre, elle ne te méprisera pas.

Elle a ri avec beaucoup de naturel, comme si nous étions toutes les deux invitées à prendre le thé.

— Cela dit, je ne suis pas sûre qu'elle parle beaucoup.

J'étais étonnée, comme si j'avais trahi quelqu'un qui ne s'en souciait pas.

— N'est-elle pas fantastique, Mi Nu?

J'ai sauté du plan de travail, toute joyeuse.

— Pourtant, vous savez, parfois je pense que tout ce qu'il me faut c'est que quelqu'un me serre dans ses bras.

Je me suis ébrouée dans un grand frisson, comme un chien, et l'ai regardée droit dans les yeux en souriant. Nous étions à peu près à un mètre l'une de l'autre. Le dégoulinement a repris.

— Voudriez-vous me serrer dans vos bras, madame Harper?

Elle a laissé sa langue passer sur ses lèvres et a posé sa tasse.

— Le Centre Dasgupta n'est pas un endroit où l'on fait ce genre de chose, Elisabeth.

Je me suis sentie malfaisante.

— Je sais que c'est contraire au règlement.

— Je le crains, oui.

— Alors me serreriez-vous dans vos bras, si le règlement était différent?

Elle était là, imperturbable, lente, pâle et ballonnée dans son ample chemise de nuit.

— Même votre mari, vous ne le serrez pas dans vos bras?

Elle a secoué la tête.

— Non?

— Nous avons prononcé un vœu, Elisabeth. Pour tout le temps que nous serons au Centre.

— Alors pourquoi êtes-vous mariés ?

Elle ne souriait plus. Après un autre soupir, elle a dit lentement :

— Il n'y a pas que le contact physique dans le mariage.

— Quoi d'autre, par exemple ?

Elle n'a pas répondu.

— Vous avez des enfants ?

Une fois de plus, elle a secoué la tête. Elle ne voulait pas parler d'elle.

— Que faisiez-vous avant de venir au Centre ?

Elle a réfléchi un instant, comme si elle s'en souvenait à peine.

— J'étais cadre dans une compagnie d'assurances. À Hartford, dans le Connecticut.

— Serrez-moi dans vos bras.

Je me suis avancée vers elle. Le dégoulinement avait atteint mon genou.

— S'il vous plaît, madame Harper. Cela fait une éternité. Serrez-moi fort.

Quand nos corps se sont presque touchés, elle a ouvert les bras. Je sentais déjà combien cette étreinte serait chaude, douce et maternelle. Au moment où ses mains se refermaient sur moi, je me suis dégagée en me tortillant et j'ai filé à toutes jambes.

L'ÉQUANIMITÉ, C'EST LA PURETÉ

Qu'a donc fait le Bouddha pour les toilettes ? Je veux dire, quand il a décidé de méditer aussi longtemps qu'il le fallait pour trouver l'Éveil. Ses fonctions physiologiques se sont-elles arrêtées sous l'arbre de la Bodhi ? Et que dois-je faire pour mes règles ? Dois-je me lever et changer de tampon toutes les deux ou trois heures ? Atteindre l'Éveil, est-ce une sorte d'épreuve d'endurance ? On médite, on médite, on médite jusqu'à ce que ça arrive ?

À présent il pleut et dans la salle de Metta on n'entend que l'eau qui fuit du toit. *Ploc* – un deux trois quatre – *plic* – un deux trois – *ploc*. On se concentre sur le corps et la respiration pendant peut-être vingt-quatre heures d'affilée, on lâche prise, on lâche prise. Ou quarante-huit heures. Quand il y a de la souffrance on ne réagit pas. Quand il y a du plaisir on ne réagit pas. Ou même une semaine. En laissant derrière soi tout attachement, toute aversion. Une couche après l'autre, de plus en plus profond. Sans même un tour aux toilettes ? Sans manger ni boire ?

Je suis tentée de me retourner et de regarder l'eau qui frappe le tapis. Pourquoi ? Pourquoi est-ce que je compte les secondes entre les gouttes : trois, neuf, cinq ? Que pourrait-il bien y avoir à regarder ? Si je n'avais pas d'yeux, il n'y aurait aucun risque de distraction. Je serais résignée à méditer dans le noir. Si je n'avais pas d'oreilles, je n'écouterais pas les gouttes et ne compterais pas les intervalles entre elles. Pourquoi varient-ils tant ? La pluie semble régulière sur le toit. Mais parfois je n'arrive qu'à trois, entre deux gouttes, et parfois je compte jusqu'à huit. Si jamais je connais l'Éveil, ces tentations disparaîtront. Je le sais, ces questions n'auront plus cours. Les gouttes viendront éclabousser ma conscience et glisseront comme la pluie sur les rochers. Je ne poserai pas de questions. Ou bien elles s'écouleront à travers mon esprit sans une éclaboussure. Il n'y aura pas de friction, pas de distraction. Je les entendrai et ne les entendrai pas. C'est ça, l'Éveil ? Un truc va changer et ma vision sera nette. Je saurai entre quelles deux choses j'ai été, ici, au Centre Dasgupta, ce qu'a été le passé avant que j'y vienne et ce que me réserve l'avenir quand je l'aurai quitté. L'Éveil me libérerait.

Je me demande si la nature est toujours irrégulière : battements de cœur, gouttes de pluie, mes règles, les vagues de la mer. "Ce n'est pas naturel d'avoir un battement régulier, disait toujours Frank. C'est trop mécanique." Carl et lui se disputaient pendant des heures. C'était dans les changements de tempo que résidait l'émotion. Frank tapait toujours sur le bord de sa caisse claire quand il parlait. Il ne lâchait jamais ses baguettes. Il faut qu'ils ne soient ni prévus ni répétés, ajoutait-il, mais intuitifs. "C'est toute la différence entre la musique jouée en public et les enregistrements, Carl. Il se passe quelque chose, là, sur scène, pendant qu'on est en train de jouer, putain, il se passe des choses. On est vivants !"

Je me rangeais du côté de Frank. Mais Carl voulait répéter avec un métronome. Sinon, il quitterait le groupe, disait-il. Il voulait jouer dans un groupe sérieux, pas avec des gamins qui ont la soirée de libre. Il voulait jouer en concert comme si nous suivions un métronome. Il voulait une prévisibilité totale. Un guitariste ne peut improviser, affirmait-il, qu'en sachant précisément dans quel espace il travaille. Comment pouvait-il jouer ses solos si la rythmique était instable ? Zoë disait qu'il lui fallait un battement parfaitement régulier, sinon elle était perdue. Zoë était tout le temps perdue.

Quand on jouait *Mean Hot And Nasty*, Frank se laissait emporter. C'est exactement la chanson pour ça. Un jour, en apercevant Jonathan au fond de la salle, j'ai tout donné. Il ne venait pas souvent nous écouter. J'ai collé le micro contre ma bouche et fait monter la température. *Expect no mercy, baby, don't ask me to behave, cos I'm mean hot and nasty, mean hot and nasty, like you can't believe.* Frank avait dû sentir mon excitation et avait accéléré le tempo. Je sentais le battement rythmique s'emballer. On fonçait comme des malades. *Mean hot mean hot mean hot and NASTY, YEAH!*

Après, Carl avait été furieux. On lui avait soi-disant bousillé son meilleur riff. Nous étions une bande d'amateurs à la con. Zoë n'avait rien remarqué.

"Super-concert", n'avait-elle cessé de répéter. Elle ruisselait de sueur. "Super quand tu me tournais autour et que tu venais te cogner contre moi, Beth. T'étais déchaînée."

FAIS SEMBLANT DE TOMBER SUR NOUS PAR HASARD, avais-je proposé à Jonathan par SMS, DERRIÈRE, PENDANT QU'ON CHARGE LA CAMIONNETTE. JE TE DIRAI QUAND. FAIS SEMBLANT QUE C'EST UNE GROSSE SURPRISE.

C'était la fois où Carl et Jonathan s'étaient assis à la même table. La seule. J'étais tellement excitée de les avoir là. Nous étions à Soho. Jonathan avait offert deux ou trois tournées. Des gins. Il était toujours généreux. Il avait passé son temps à féliciter Carl pour ses solos, et Carl avait fait son numéro de prof de musique et expliqué la polyphonie vocale dans *Now maybe, but never again. Love me now, Babe, then never again.* Il gardait un bras passé sur mes épaules. *Build me a sandcastle, before the tide turns. Love me now, then never again.*

Nous étions sur un banc, adossés au mur en briques. C'était un endroit en semi-sous-sol près de Wardour Street. De temps à autre, Carl m'embrassait les cheveux et murmurait les paroles de la chanson. Et pendant qu'il me serrait contre lui, je souriais à Jonathan en le regardant droit dans les yeux, en diagonale par-dessus la table, tandis qu'en dessous Zoë, à côté de lui et face à moi, ne cessait de frotter mes pieds entre les siens. Elle s'était déchaussée. Zoë était au courant pour Jonathan et moi, mais aucun des deux hommes ne savait pour elle et moi. Ils ne voyaient pas nos pieds entremêlés pendant qu'ils pontifiaient sur les racines et les influences. Carl croyait que j'avais écrit la chanson pour lui, bien sûr, alors qu'en fait je l'avais écrite pour Jonathan, qui lui ne savait pas que Carl avait trouvé la mélodie et le dernier vers. *Now is for ever when I'm with you.* Non mais alors! À un moment Zoë s'était penchée vers moi en souriant et avait chuchoté : "Pute!" J'étais au septième ciel.

Après, j'avais couché avec Carl, en pensant à Jonathan et à Zoë. J'étais reconnaissante, reconnaissante, tellement reconnaissante. C'était une super-soirée, une nuit vraiment super. J'étais une fille qui avait de la chance. "Certaines personnes attachent peu d'importance à *silā*, explique Dasgupta dans la vidéo du septième jour. Certaines personnes s'imaginent que l'on peut développer *samādhi* et *paññā* sans moralité. Point du tout, mes amis. Point du tout. Il ne peut y avoir de concentration sans *silā*, sans les Cinq Préceptes. Pas de sagesse sans moralité. Et en particulier pas de *samma samādhi*, pas de *samma paññā*. La concentration juste, la compréhension juste. Oh, vous pouvez avoir la *samādhi intellectuelle*, la *paññā intellectuelle*. Vous pouvez apprendre ce que Dasgupta expose pendant ses causeries, ou ce qu'un homme sage a écrit dans un livre, et même le mémoriser, et même y croire. Vous pourriez passer un examen si vous vouliez, et montrer que vous connaissez le sujet à fond. Mais sans *silā* vous ne ferez jamais l'expérience de *samādhi* et de *paññā* dans le corps, dans la réalité physique. Vous ne les connaîtrez jamais au niveau le plus profond de l'esprit, afin qu'elles transforment véritablement votre vie. Pourquoi? Parce que sans moralité l'esprit est divisé et perturbé, sans *silā* l'esprit ne peut se poser, ne peut se concentrer. Voilà pourquoi un moine jouit d'un tel avantage sur le chemin du Dhamma. Dans un monastère, il est facile de garder *silā*. Il n'y a pas de tentations. Il est facile pour un moine d'éviter les actes inexperts."

Y a-t-il une utilité quelconque à ce que Beth recherche l'Éveil? Où est le mal à le rechercher, même si c'est inutile?

J'adorerais avoir un esprit qui ne soit pas divisé. J'adorerais être totalement concentrée, comme lorsqu'on chante et que parfois on devient la voix, que l'on est le son qui vibre dans la poitrine et que rien n'existe en dehors du son. J'aimerais avoir cette sensation tout le temps. Mais j'adore aussi enfreindre les règles, enfreindre *silā*. Je suis contente d'avoir embrassé Ralph, je suis contente d'avoir fumé ces cigarettes. Je suis contente d'être entrée dans la chambre de mon auteur de journal intime. Je suis contente d'avoir convaincu Mme Harper de me serrer dans ses bras. Je parie que je pourrais mettre Meredith dans mon lit si je le voulais vraiment. Cette fille a un côté jouisseur. Je regrette toutes mes trahisons. Elles ont fait de ma vie une folie. Mais c'était fantastique d'être à la même table avec mon amante et mes deux amants. Tous heureux d'être avec moi. Tous ensorcelés par cette bonne vieille Beth. C'était une super-soirée quand j'avais picolé avec Carl et Jonnie ensemble. Et c'était super que Zoë ait été là à nous regarder.

Ploc, plic, ploc. Les étudiants, les nouveaux et les anciens, sont tous partis déjeuner. Moi, je ne mange pas. Je suis seule dans la salle de Metta avec les gouttes de pluie. Je crois que je suis seule. Je n'ai pas ouvert les yeux. Cela fait sept heures que je n'ai pas ouvert les yeux. Jamais je n'ai médité aussi longtemps. Jamais je n'ai tenu aussi longtemps sans faire pipi. Ça ne presse pas. Que s'est-il passé entre mes jambes ? Le coussin est-il imbibé de sang ? Sept heures, c'est beaucoup. Je ne regarderai pas. Je ne sens rien.

De temps en temps, je glisse dans une transe plus profonde. Pendant combien de temps, je n'en ai pas la moindre idée. Une sorte d'immobilité se rassemble derrière mon nez, derrière mes yeux. Alors je sais que ça commence. Alors, chaque respiration que je prends, ou chaque respiration qui me prend, est une vague qui progresse sur le sable. Je sens son flot qui remonte de mes pieds vers mes genoux, de mes cuisses vers mon entrejambe. Et puis qui repart quand j'expire. Je suis assise sur la plage et l'eau va et vient en clapotant le long de mes jambes, au gré de mon souffle. Et la marée monte. L'eau est plus haute à chaque respiration. J'inspire la mer dans mes cuisses, dans mon ventre, dans ma poitrine, dans mes poumons. Une mer chaude. Une mer douce.

Sous l'eau, un courant se met à couler dans ma chair, dans la chair de Beth. Les mollets, d'abord. C'est un léger frémissement dans la boue, la boue de muscle et d'os. Petit à petit, il forcit, il palpite. Puis mon front se met à bourdonner, mes poignets pétillent, éclatent en atomes, et soudain je bouge. Soudain Beth est le courant, et non la boue. Je suis la brume qui s'étire sur des collines basses. Je suis la rosée tombant au crépuscule, la neige se posant sur des aiguilles de pin. Dans les dunes, à Bayonne, cela me rendait folle que le monde soit si beau et que je n'en fasse pas partie. Cela ne m'avait jamais frappée. À quel point l'air était frais et doux, à quel point l'univers de collines, de sable et de mer, d'herbe, de coquillages et d'eau était accompli. Mais je n'en faisais pas partie. C'était beau et accompli *parce que* je n'en faisais pas partie. Être moi, c'était précisément ne pas faire partie de tout ce que je trouvais beau et accompli. Tout se raccordait harmonieusement, là où dans les dunes l'herbe devenait le sable, où le sable devenait la mer et la mer le ciel, et le vent le silence, mais j'étais tout à fait séparée, séparée du monde et, pire encore, séparée et déchirée en moi-même, mon corps dans le sac de couchage de Carl et mon esprit à New York, allongée sur la plage mais crevant d'envie d'être sur scène et de me cogner à Zoë, crevant d'envie de montrer à mon père que je réussissais, de montrer à mon père que je n'avais pas besoin de la maison Marriot, pas besoin de son aide, ni de ses sarcasmes, et pendant tout ce temps je pensais : Ce bébé va gâcher tes chances de faire une carrière de chanteuse, Beth, ce bébé va te clouer à une vie dont tu ne veux pas, à un homme dont tu ne veux pas, cet enfant ne fait pas partie de toi, Beth, non, il n'est rien, c'est un accident, crache-le, chie-le. Et puis je racontais des conneries à Hervé et Philippe, je jouais à l'idiote en vacances, je buvais et fumais avec Hervé et Philippe. Vin, pétards, comprimés.

Carl, furieux, faisait des allers-retours entre la tente et nous. Il voulait être avec nous et puis il battait en retraite. Il ne pouvait pas me laisser seule, mais il ne pouvait pas non plus me partager, il fallait que je sois toute à lui. Carl voulait que je ne fasse qu'un avec lui, que je sois tout le temps avec lui. Jamais avec qui que ce soit d'autre.

— Déshabille-toi, Beth, avaient dit les jeunes Français.

— Allez venez, on va se baigner. Venez, on y va à poil. On nage jusqu'à la bouée et retour. Chiche, les gars. Chiche.

En enlevant mon jean, j'avais senti le vent entre mes cuisses, entendu le vacarme du ressac, et j'avais voulu en faire partie, ou qu'il me fasse voler en morceaux pour toujours.

LAISSEZ-MOI CHANGER

J'ai été aux toilettes. D'abord un autre long moment de *jhāna*, à errer dans les pièces de mon corps, à ouvrir des portes, à gravir des escaliers, à me mettre à des fenêtres derrière lesquelles c'est toujours le coucher du soleil, et soudain j'étais là de nouveau, de retour, en train de penser. C'est ainsi que le *jhāna* prend fin. L'immobilité se divise de nouveau en mots, des mots séparés, tout devient net et distinct et je recommence à penser et le temps démarre à fond de train. Je suppose que l'Éveil doit ramener la paix du *jhāna* dans cet ici et maintenant, apportant la complétude hors des mots et hors du temps dans ce truc normal où l'on décide et où l'on agit. Je ne vois pas comment c'est possible. Je n'arrive pas à l'imaginer. Mais je n'aurais jamais imaginé le *jhāna* si je n'avais pas appris la technique Dasgupta. Je n'aurais jamais imaginé l'immobilité et les courants dans l'immobilité. Mi Nu doit le savoir. Quel effet cela fait-il l'Éveil, Mi Nu ? pourrais-je lui demander. Ce serait une bonne question.

J'espérais plus ou moins, je suppose, que les animateurs me voyant méditer depuis quatre heures du matin, toute la journée sans une pause, sans petit-déjeuner, sans déjeuner, avertiraient Mme Harper et Mi Nu et que quelqu'un viendrait, me toucherait l'épaule et me rappellerait que jeûner est interdit au Centre Dasgupta. Je serais obligée de me lever et de manger. Je ne savais pas si je le voulais ou si j'étais plutôt résolue à méditer jusqu'à l'Éveil, ou jusqu'au jour du Jugement dernier, ou du moins jusqu'à ce qu'un changement important se produise, quelque chose qui me sortirait enfin de ce piège dans lequel je suis tombée – mais ça ce sont des trucs qu'a dits l'auteur de journal intime –, non, je ne savais pas ce que je voulais, mais j'espérais plus ou moins que Livia ou Mme Harper passeraient par là et me forceraient à manger. J'aimerais bien manger, même si après je m'en voudrais de ne pas avoir médité jusqu'à l'épuisement.

Mais non. Personne n'est venu. Personne ne m'a touché l'épaule. Peut-être parce que Mme Harper ne veut plus avoir affaire à moi. Elle a la trouille parce que je l'attire énormément. "Tu as un corps impressionnant, Beth, disait Jonathan. Tu me terrifies." Mais brusquement j'ai été debout, de toute façon. Sans rien décider, à peine sortie de ma transe, j'étais debout. La salle était pleine, pleine de soupirs et d'une sorte de doux et palpitant silence. Tout devient beaucoup plus silencieux pendant les derniers jours d'une retraite. Les gens vont plus loin. Ils ont appris comment s'asseoir et rester immobiles. Kristin était à ma gauche, à genoux, les bras ballants sur les côtés. Marcia était affaissée en avant. Puis Meredith, Stéphanie. Tout le monde, homme ou femme, était à sa place. Je ne me suis pas retournée pour regarder le côté des hommes. Chose étonnante, mes jambes allaient bien, mes pieds allaient bien. Je n'avais pas de fourmis, même côté toilettes rien ne pressait.

Dehors, les nuages se dispersaient. L'éclat du soleil était éblouissant sur l'allée mouillée. Une brise fraîche me touchait partout. Elle passait sous mes vêtements comme des mains caressantes. Et puis j'ai été remplie de sons. Un oiseau gazouillait, des feuilles bruissaient. L'oiseau était en moi. Les feuilles bruissaient dans mes doigts. J'ai avancé avec précaution parmi les flaques jusqu'aux toilettes, mais ce n'était pas l'impression que j'avais : j'avais l'impression que l'allée bougeait tout en venant à moi ; elle serpentait de-ci de-là pour veiller à ce que Beth ne soit pas mouillée. Gentille allée. Ensuite la poignée a attiré ma main vers elle et ouvert la porte pour m'amener à l'intérieur, et ce n'est qu'une fois sur le siège que je me suis aperçue que je n'avais presque pas saigné. Pas de sang. Bizarre. Avais-je déjà eu des règles aussi courtes ? À moins que la méditation ne les ait mises en attente et que le sang ne se remette à couler maintenant.

J'ai fait pipi, ou bien le pipi est venu. Pas chié. J'ai frissonné et je me suis demandé que faire. J'avais froid. Mais j'avais l'esprit très clair, très calme. Tu as médité onze heures, Beth, et il ne s'est rien passé. Rien d'exceptionnel. Onze heures. Alors que faire? Retourner à la salle de méditation, persévérer. Aller jusqu'au bout. Cela paraissait la seule voie. Soit j'aboutissais à un gigantesque changement dans ma tête, soit je quittais le Centre et replongeais dans la vie. D'une façon ou d'une autre, je devais provoquer quelque chose.

J'étais debout dans l'entrée, les yeux fixés sur les cordes à linge auxquelles les participants suspendent leur lessive. Je n'avais toujours pas décroché mes slips. Au nombre de cinq. Ils seraient une fois de plus trempés par la pluie. Les nuages arrivaient à toute vitesse au-dessus des collines et le soleil avait encore disparu. GH ne serait pas capable de se libérer de sa femme, ai-je songé. Quelque chose dans sa façon d'écrire me le disait. Il serait perdu sans ce malheur. Votre histoire devient vous. Il n'y a plus rien d'autre. C'est ce qui arrive lorsqu'on endure un truc pareil pendant des années. Mes parents *étaient* leur mariage, leur engueulade. Ou les types qui s'obstinent à vouloir réussir dans la musique, et n'arrivent jamais à se résoudre à laisser tomber. En fait, s'il prend une décision, il mourra, ai-je songé. Ou il ne sera plus le même homme. Jonathan disait qu'il avait quitté sa femme mais ce n'était pas tout à fait exact.

— Nous dînons ensemble une fois par semaine, avouait-il.

Je parie que ce n'était pas tout. Je parie qu'elle venait régulièrement chez lui quand il était absent pour être là au milieu de ses affaires. Voilà pourquoi elle était venue le jour où j'étais là, nue, au lit. Pour être dans son odeur, dans son aura.

— J'aimerais bien me battre pour toi, Beth, avait reconnu un jour Jonathan. J'adorerais être l'homme qui se bat pour sa belle. Mais ce n'est pas mon genre.

Et il avait dû vouloir dire que, même s'il avait quitté sa femme, parce qu'ils vivaient séparément, dans une certaine mesure ils étaient toujours mariés, toujours liés, toujours très attachés l'un à l'autre. Dès qu'il avait cessé de vivre avec elle, m'avait-il raconté un jour, il avait cessé de la détester. Il ne voulait pas la blesser plus qu'il n'était nécessaire, avait-il reconnu. Ils dînaient ensemble une fois par semaine. Un moment qu'il n'attendait pas avec impatience. Mais ce n'était pas comme lorsqu'ils étaient mariés. Il n'y voyait pas d'inconvénient. Je parie qu'ils partaient aussi en vacances ensemble. Je parie qu'elle était avec lui à New York quand je lui envoyais mes SMS.

Peut-être qu'elle les lisait.

— Il n'y a donc aucun espoir pour moi. Même si je t'aime autant que je t'aime ? avais-je demandé.

— Aucun, Beth. Aucun dans ce domaine-là, s'entend.

Il avait ri.

— Alors pourquoi est-ce que je reste avec toi ?

— Parce que tu es dingue, Beth. Parce que tu as peur de ta vie avec Carl. Tu cherches à te détacher de Carl. Mais tu n'arrives pas vraiment à te décider.

— Bon, alors faisons quelque chose de vraiment dingue, avais-je hurlé. De vraiment dingue, bordel !

Je l'avais empoigné et retenu en moi quand il avait joui.

— Ça, c'était une folie, Beth, avait-il murmuré.

Pour moi, pas pour lui.

Debout sur la marche devant les toilettes, j'ai regardé du côté des dortoirs et des massifs de fleurs miteux. On ne me garderait pas beaucoup plus longtemps au Centre. Je devais provoquer quelque chose. Si j'avais un peu mieux réussi dans la musique, ce serait plus facile. Je pourrais retourner à cette vie-là, de musicienne, de chanteuse. Si nous avions gagné un peu plus d'argent. Si nous respirions simplement l'odeur du succès. Ce qui me rendait dingue avec Carl, c'était ce que nous allions devenir si nous ne réussissions pas. Deux parfaits inconnus.

"L'ambition est un maître cruel, avait déclaré un soir Jonathan. Les artistes sont détruits par l'ambition, avait-il ajouté, plus encore que les hommes d'affaires et les politiciens. De très rares artistes font le poids face à leurs aspirations."

C'est peut-être ce que nous abandonnons, ai-je songé à présent, quand nous sommes attirés dans le *jhāna*. Nous abandonnons nos ambitions pour ce qui nous dévore mais qui nous attend encore lorsque nous en sortons. Nos démons sont toujours à l'affût. Nous ne pouvons pas leur échapper. Non pas qu'ils rôdent ou se cachent. Ils sont là, sur leurs jambes, le fouet à la main. Dès que l'immobilité se disloque en mots, nos ambitions sont là, racontant des histoires de réussite et d'échec. Surtout d'échec. Persévère, Beth, persévère, ou tu mourras inconnue.

Montre-leur que tu en as le courage, Beth, montre-leur que tu as ce qu'il faut pour ça. Quand je quitterai le Centre, il *faudra* que je réussisse. Il faudra que je sorte un tube. Sinon, qui suis-je ? D'autre part, sans Carl je suis incapable d'arranger les chansons. Carl était tellement fort pour les arrangements, même s'il ne faisait que semblant de vouloir décrocher la timbale. Carl se contenterait de faire ce qu'il fallait pour affirmer qu'il avait essayé, qu'il avait tenté le coup, qu'il s'était servi du métronome, et puis dès que ce serait acceptable il laisserait tomber, il m'épouserait et prendrait un boulot chez Marriot. Il allait même à la pêche avec papa. Quelque part, dans l'Oxfordshire. "J'aime bien pêcher, disait-il. J'ai de bonnes mélodies qui me viennent quand je pêche. J'ai de bons riffs en attendant le poisson." Papa avait voulu un fils qui reprenne l'entreprise, et il n'en avait pas eu. Mes sœurs avaient épousé des pauvres types. Beth servait d'appât pour le futur PDG.

— Carl est un type bien, avait remarqué Jonathan après la soirée à Soho.

— C'est un guitariste génial, avais-je répondu. Il est génial pour arranger les chansons.

Jonathan avait réfléchi.

— C'est un guitariste doué, Beth. Tu es mieux placée que moi pour le savoir. Mais il n'a pas ton culot. Il avait ri. Carl n'est pas impitoyable. Il ne va nulle part.

— Et moi, je suis impitoyable ?

Une fois encore, il avait hésité.

— Oui, Beth, absolument. À mon avis, oui.

— Et toi ?

Il avait encore souri. Jonathan était capable de dire des trucs affreux, le sourire aux lèvres.

— Tu devrais demander à ma femme.

— Et que répondrait-elle ?

— Que j'ai toujours, toujours, fait passer mon travail en premier. Que je me suis marié jeune à cause de mon travail et que j'ai eu des maîtresses à cause de mon travail, que je l'ai quittée à cause de mon travail et que je suis resté avec elle à cause de mon travail. Elle dirait que je t'adore, Beth, à cause de mon travail, mais que je ne me battrai pas pour toi, à cause de mon travail.

Nous étions au lit, à savoir là où nous passions le plus clair de notre temps.

— Et le jeu en valait la chandelle ? avais-je demandé.

Il y avait réfléchi un bon moment. Ce que j'adorais chez Jonathan, c'était qu'il réfléchissait pour de bon quand on lui posait une question ardue. Il cherchait pour de bon à vous dire la vérité, même si ce n'était pas celle que vous aviez envie d'entendre.

— Oui et non, avait-il fini par reconnaître. Puis il avait ajouté : Juges-en par toi-même, Beth. J'ai cet atelier, hein ? Pas mal du tout, comme lieu. Je peins. Pas mal du tout. Très bien, à vrai dire. Et de temps à autre, je vends un tableau. De temps à autre, j'ai de quoi me payer un taxi quand il m'en faut un, de quoi me payer un repas au restaurant. Je t'ai, Beth. Ce soir. Ce soir, je t'ai. Et non, je n'ai pas révolutionné l'histoire de la peinture. Mon nom n'est pas sur toutes les lèvres.

— Qui s'en soucie ?

Je m'étais blottie contre lui.

— Moi, avait-il répondu aussitôt.

Il n'avait pas eu besoin d'y réfléchir.

— Pourtant la question n'est pas exactement : Le jeu en valait-il la chandelle ? La question est : Aurais-je pu faire autrement ? Et là, la réponse est : Je ne crois pas. Il est impossible d'être catégorique – comment savoir ? – mais je ne crois vraiment pas.

— Et si nous avions un bébé ?

— Nous n'en aurons pas.

— Mais si nous en avions un, Jonnie ? Après ce que nous venons de faire ?

— Nous n'en aurons pas.

— Tu veux dire, parce que tu n'en veux pas. Tu me forcerais à avorter.

— Je ne te forcerais à rien, Beth. Je ne pourrais pas, même si je le voulais.

— Alors qu'est-ce qui fait que tu en es si sûr ?

— Parce que tu ne veux pas d'enfant, Beth. Tu n'en veux pas, et surtout pas avec moi.

— Et si j'en voulais un ?

— Tu n'en veux pas. Et comme tu n'en veux pas, tu n'en auras pas.

Dans les toilettes des filles bénévoles je me suis lavé les mains et j'ai pris un nouveau tampon, le dernier du paquet. C'était encore une heure de la journée où je pouvais entrer chez les hommes et laisser un message dans le journal intime de GH. "Étant donné que vous n'arriverez jamais à quitter votre femme, pourrais-je écrire, pourquoi ne pas cesser de vous tourmenter et profiter au maximum de votre séjour?" Ou bien je pourrais me déshabiller, me coucher dans son lit et l'attendre. Cela devrait suffire à me faire expulser du Centre.

— Tu es sensationnelle, avait dit Jonathan.

Dans son tableau, il n'avait pas oublié de peindre mes dents, ni l'explosion de cheveux.

— Tu es *fantastique**, avait dit Philippe, le Français. Tes nichons sont *fantastiques**.

— Je n'arrive pas à croire que tu vas allaiter, avait dit Carl. Je meurs d'impatience de voir ça.

Carl sentait déjà l'odeur du lait. Il changeait déjà les couches. Sur la plage le vent soufflait très fort. Tous les drapeaux rouges étaient hissés. Tout en enlevant son jean, on savait qu'on ne devrait pas être là. C'était dingue. Nous avions trop picolé et fumé trop de joints.

— Bande de trouillards, avais-je crié. Vous avez la trouille la trouille la trouille.

Les garçons frissonnaient.

— Non, *pas du tout**, Elisabeth. *Pas du tout**.

En nous tenant par la main, nous avions couru vers les vagues. Elles étaient énormes. Je sens le sable dur sous la plante de mes pieds, d'abord sec puis mouillé, la piqûre des embruns tandis que la mer s'avance vers nous, l'eau écume maintenant à hauteur des chevilles, est gelée à hauteur des genoux.

— Jusqu'à la bouée et retour!

Les vagues déferlant sur le rivage luisaient à peine mais au-delà l'océan était noir. Les rouleaux rugissaient. "La bouée et retour! La bouée et retour."

Peut-être qu'au loin Carl hurlait : "Beth!"

J'ai longé l'allée menant à la salle de Metta. Ce serait la dernière fois. Je n'avais pas bu une seule goutte d'eau. Exprès. Je n'avais pas mangé. Je vais méditer toute la nuit, toute la journée de demain, toute la nuit de demain. Aussi longtemps qu'il faudra. Sans pause.

— Pourquoi certaines personnes sont-elles impitoyables et d'autres non? avais-je demandé à Jonathan.

— Je ne sais pas, Beth. Je ne sais vraiment pas.

Je vais méditer aussi longtemps qu'il le faudra pour changer. Je ne me lèverai pas. Si on m'oblige à me lever, je quitterai le Centre aussitôt. Je crierai et hurlerai. Je leur dirai que Ralph m'a embrassée, que Mme Harper m'a serrée dans ses bras, que GH tient un journal, plus des milliers de trucs qui ne sont pas vrais. Je vais transformer ma tête, ou devenir folle en m'efforçant de le faire.

Je me suis déchaussée, j'ai ouvert la porte et l'ai refermée sans bruit derrière moi pour ne pas déranger. Pourtant, même le plus petit déclic produit un effet. Il y avait là cent quarante personnes, vers la fin d'une heure de Ferme Résolution, certaines bien droites, d'autres avachies, assises en tailleur ou agenouillées, d'autres encore les bras enserrant leurs genoux, une ou deux au fond sur des chaises, et quand la porte s'est refermée ce minuscule déclic a vibré à travers chacune d'elles comme si on avait lâché un petit caillou dans une eau calme, et tandis que j'avançais le long des rangées pour gagner ma place, en me faufilant entre les tapis, il y a eu des frémissements et des soupirs de part et d'autre, comme si des algues ondulaient sur mon passage.

Je ne crois pas que j'étais déjà entrée dans la salle de Metta quand tout le monde était si concentré, si paisible. C'est ce qui arrive vers le huitième jour. Tout à coup, j'ai senti que je les aimais. J'étais heureuse. Je les aimais vraiment tous. Même Marcia. Et avant de m'asseoir, je me suis retournée et j'ai regardé autour de moi. La grosse tête de Mme Harper était inclinée. Mi Nu, spectrale, flottait. À l'autre bout de la pièce, mon auteur de journal intime était voûté, penché en avant, le menton sur la poitrine. On aurait dit qu'il allait tomber à plat ventre d'un instant à l'autre. J'ai regardé les filles. Meredith était solide et solennelle. Kristin était à genoux. Elle était assise sur ses talons. Je ne pourrais jamais tenir comme ça pendant une heure entière. Kristin est trop exigeante avec elle-même. Ses lèvres pâles étaient entrouvertes. L'espace d'un instant, j'ai songé à les toucher, je pourrais poser le bout de mon doigt entre ses lèvres pour sentir le souffle entrer et sortir. Y verrait-elle un inconvénient?

Je me suis assise et j'ai pris la position la plus pénible qui soit pour moi, un demi-lotus très rassemblé. Je ne changerai pas de posture jusqu'à ce qu'il se passe quelque chose, jusqu'à ce que je sois parvenue à un changement. Je m'en fiche si ce n'est pas dans l'esprit du lieu. Je ne remuerai pas jusqu'à ce que quelque chose bouge, jusqu'à ce que tout au fond de moi quelque chose se brise ou s'ouvre, meure ou naisse. Je ne mangerai pas ne boirai pas ne pisserai pas ne chierai pas.

J'étais assise sans bouger. J'ai posé mes mains sur mes cuisses les paumes tournées vers le haut. J'ai jeté un dernier regard autour de moi avant de plonger. Un dernier regard. Et puis je me suis rendu compte que je pleurais. J'avais les yeux pleins de larmes. Je me sentais tellement heureuse, tellement *prête*. Enfin. Tout le monde méditait si merveilleusement. Même Marcia. J'ai repensé au quatrième soir – était-ce le quatrième ? – quand les couvertures blanches et les grises avaient été la mer, les coussins bleus, les couvertures blanches, et maintenant tous ces gens étaient assis ensemble dans la mer. Nous étions assis dans le ressac. Tous ces braves gens étaient des rochers dans le ressac, assis arc-boutés contre la marée. Bénis-les. Bénis-les.

Avant de fermer les yeux, j'ai regardé Mi Nu un moment. Mi Nu serait mon inspiration. Je ne les rouvrirais que lorsque je serais devenue comme Mi Nu. Si quelqu'un était capable de méditer assis sans bouger dans la mer, au beau milieu du ressac, c'était bien Mi Nu. Elle était installée à peine au-dessus de nous, sur le siège surélevé du professeur. La couverture drapée sur ses épaules formait un triangle, un phare, une bouée. C'était un grand châle crème jeté sur ses épaules et tombant jusqu'à ses pieds. Légèrement penché vers le bas, son visage rayonnait. Son visage éclaire la voie pour ceux qui sont en péril. Mi Nu éclaire le passage entre les rochers. Puis, pour la première fois, j'ai compris que sa belle immobilité de bouddha dépendait du chaos environnant. Le Bouddha est assis là-haut tellement immobile, tellement serein, parce que le monde autour de lui est un chaos. Ou le monde est chaotique parce qu'il est assis tellement immobile. Le Bouddha a besoin que le monde soit chaotique et le monde a besoin que le Bouddha soit immobile. Quelque chose dans ce genre-là. Le phare a besoin de la mer démontée. Sa lumière est là parce que les vagues sont noires et violentes. Mi Nu a besoin de moi, ai-je alors songé. C'était une drôle d'idée. Être assise là si sereine et si pure et pourtant Mi Nu avait besoin de Beth Marriot, elle avait besoin de mon gâchis de ma souffrance de ma crasse.

Si seulement nous pouvions échanger nos places.

J'ai fermé les yeux et aussitôt senti des mains saisir les miennes. J'avais su que cela arriverait. C'étaient des mains de garçons, douces mais vigoureuses. Les miennes étaient posées, paumes en l'air, sur mes cuisses, mais elles étaient aussi tirées vers la mer, nous courions sur la plage en direction du ressac. Le ciel était nuageux mais il y avait la lune quelque part, derrière un nuage, ou luisant sur les rouleaux. Et puis j'étais dans l'eau. Leurs mains m'ont lâchée mais j'ai continué à courir et plongé.

— Arrête, Beth. Non!

Ils ont lâché. Ils ont vu que le ressac était énorme et se sont arrêtés. Le drapeau rouge avait été hissé toute la journée. Les rouleaux étaient monstrueux.

— Arrête, Beth, arrête!

Je me suis jetée dans la vague. Elle s'est effondrée comme un mur. J'ai été brutalement rejetée sur le sable, bousculée de-ci de-là, bousculée, retournée et renversée, puis subitement, violemment, entraînée vers le large. Des mains plus fortes m'ont attrapée et jetée à la mer et une autre vague s'est brisée, une autre, puis encore une autre, et je n'essayais plus à présent, je ne me débattais pas, je ne luttais pas, j'attendais, j'attendais le changement. Faites que je change, ai-je hurlé, faites que je change, faites que je change.

NE RÉAGISSEZ JAMAIS

"Le neuvième jour est terminé. Il ne vous reste plus qu'une journée pour travailler."

Ces mots m'ont étonnée. Les participants étaient allés et venus, venus et allés. Les bouches d'aération sous le toit avaient été ouvertes et fermées pour nous amener de l'air. On sentait un bourdonnement grave dans le ventre, un infime courant d'air à la racine des cheveux. Cinq minutes, et ça s'arrête. Dasgupta parlait de multiplication. Je devinais le clignotement de la vidéo. La salle était de nouveau pleine. La *loi* de la multiplication, disait-il. Les graines du banian sont infinies. L'arbre est gigantesque, les graines innombrables et minuscules, mais chacune contient un autre banian gigantesque, qui à son tour contient des graines infinies, des banians infinis. Il en est de même des *sankhara*, les formations douloureuses de l'esprit. Chaque acte incompétent porte le germe de multiplications sans fin, de souffrances mentales sans fin. C'est la loi de la nature. Une trahison en engendre un millier d'autres. Le karma ne cesse de croître. Où y aura-t-il une fin ? Quand serons-nous libres ?

Mon corps s'est reconstitué. Il était parti en morceaux dans le ressac. Mon nez avait flotté loin de mon visage. Mes lèvres s'étaient éloignées à la nage telles des anguilles. Qu'ils s'en aillent, qu'ils s'en aillent. Mes globes oculaires roulaient sur les galets. Ma peau claquait et s'agitait avec les algues dans le long remous de la marée. Comment arrêter cette multiplication démente ? demande Dasgupta. Comment échapper à nos souffrances ?

Heure après heure, même en pleine méditation, les vieilles histoires reviennent. Cela ne m'était encore jamais arrivé. Jusque-là, j'avais été à l'abri dans ma transe. Je pouvais me cacher. Mais maintenant Jonathan, maintenant Carl, emplissaient mon esprit, ce concert déchaîné, cette nuit de beuverie, Zoë, papa, maman. Je pensais que la mer allait me purifier, et à présent chaque marée ramène davantage de débris.

"Comment empêcher les *sankhara* de se multiplier?" demande Dasgupta. Je suis assise dans ma crasse et sa voix flotte à travers moi.

"En n'offrant pas aux germes de souffrance un sol fertile dans lequel pousser, mes amis. Voilà la réponse. En leur refusant toute nourriture."

Et la mer, est-ce un sol fertile? Cela fait des mois que je tourne dans cette eau. N'aurait-elle pas dû me laver de mes impuretés?

"C'est si facile, dit Dasgupta. Voilà ce qu'a compris le Bouddha. C'est si évident, si facile. Si nous cessons de produire de nouveaux *sankhara*, les anciens remontent à la surface et se dissipent. Cela peut être douloureux, mes amis, mais cela fonctionne. C'est automatique. C'est la loi de la nature. Ou semblable à une pendule à l'ancienne : dès que vous cessez de la remonter, elle ralentit. Comme un ressort libéré après des années de tension. Cessez simplement de produire de nouveaux *sankhara*, de nouveaux attachements, de nouvelles aversions, cessez de remonter la pendule de votre souffrance, cessez de mettre d'autres trucs crasseux au linge sale."

Je m'étais jetée à la mer. Pourquoi s'étaient-ils donné la peine de me sauver?

"Brusquement, tout est si évident, dit Dasgupta. Pourvu que nous acceptions les choses *telles qu'elles sont*, non pas comme nous voudrions qu'elles soient, pourvu que nous arrêtions de produire de nouveaux *sankhara* de désir et d'aversion, nous pouvons alors nous échapper de ce cycle d'ignorance et de souffrance. Et être libérés."

Dasgupta croit ce qu'il dit. Ce n'est pas un imposteur. Mais quand j'ai tenté d'arrêter, j'ai aggravé la situation.

"Vous devez maîtriser l'instant présent, dit Dasgupta. L'avenir est le fruit du présent. Maîtrisez le présent et les vieux *sankhara* se détendront. Maîtrisez le présent et l'avenir sera heureux, l'avenir sera paisible. Vous serez libérés."

Comment? J'ai tenu en demi-lotus pendant des heures. Le cré-puscule s'épaissit. Je le sens. La vidéo tire à sa fin. Je connais ces vidéos. Je sais que la voix de Dasgupta change lorsqu'il approche de la conclusion. Il parle maintenant du vieillard en colère venu voir le Bouddha pour protester que ses enseignements détournaient les gens de leurs prières. "Merci, mais je ne peux accepter ton cadeau de colère, lui a répondu le Bouddha. Remporte-la, vieil homme. C'est ta colère, pas la mienne. Je n'en veux pas."

"Maîtrisez l'instant présent, mes amis, dit Dasgupta. L'instant présent. N'acceptez pas de cadeaux de colère. Ne réagissez pas aux douleurs et aux plaisirs, aux provocations, aux promesses. Voyez-vous? C'est *si* facile, une fois que vous avez compris. Ne réagissez ni aux pensées agréables ni aux pensées négatives. C'est la voie de l'ignorance et des limitations. Observez votre respira-tion. Observez la sensation. Observez la pensée. Observez, sans plus, observez, sans plus, ne réagissez pas, ne réagissez jamais. Tra-vaillez dur pour apprendre la technique, et vous réussirez sûre-ment, oh oui! vous réussirez sûrement."

Si l'instant présent est une mer démontée, comment puis-je la maîtriser? Si le ressac autour de moi bouillonne, débordant de crasse, comment ne pas ressentir de l'aversion? Mon bébé est là-bas. Ma petite fille est rejetée sur le sable, emportée par la vague d'après. Comment quiconque peut-il maîtriser quoi que ce soit? Le présent est une mer en colère. Je suis restée assise immobile et j'ai respiré et observé ma respiration, observé mon corps, observé mes pensées, et l'instant présent m'a submergée, la mer m'a sub-mergée, mes chevilles douloureuses m'ont submergée. Je suis vaincue, vaincue, vaincue.

La seule chose à observer, c'est mon échec.

"*Bavatu sava mangelam*.

Que tous les êtres soient libérés, libérés, libérés.

Sadhu, sadhu, sadhu."

C'était terminé. Les méditants ont quitté la salle. Ceux qui avaient des questions à poser ont fait la queue devant Harper et Mi Nu. Il est inutile d'ouvrir les yeux pour saisir ces choses-là. Je sens les gens qui se mettent debout, qui vont et viennent d'un pas traînant tout autour de moi. Maintenant on parle à voix basse. Certaines questions sont marmonnées, d'autres, je les entends assez bien.

— *Anicca* est-il le nom que l'on donne à une énergie unique, ou plus généralement à tout changement qui se produit dans la nature?

— J'ai la conviction d'avoir fait une chose atroce dans une vie antérieure. Combien faut-il de vies pour se débarrasser du mauvais karma d'un truc absolument épouvantable?

— Mon mari me trompe. J'ai parfois l'impression de recourir à la méditation pour vivre dans le déni. Que dirait le Bouddha?

Et ainsi de suite pendant vingt minutes, peut-être une demi-heure. Je n'entends jamais les réponses de Mi Nu. Harper répète ses formules consacrées.

— Quoi que vous ayez fait dans une vie antérieure, la voie du Dhamma est toujours la même. Il est inutile de vous tracasser.

Puis les personnes qui posent des questions en ont terminé et la *metta* peut commencer.

"Si j'ai offensé qui que ce soit au cours du service du Dhamma d'aujourd'hui, je demande son pardon. Je demande son pardon."

La voix de Dasgupta semble plus proche et plus calme pendant la *metta* : l'enregistrement a une sorte d'intimité gutturale, comme s'il savait qu'il s'adresse à son groupe de loyaux bénévoles et à personne d'autre ; il n'a pas besoin de convaincre.

"Si quiconque m'a offensé pendant le service du Dhamma d'aujourd'hui, je lui ppardonne, je lui ppardonne."

Puissent tous les êtres, visibles et invisibles, visibles et invisibles, visibles et invisibles…

La *metta* terminée, les bénévoles ont pris leur coussin pour aller s'agenouiller devant leur enseignant. Je suis restée sans bouger. Je suis restée à l'écart, échouée sur mon coussin. Immobile. J'ai été immobile toute la journée. Je tourne dans le ressac, avec toute la crasse qu'apporte la marée, et je suis totalement présente et immobile, ici, assise à méditer pendant que les autres se rassemblent pour leur dernière réunion. Maintenant, à coup sûr, quelqu'un va intervenir, ai-je pensé. Quelqu'un rappellera à Beth Marriot qu'un comportement excentrique n'est pas autorisé au Centre Dasgupta.

Personne n'a effleuré mon épaule. Personne n'est intervenu. Je suis peut-être devenue invisible. Je suis peut-être véritablement là-bas, dans le ressac, hors de portée pour que l'on m'aide, hors d'atteinte de ceux qui m'aiment. J'avais senti la mer me tirer au large ; c'était une traction franche et puissante. Où était la bouée ? J'aurais peut-être pu l'attraper et m'y accrocher. Les vagues étaient énormes. Je m'étais fait mal à l'épaule. Soulevée à la crête d'une lame, j'avais aperçu la plage. Philippe plongeait. Il se lançait à ma poursuite.

— Oh, nettement mieux, assurait Ines en parlant de la cuisine. Nous serons tout à fait maîtres de la situation quand il sera temps de rentrer chez nous. Elle a ri. On s'est drôlement bien amusés.

Vikram a remarqué que la règle prescrivant que les bénévoles filles et garçons mangent séparément dans les salles qui leur sont réservées n'était pas strictement respectée.

Livia a demandé aux autres bénévoles d'avoir la gentillesse de le signaler au cas où ils verraient un étudiant quitter furtivement les lieux. Il y avait eu deux absents tout l'après-midi. Qui n'étaient ni dans la salle de Metta ni dans leurs chambres.

Harper a annoncé : "Demain nous levons le vœu de silence. Je sais qu'un ou deux d'entre vous a un petit ami ou une petite amie parmi les méditants. Je vous prie de ne pas oublier le règlement concernant les contacts physiques. On ne doit pas se toucher dans l'espace du Centre, et vous n'êtes évidemment toujours pas autorisés à sortir avant que la retraite soit terminée."

Après un court silence, Rob a pris la parole pour remarquer qu'il trouvait cela exagéré. Il était naturel de se tenir par la main. Ou d'échanger une poignée de main. Naturel de serrer quelqu'un dans ses bras.

— C'est le règlement, a répondu Harper d'un ton calme. Nous souhaitons que le campus du Dhamma demeure absolument pur.

— Les êtres invisibles obéissent-ils à ce règlement ? s'est enquis Rob.

— Il me semble, a dit Harper.

Il était sérieux.

— Et les lapins ?

C'était la voix de Meredith. Meredith se payait la tête de Harper ! Y avait-il quelque chose entre elle et Rob ? J'aurais cru qu'elle courait après Ralph.

— C'est une règle au Centre Dasgupta, il ne doit pas y avoir de contacts physiques sur le site, a répété Harper.

Mais quel intérêt y a-t-il pour moi à être assise en demi-lotus, les yeux fermés, si en réalité j'écoute en douce les commentaires des bénévoles ?

Il y en a un. Je suis toujours suspendue au fil de souffle qui passe sur mes lèvres, j'observe toujours la chaleur dans la paume de mes mains. Je ne peux pas laisser tout tomber sans que rien n'ait changé.

— Terminons par quelques minutes de méditation, a proposé Harper.

Ils ont médité. Nous avons médité. Encore cinq minutes après une journée qui avait commencé dix-sept heures plus tôt. Au Centre, une heure peut être égale à un clin d'œil et un clin d'œil à une éternité. Quand les bénévoles se lèveront pour partir, ai-je pensé, ils insisteront pour que je quitte la salle avec eux. Ils me diront que j'ai besoin de dormir. Je n'ai pas dormi la nuit dernière.

— Que tous les êtres soient emplis d'une joie compatissante.

— *Sadhu, sadhu, sadhu.*

Ils étaient debout. Ils s'en allaient vers une dernière tasse de *chaï*, un dernier biscuit au chocolat. C'est drôle de penser que les mecs bénévoles ont une réserve de biscuits au chocolat. Je me fiche pas mal de ce qui se passe entre Rob et Meredith. Cela ne me regarde pas.

Les portes se sont refermées, je suis demeurée seule. Ils m'avaient laissée là, à méditer toute la nuit. Seule. J'avais peine à y croire. À moins que quelqu'un ne soit resté pour me tenir compagnie. Quelqu'un est là dans la salle avec moi, prêt à méditer à côté de moi toute la nuit. Mi Nu. Qui d'autre ? Mi Nu est assise tellement immobile que mes antennes ne l'ont pas détectée. Soudain, comme une horrible démangeaison, j'ai senti que je devais ouvrir les yeux et vérifier si Mi Nu était là.

Ne fais pas ça.

Peu importe que Mi Nu soit là ou non.

Mon corps s'était recomposé, mais tout de travers. En revenant à l'immobilité derrière mon nez, j'ai découvert qu'il était planté dans mon ventre, je respirais par le nombril. Mes lèvres étaient sur mon front. Cela ne m'a pas étonnée. Tu ne seras jamais plus la même, avais-je pensé quand je m'étais réveillée à l'hôpital. J'étais sous perfusion, j'avais des tuyaux partout. Ma jambe droite était bandée. Tu ne remonteras jamais sur scène, tu ne chanteras plus jamais, tu ne danseras plus jamais. Pourquoi ma première pensée à l'hôpital avait-elle été celle-là? Beth ne remontera jamais sur scène. Le bébé est mort. Pocus est mort.

Ce qui se passe entre les autres bénévoles m'est égal. Que Mi Nu soit là ou non, peu importe. Je suis dans la salle de Metta après la dernière méditation, la *metta* de clôture. Je suis ici pour méditer toute la nuit et trouver l'Éveil. Ou quelque chose. Je vais rester là toute la nuit et toute la journée de demain. Pousser plus loin. Maîtriser chaque instant à mesure que la nuit passe. Ne rien vouloir, ne réagir à rien, quoi qu'on vous jette, quelles que soient les pensées qui se présentent. Réagir, c'est être ignorant. Réagir, c'est être limité. Sens ton souffle, relâche ton souffle. Sens ton ventre, relâche ton ventre. Relâche-le. Sens tes chevilles relâche tes chevilles. Strates de douleur. Strates de plaisir. Ne réagis pas. Entends les voix dans ta tête, relâche les voix dans ta tête. Le bavardage. Relâche ces mots, ces souvenirs. Relâche-toi, Beth. Relâche Beth.

Tap tap tap. Quand la pulsation de la basse démarrait et que la batterie tonnait, alors j'étais maîtresse de l'instant. J'étais dans la musique. J'*étais* la musique. Ma bouche se mettait à chanter. Mon corps dansait. J'étais hyperconsciente : les instruments électriques, la balance, les projos, chaque détail de chaque chanson – *Spit it out, Kids Today* –, la peau de Zoë quand nous entrechoquions nos cuisses, quand nous frottions nos cuisses à celles de l'autre, les yeux de Carl quand nous étions face à face, le coin de sa bouche qui se tordait, nos guitares à quelques centimètres de distance, nos jointures se frôlant au gré de nos balancements. Et j'étais absolument inconsciente, je bougeais dans la musique qui était moi. Plus j'étais inconsciente, plus j'étais parfaitement consciente de tout.

— Tu es belle quand tu chantes, Beth, incroyablement belle. Tu es quelqu'un d'autre.

— Carl est siiiiii jaloux – j'avais ri. Quand les garçons se ruent sur moi à la fin du concert, ça le rend dingue. Dingue!

— Ça ne m'étonne pas.

— Mais tu n'es pas jaloux, Jonnie. Je veux que toi, tu sois jaloux.

— La jalousie, ce n'est pas mon truc, Beth.

Vieille conversation. Observe. Ne réagis pas. Observe ta respiration. Observe ce qui brûle dans ton front.

Pourquoi cela avait-il été ma première pensée lorsqu'on m'avait informée que j'avais perdu mon enfant ? Tu ne feras plus jamais de musique, tu ne chanteras plus jamais. Lorsqu'on m'avait appris que le petit Français était en réanimation. Tu ne dois jamais remonter sur scène. Le cerveau de Philippe enflait. Les médecins avaient provoqué un coma artificiel. Une tentative pour le sauver. Tes rêves sont finis.

Carl était venu avec mon téléphone portable.

— Tu as de la chance, Beth, avait-il remarqué. Apparemment, tu seras sortie dans une semaine. Pauvre Philippe.

UNE NOYADE, avais-je annoncé par SMS. S'IL TE PLAÎT, VIENS, JONNIE, S'IL TE PLAÎT VIENS AVANT QU'IL NE SOIT TROP TARD, AVANT QUE JE MEURE.

Observe, sans plus.

Parfois ma tête passe sous l'eau et j'entends les galets crisser dans le ressac. C'est un son discordant, aigu. Réactions. Parfois je vois le visage de Carl au-dessus du lit. Mon portable bourdonne dans ma poche. J'ai laissé mon portable dans un casier du Centre Dasgupta il y a des mois de cela, mais je continue à sentir les vibrations dans ma poche. Les messages arrivent encore.

JE NE PEUX PAS REVENIR TOUT DE SUITE, BETH.

S'IL TE PLAÎT, JONNIE.

CARL N'EST-IL PAS AVEC TOI ?

S'IL TE PLAÎT, S'IL TE PLAÎT, S'IL TE PLAÎT.

TES PARENTS NE SONT-ILS PAS VENUS ?

Les mots s'effacent enfin. Mots, souvenirs. Maintenant, seule la douleur dans mes côtes est présente. J'ai déjà ressenti cette douleur-là. Du côté gauche. Il y a dans mes côtes une main qui étreint mon cœur, un cancer qui grossit de minute en minute, rajoutant de l'intérieur à cette compression. C'est un vilain cancer. Il m'entraîne vers ma gauche. Il forcit. Tout mon côté gauche est bridé, paralysé. C'est le genre de douleur qui normalement m'achèverait. Au bout de vingt minutes, d'une heure. On ne peut libérer son esprit d'une douleur telle que celle-ci. On ne peut passer à autre chose pour explorer des parties du corps différentes. Avec une douleur telle que celle-ci, il n'y a que de la douleur. Tout mon côté gauche s'est solidifié. En un seul bloc. Il devient de plus en plus compact, et m'entraîne vers ma gauche. Je vais flancher. Mon cœur est écrasé. Je n'arrive pas à respirer. Le Bouddha ressentait-il des douleurs telles que celle-ci? Personne ne dit s'il a souffert ou non. Et comment est-il possible que je souffre à ce point alors que je n'ai rien? Alors que je sais que dès que je bougerai je serai de nouveau en forme. Dès que je réagirai, je serai en forme. Je serai vaincue mais en forme.

Ne bouge pas, Beth.

Mi Nu bougerait-elle? Arrive-t-il à Mi Nu d'avoir à vivre ces trucs-là?

Cette douleur n'élance pas. Elle ne pique pas, ne donne pas de coups de poignard. Elle est juste démesurément et doulou-reusement présente. Elle est noire. Je sais qu'elle est noire. C'est un roc noir. De plus en plus lourd, de plus en plus compact. J'ai envie de vomir. Si je ne bouge pas, je vais mourir.

Eh bien, meurs, Beth. Ne bouge pas et meurs. Sois calme face à la mort. Accepte la mort. Laisse-la venir. La douleur n'est que de la douleur. Rien qu'une barrière. Il y a toujours quelque chose de l'autre côté de la douleur.

Attends, Beth.

Ne panique pas.

Depuis combien de temps cela dure-t-il? Aucune idée. Toutes les pensées grandioses ont disparu. Éveil, changement. Tous les souvenirs ont disparu. Mi Nu a disparu. La salle de Metta a dis-paru. Plus que ce roc énorme, ce roc immense dans ma poitrine. Eh bien, qu'il m'écrase.

Tiens, il remue. Oh, merde, il a remué. Il est en train de remuer. Observe, sans plus. Ne souris pas, Beth. Observe.

La douleur avait entamé une poussée vers le haut. Elle bou-geait. Comme un animal à l'intérieur de moi. Elle sait où elle va. Elle monte dans mon cou. Merde alors! Il n'y a pas de place pour elle. Elle ne peut pas passer. Elle est trop grosse. J'enfle petit à petit. Il y a vraiment quelque chose en moi qui pousse pour sortir. Une bête force le passage dans mon cou. Et maintenant dans ma tête. Il y a une sorte de noyau de paralysie brûlante qui se fraie un chemin dans la partie gauche de mon cerveau, der-rière mon œil. Mon œil enfle, à présent. Mon œil gauche enfle.

C'est horrible. Mais aussi étrangement beau. Je sais que le soulagement approche. Nous y sommes presque. Comment le sais-je ? Observe, sans plus. Mon globe oculaire explosera. Laisse faire, Beth. Ne lutte pas. Il a la taille d'un ballon de foot. Il est impressionnant.

Il a disparu.

Subitement, un dégonflement, une libération. Il a disparu. La douleur sort à flots précipités par l'orbite. Désenfle. Tout va bien de nouveau. En un rien de temps, tout est parfaitement détendu. Pas de douleur, pas de compression. Des larmes coulent. Observe, sans plus. Mes joues sont mouillées. Ne réagis pas. Ne te réjouis pas. Ne te demande pas si quelque chose d'important a eu lieu. Toutes les sensations sont fugaces, Beth. La douleur était, le soulagement est, fugace.

Anicca, anicca, anicca.

Calme. Enfin rien que le calme dans la salle de Metta. Il est minuit. À l'instant même. Pour une raison ou pour une autre, je sais qu'il est minuit. Le calme grandit. Il est comme un souffle léger sur une eau sombre. Il est magnifique. Je n'ai jamais connu un tel calme. L'esprit flotte sur le calme, sur le vide, telles des plumes sur un lac obscur. Il est immense et calme et tout à fait vide, merveilleusement vide.

Bon Dieu.

J'ai ouvert les yeux. Oh, au meilleur moment, je me suis arrêtée. Pourquoi ? Combien de temps cela avait-il duré ? Une seconde, une heure, toute une vie ? J'étais effrayée. Ou peut-être trop présente, trop *là*. La salle était plongée dans l'obscurité. Une vague lueur tombait des hautes fenêtres. J'étais seule au milieu d'une mer de coussins. Personne n'était resté.

Pourquoi m'étais-je arrêtée ? Pourquoi étais-je effrayée ?

Je me suis relevée, grelottante mais pas ankylosée. Mon corps était détendu. Ma respiration était douce et tranquille. J'avais dit au revoir à la douleur. J'étais allée au bout de moi-même. Et puis, au moment même où tout était parfait, j'avais reculé.

J'avais échoué une fois de plus, échoué à suivre le programme établi.

Ma couverture sur les épaules, je suis passée entre les rangées de coussins pour gagner le porche. Il ne restait plus que mes chaussures. C'était sympa de m'avoir laissée seule dans la salle de Metta, de m'avoir donné l'occasion de méditer seule toute la nuit.

Pourquoi n'avais-je pas tenu le coup jusqu'au bout ?

Une chouette a hululé. J'ai regardé dehors dans le crachin. L'air était froid et humide sur mon visage et sur mes mains. La chouette a de nouveau poussé son cri. Hou-hou. Elle doit être tout près. Il doit y avoir une famille de chouettes dans le coin. Tous les êtres visibles et invisibles. Je l'avais peut-être entendue dans ma transe. C'était peut-être elle qui m'avait appelée.

J'ai tiré la couverture sur ma tête. Je déteste le crachin dans mes cheveux. Je déteste cette sensation poisseuse. Malgré ce brusque changement de programme, j'étais calme. Je ne serais pas en colère contre moi. J'étais venue à bout de la douleur. Au moins ça.

Hou-hoooouuu.

Tout à coup le sourire du Bouddha s'est dessiné sur ma bouche. Les commissures de mes lèvres se sont relevées et j'ai souri malgré moi. J'ai souri à la chouette. Je l'ai bénie. Tu as peut-être fait ce qu'il fallait, Beth, ai-je songé. La chouette a peut-être fait ce qu'il fallait en t'appelant pour te faire sortir de là. Pourquoi aimais-je tant ces mots ? Tous les êtres visibles et invisibles ? Quand la chouette hululait, elle était en moi, ou j'étais en elle. Il y avait une vibration. Cette chouette c'est Mi Nu, ai-je pensé. Miii Nouuu, miii nouuu. C'était le cri d'un être invisible, qui m'appelait hors de la salle de Metta. Voilà pourquoi je souriais.

J'ai contourné la salle, me suis éloignée des bâtiments abritant les dortoirs. La pluie tombait, régulière, sur l'herbe et sur les buissons. Les flaques miroitaient.

MI NU

La porte du bungalow n'était pas fermée à clé. Le sexe est interdit au Centre Dasgupta, les serrures sont donc inutiles. Tous, ici, se sont engagés à observer les Cinq Préceptes. Ils ne voleront pas. Ils ne nuiront pas à un autre être vivant.

Il faisait sombre sous le porche. Je me suis débarrassée de mes chaussures et les ai posées contre le mur. J'ai dû tendre la main et tâtonner pour le trouver. J'ai repoussé la couverture et secoué mes cheveux.

Par où entrait-on dans cette maison ? J'ai tendu la main et mes doigts ont aussitôt trouvé la poignée de la porte. J'ai simplement avancé le bras. Comme si je vivais là depuis des années. Bizarre.

Le couloir s'ouvrait sur ma gauche, éclairé au bout par une faible lumière, à quelques centimètres au-dessus du sol. J'ai fait un pas dans cette direction. Il flottait très nettement une odeur d'encens. Quelque chose de citronné. Et la lumière souriait. La lumière était le Bouddha, un bouddha orange, renfermant une ampoule électrique, posé sur une table basse.

Puis le grognement s'est élevé. Je me suis arrêtée. C'était le même que j'avais entendu lorsque j'avais fui l'enregistrement du Dhamma. Il y avait un grognement et un sifflement, comme une bouilloire. Un gémissement, comme une mouette. Mon cœur battait à tout rompre. J'ai failli prendre mes jambes à mon cou. Mais l'immobilité du Bouddha m'a retenue. Ne réagis pas, Beth. Sois calme. La tranquillité du couloir m'a rassurée. La tranquillité de l'encens. J'adore l'encens. Jonathan faisait parfois brûler de l'encens quand il peignait. Chaque tableau a une odeur particulière, affirmait-il.

J'ai fait un ou deux pas, en silence. Le bruit a repris. Le grogne-ment. Presque un reniflement fâché. C'était quoi ? J'étais arrivée au Bouddha sur le seuil. Après, ce devait être la pièce principale.

J'ai jeté un coup d'œil à l'intérieur. C'était très grand. Mais comment était-ce possible ? Je n'arrivais pas à piger où étaient les murs. Y avait-il un visage ? En hauteur ? Je me suis arrêtée. Il pou-vait s'agir d'une photo. Ou de plusieurs. Je ne voyais pas bien.

J'ai fait encore deux pas et je me suis cognée à un lit. Mon tibia. Tant pis pour le vide ! C'était un lit bas d'une personne. J'ai attendu que la douleur disparaisse. Quelqu'un a soupiré sous les couvertures. On ne voyait que des cheveux. Un miroitement de cheveux noirs. J'avais trouvé Mi Nu et elle dormait. Dormait à poings fermés dans son lit. Il n'y a que des lits d'une personne au Centre Dasgupta.

J'ai ôté mon tee-shirt et mon haut de maillot, mon jean et mon slip. J'ai laissé mes vêtements tomber par terre. Est-ce que j'avais encore mes règles ? Je ne crois pas. Je n'ai pas vérifié. J'ai soulevé le drap et me suis glissée en dessous. Tu fais n'importe quoi, Beth. Vraiment n'importe quoi. Elle allait se réveiller, horrifiée. On me jetterait dehors. Mais j'avais besoin d'être à côté d'elle.

Dès que mon corps s'est retrouvé sous les couvertures, j'ai été prise de frissons. C'est ce qui m'arrive après la méditation. Je me déniche un endroit au chaud et j'ai des frissons. Le corps à côté de moi a remué et grondé. Mi Nu a gémi. J'étais tellement éton-née. J'ai failli éclater de rire. J'ai dû serrer les dents. Mi Nu ron-flait ! Quel étrange ronflement. Pire que celui de Jonathan. Tout à la fois comme un porcelet et un oisillon. Un grognement et un pépiement.

Pendant cinq ou dix minutes, je suis restée allongée immo-bile dans le petit lit en m'efforçant de ne pas toucher Mi Nu, en m'efforçant de ne pas rire lorsqu'elle ronflait. Elle me tournait le dos. J'étais couchée tout au bord du matelas. J'ai observé ma respiration, essayé de me détendre. Je ne voulais pas l'effrayer. Et puis le ronflement s'est arrêté. Je n'entendais plus du tout sa respiration. S'était-elle réveillée ? Elle serait effrayée quand elle se réveillerait. Elle ferait un bond et hurlerait. Mi Nu ne devait pas avoir l'habitude qu'on grimpe dans son lit.

Elle va se réveiller, me suis-je dit, et tu seras expulsée du Centre. Tu le fais *exprès* pour être expulsée. Depuis des mois j'avais voulu attirer l'attention de Mi Nu, serrer Mi Nu dans mes bras, me fondre en elle, partager cette étrange lumière qui était la sienne. Mais Mi Nu ne serrera jamais personne dans ses bras. Je me cramponnais à la lune. Si tu devais te glisser dans le lit de quelqu'un, me suis-je dit, tu aurais dû choisir celui de ton auteur de journal intime. Ou celui de Ralph. Ou de Meredith. Là, on se serait éclatés.

J'étais allongée sur le dos, et à mesure que mes yeux s'habituaient à l'obscurité j'ai commencé à distinguer les visages tout en haut du mur. Des visages au teint pâle, parés de couronnes, de serpents, de bijoux. Des affiches, je suppose. Il semblait curieux de les accrocher si haut. Presque au plafond. Le toit était peut-être en pente. Je me sentais en sécurité auprès de Mi Nu. Sauf si au réveil elle piquait une colère. Et si j'avais encore mes règles ? Je devrais remettre mon pantalon. J'ai contemplé ces visages blêmes flottant là-haut dans l'obscurité. Tous étaient souriants. Mais solennels, aussi. Quand mes mains et mes pieds ont été réchauffés, je me suis retournée et blottie contre le dos de Mi Nu. Je ne vois pas l'intérêt de se fourrer dans le lit de quelqu'un et de ne pas le toucher.

Elle portait une chemise de nuit en coton. Son corps était calme et frais. Très prudemment, j'ai enfoui mon visage dans ses cheveux. En me tortillant, j'ai plaqué mon ventre contre son dos. Mes mains étaient posées sur ses épaules.

J'ai respiré une senteur chaude. De pain frais. Ses cheveux sentaient le pain frais. Cinq minutes ont passé. Dix. C'était un supplice d'être à côté d'elle, un supplice de plaisir, d'anxiété. Elle ne s'était pourtant pas réveillée. Elle ne s'était pas raidie. Nous pourrions rester couchées ainsi toute la nuit. Je pourrais filer en douce avant le coup de gong matinal et personne n'en saurait rien.

— Qui est là ?

La voix était douce. Comment avait-elle pu se réveiller sans sursauter ni se retourner ?

J'ai attendu mais elle n'a pas répété la question.

Et puis j'ai murmuré :

— Beth.

Elle ne s'est pas retournée. Elle était silencieuse. Il est interdit de se toucher au Centre Dasgupta, et j'étais nue, collée à sa chemise de nuit.

À voix basse, j'ai dit :

— Il faut que je vous pose une question.

Elle n'a pas répondu. C'était donc le moment de demander quelque chose de profond, qui justifie ma présence. J'étais incapable de réfléchir. Toutes ces questions intelligentes qui m'étaient venues en tête, et maintenant impossible de me souvenir d'une seule. Mon cœur battait bruyamment. Mi Nu était absolument immobile et moelleuse. Mon corps touchait le sien, mais je n'avais pas l'impression que le sien touchait le mien.

Puis elle a soupiré et remarqué :

— Je me demandais quand tu viendrais me voir, Beth.

Je n'ai pas su quoi répondre. Mi Nu s'était réveillée et ne m'avait pas jetée dehors. Elle allait me permettre de rester. Et même, elle m'avait attendue !

— Nous nous posions tous la question, a-t-elle ajouté.

— Quelle question ?

Sous le coup d'une incroyable sensation de bonheur, j'ai violemment passé mes bras autour de son corps mince et l'ai serrée contre moi.

— Quelle question, Mi Nu ?

Une éternité a paru s'écouler avant qu'elle réponde :

— Nous nous posions la question de savoir quand tu te déciderais à partir.

— Mais je ne veux pas partir. Je n'ai rien décidé.

Il y a eu un autre long silence. Dans l'obscurité, j'ai entendu un léger tintement. Comme si de minuscules clochettes avaient été agitées par un courant d'air.

— Qui sont ces gens, au mur ? ai-je demandé.

— Quelles gens ?

— Les visages. Les femmes.

Elle a hésité.

— Pārvatī, Kālī. Elles veillent sur moi.

— Ce sont des déesses ?

— C'est un mot que certains emploient.

— Je voudrais bien que quelqu'un veille sur moi.

Elle n'a pas répondu.

— En fait, je n'ai absolument pas décidé de partir.

Je la tenais dans mes bras mais elle n'était pas là. Ou bien si, mais pas vraiment dans mes bras. Et puis j'ai pensé que je devrais faire preuve de sens pratique.

— En vérité, Mi Nu, j'ai tué quelqu'un. Quelqu'un est mort par ma faute. Je ne sais pas quoi faire. J'ai besoin de votre aide.

Mes mains l'agrippaient mais elle n'était pas vraiment là. Elle était couchée à côté de moi mais pas dans mes bras. Elle était tout autour de moi, d'une façon ou d'une autre, et j'étais la seule chose dans la pièce à ne pas être elle.

— Je veux être comme vous, Mi Nu. C'est ce que je suis venue demander. Comment puis-je devenir comme vous ?

Elle était allongée tout à fait immobile.

— Vous êtes parfaite, Mi Nu. Quand vous méditez, on croirait la lune. Vous brillez. Comment puis-je être comme ça ? Je sens que vous savez des choses que je devrais savoir.

Son corps a tremblé un petit peu. Elle riait.

— La lune est-elle parfaite ?

— Elle est belle, ai-je insisté.

Je me sentais très sincère et excitée. Ma petite pipelette sur l'oreiller, disait souvent Jonathan.

— Pour moi, vous êtes toujours pareille à un clair de lune resplendissant, lorsque vous méditez. Je veux être comme ça.

Elle a soupiré.

— C'est de l'ordre du désir, Beth.

— Cela ne peut pas être mal, de désirer être pure.

— Désirer, c'est toujours désirer.

Elle a échappé à mon étreinte et s'est levée. Il était impossible que je m'accroche plus longtemps. Elle a jeté un châle sur ses épaules, s'est plantée à côté du lit. Elle fronçait les sourcils mais d'un air amical.

— Reste sous les couvertures. Je vais préparer du thé.

Elle avait disparu. Une fois de plus, j'ai entendu un léger tintement dans l'obscurité. Mi Nu devait avoir un de ces mobiles qui tournent dans les courants d'air. C'était triste qu'elle se soit levée, mais au moins elle ne me jetait pas dehors. Peut-être qu'elle reviendrait se coucher et que nous boirions du thé au lit toutes les deux. J'ai regardé autour de moi. Tout en haut, les visages qui captaient la lumière orangée du Bouddha du couloir luisaient.

Chaque visage souriant était paré d'une couronne, d'un collier, de pendants d'oreilles.

Mi Nu mettait un temps fou. Était-elle partie chercher Mme Harper ? On n'entendait ni bruit d'eau ni bruit de bouilloire. Aucune lumière ne s'est allumée. Et si j'avais grimpé dans le lit de GH ? Ou de Ralph ? J'aurais pu faire l'amour. Je mourais d'envie de faire l'amour. Mais je pensais que Mi Nu pourrait m'aider. Y avait-il eu quelqu'un qui m'ait jamais vraiment aidée ? Je me suis toujours débrouillée seule. Maintenant je voulais qu'on m'aide.

Elle est revenue avec un plateau. Elle n'avait peut-être pas mis un temps fou. Je m'étais peut-être assoupie. J'étais restée si longtemps sans dormir. Elle a rempli une tasse et l'a posée sur la table de nuit. Elle s'est assise sur un tabouret bas et a croisé les jambes.

— Bois. C'est bon quand c'est chaud.

S'était-elle aperçue que j'étais nue ?

Je me suis redressée lentement, en tirant la couette sur moi. Le thé était une sorte de tisane. Mi Nu semblait floue, elle portait la tasse à ses lèvres, buvait à petites gorgées, l'abaissait, la portait de nouveau à sa bouche. Nous avons passé un petit moment à boire. Et puis j'ai posé ma tasse.

— J'étais enceinte et j'ai fait en sorte que le bébé meure. C'était exprès. J'ai voulu me noyer, nous tuer, moi et le bébé. Mais au lieu de cela, un homme est mort en tentant de me sauver.

Je me suis arrêtée. Elle paraissait regarder le sol à côté du lit.

— Je sortais avec un mec, un garçon vraiment adorable, nous étions ensemble depuis trois ans, mais le bébé n'était pas de lui. Le père était un type plus âgé, et qui était marié. Je l'aimais. Je l'aimais vraiment. Il ne tenait pas à moi. Peut-être un peu, mais pas tant que ça. Même quand j'ai prétendu que j'étais mourante. Je lui ai raconté que j'étais mourante pour qu'il vienne m'aider. Je regrette d'avoir fait ça. J'étais trop jeune pour lui, je suppose. Il avait réussi. Il avait déjà sa vie. J'avais l'impression d'être inexistante.

Mi Nu était parfaitement calme et immobile, tout comme lorsqu'elle prenait les questions après la causerie du soir.

— Je ne peux pas rentrer chez moi.

Elle n'a rien dit.

— Si je rentre, je vais encore déconner avec les hommes. Et les femmes. J'ai eu aussi des histoires avec des filles. Vous savez que

Mme Harper a cherché à m'embrasser ? J'ai ri. Je lui plais beaucoup. Je crois qu'elle m'aime vraiment bien.

Mi Nu oscillait. Sur le tabouret, les jambes croisées, son corps mince se balançait doucement d'avant en arrière. Il me semble que c'était ce rythme intérieur qui l'isolait des gens autour d'elle. C'était un secret qu'elle avait.

— Je déconnerais. Voilà pourquoi je veux rester ici. Mais je dois apprendre à mieux méditer. J'ai la tête en vrac.

Mi Nu buvait son thé sans se presser. Que pensait-elle ? Plus elle était silencieuse, plus je racontais n'importe quoi.

— Je veux être votre amie, ai-je lancé.

— Mais tu l'es déjà, Beth. Nous sommes tous amis, au Centre.

Je me suis redressée et la couette a glissé.

— Pardon. J'ai tiré dessus. Non, en fait je veux tout savoir sur vous, où vous êtes née, à quoi ressemble votre famille, si vous avez eu un petit ami. Ou un mari. Ou même des enfants. Vous savez ? Toute l'histoire.

Elle a souri.

— C'est tout ?

— Ce sera assez pour bien s'entendre.

J'ai ri. Je faisais peut-être des progrès. Elle m'aimait bien.

— S'il vous plaît, racontez-moi.

— Il n'y a pas d'histoire, a dit Mi Nu.

J'ai réfléchi un moment. J'essayais d'être sérieuse. D'une certaine façon, je savais ce qu'elle voulait dire ; je l'avais moi-même pensé à son sujet. Je n'ai malgré tout pas pu m'empêcher d'insister.

— Tout le monde a une histoire. Écoutez, vous êtes née dans une autre partie du monde. Il y a donc l'histoire de ce qui vous a amenée ici. Racontez-la-moi.

Elle secouait la tête en souriant.

— Tout cela est derrière moi, Beth.

J'ai soupiré. Elle me regardait en tâchant de voir si je comprenais.

— Tu es jeune, Beth. Pourtant, il doit bien y avoir des épisodes de ta vie auxquels tu ne penses plus. Une ancienne camarade d'école. Des vacances avec tes parents.

— Pas mal de garçons. J'ai gloussé. Une chanteuse est plus ou moins obligée de séduire tout le monde.

Mi Nu a dit :

— Nous cessons rapidement de penser à presque tout ce qui nous arrive. Cela ne nous fait pas grande impression. Et il peut en être de même des souvenirs qui te tourmentent. Tu peux regarder la lumière qui brille au-delà. Laisse *anicca* agir, entre dans le courant et laisse-toi changer.

Ça, c'était un peu ardu pour moi, sur le moment. J'étais restée très longtemps sans dormir.

— Je ne veux pas tout oublier, ai-je répondu. Ce serait comme ne pas savoir qui je suis.

Elle a souri.

— Et toi, qui es-tu donc, Beth ?

Je me suis efforcée de trouver une bonne réponse.

— Je suis une vraie catastrophe, j'imagine. Mais une bonne musicienne. Ou, du moins, je suis bonne sur scène. Avec moi, on en a pour son argent.

Mi Nu attendait, assise dans l'ombre, la lueur venant du couloir brillait faiblement derrière elle.

— Mais je ne peux plus reprendre mon instrument, après ce qui s'est passé. Je sens que je ne peux pas. Voilà le problème. Je veux dire, je ne sais pas quoi faire plus tard. Ma mère et mes sœurs sont tellement comme il faut. Bondieuseries en tout genre et fais pas ci fais pas ça. Je suis davantage comme mon père. Il est impitoyable. Leur piété le rend dingue. Mais il ne m'a jamais aidée. Papa avait tout le temps des aventures avec ses secrétaires, et pour l'en empêcher maman voulait que je sois sa secrétaire – elle a tenté de se suicider, un jour, elle a mis sa tête dans le four – et du coup j'ai été embarquée au bureau pour servir de secrétaire à papa. J'avais horreur de ça.

Je me suis tue. Je n'arrivais pas à savoir si Mi Nu écoutait pour de bon, ou si j'étais en train de me ridiculiser.

— Il y a un rêve qui revient tout le temps. Je marche main dans la main avec un homme. Nous prenons la fuite, nous sommes heureux, sauf qu'à un moment la route passe dans un tunnel et que le tunnel est bloqué par la neige. Comment peut-il neiger dans un tunnel ?

Je n'avais pas autant parlé depuis une éternité.

— Dans un autre rêve que je fais souvent, je suis dans le métro avec ma guitare, en route pour un concert. J'essaie de prendre l'escalator pour monter, sauf que c'est un escalator qui descend, je regarde mes pieds et je vois que je n'ai pas de chaussures.

J'ai attendu.

— Je parie que vous faites des rêves magnifiques.

Elle n'a toujours pas pipé. Elle était capable de prendre un air absolument inexpressif.

— Vous savez, quand j'ai quitté la salle de méditation, tout à l'heure, j'ai entendu une chouette. Le son semblait pénétrer tout droit en moi. Houu, houu. Et j'ai pensé que c'était vous. J'ai pensé que la chouette c'était vous. C'est dingue, je sais. Voilà pourquoi je suis venue ici.

Elle a penché la tête un tout petit peu.

— Et quand je suis entrée, savez-vous que vous ronfliez ? En fait, vous avez vraiment un drôle de ronflement.

Elle a souri.

— Ah bon ?

— Quand je me suis mise au lit, j'étais vraiment inquiète parce que je vais avoir mes règles. C'est que je ne voudrais pas salir vos draps.

Le sourire n'a pas disparu. Je n'aurais su dire si elle pensait qu'elle me connaissait de fond en comble et se montrait indulgente, ou si elle n'arrivait franchement pas à me comprendre. Ou encore se souciait fort peu de me connaître ou non.

— Est-ce que j'ai bien fait de venir ici, Mi Nu ? Je vous en prie, dites-moi que j'ai bien fait.

Elle a demandé :

— Tes parents savent-ils où tu es ?

— Non.

— Ils doivent être anxieux.

— Ils pourraient me retrouver s'ils s'en donnaient la peine. En fait, je n'arrive pas à croire qu'ils ne l'ont pas fait. On peut retrouver n'importe qui, de nos jours.

— Pourquoi doivent-ils te retrouver alors que tu pourrais leur dire où tu es ?

— S'ils me veulent, ils peuvent me retrouver.

— Tu les punis ?

— Je ne pense jamais à eux.

— Et ces hommes ? Tu les punis ? Voudrais-tu qu'ils viennent ici et qu'ils te retrouvent ?

— Entre les hommes et moi, c'est fini.

Mi Nu a soupiré. Elle me regardait avec beaucoup d'insistance. Puis elle a déclaré :

— Je crois qu'il est temps que tu changes de nom.

— Quoi ? Comment ça ?

— Il est temps d'oublier ces mauvais moments. Tu as changé. Tu n'es plus la même. Il est temps d'être différente.

— J'aimerais bien avoir changé.

— Demain, nous te donnerons un nouveau nom. Mais maintenant tu devrais dormir. Elle a souri. Repose-toi, Beth. Dors.

Je tombais carrément de sommeil, tout à coup.

— Et vous ?

— Je vais rester ici. Je vais veiller sur toi.

J'ai souri.

— Je voudrais pouvoir vous embrasser, Mi Nu. Je voudrais que vous me laissiez vous serrer dans mes bras. Pour vous souhaiter une bonne nuit.

Elle a ri aux éclats.

— Tu es une vilaine, Beth. Tu es une vilaine. Dors, maintenant.

C'était, mot pour mot, ce que disait Jonathan.

Quelqu'un s'est penché sur mon épaule et a demandé :

— Alors, ce rapport de lecture, je l'aurai quand ?

Ce n'était pas le genre de voix à laquelle je m'étais attendue. Aiguë pour un homme. Très popu sud de Londres.

J'ai continué à manger et il s'est assis à côté de moi. Il a posé ses mains sur la table. Il y avait de petites taches de vieillesse, plus de poils qu'il n'en aurait fallu.

— Comment avez-vous trouvé les repas ? ai-je demandé.

— Bons certains jours, d'autres couci-couça.

— Vous ne vous souvenez pas lesquels ?

Il y a réfléchi.

— Je me souviens d'un bon curry. C'était vous ? D'une pomme de terre au four correcte. D'un abominable pâté végétal.

— Le porridge ?

— Je ne touche jamais à ce truc-là.

— Le pain grillé ?

— Bon, pourvu qu'il soit chaud.

J'étais en train de manger une mousse au chocolat. Je devais avoir la bouche sale.

— Laissez-moi terminer et nous pourrons aller nous promener dans le pré.

— Avec grand plaisir.

Les hommes âgés sont tellement polis.

Je m'étais réveillée dans une mare de sang, dans mon lit. Comment était-ce arrivé ? Avais-je aussi salopé les draps de Mi Nu ? Je m'étais endormie là-bas, c'était sûr. M'avait-elle virée ? Il y avait un curieux trou dans la nuit, comme lorsqu'on est en train de méditer et que l'on ne sent rien entre sa tête et ses seins.

On n'a pas de cou. On n'a pas d'épaules. On est trop dans le brouillard pour les sentir.

Les autres lits étaient vides. Je me suis levée et j'ai retiré les draps. Je ne dois pas ressentir d'aversion. Confronte ta gadoue avec équanimité. Maintenant on entendait bourdonner des voix. Je suis allée à la fenêtre. Les gens se pressaient hors de la salle de Metta en bavardant et en riant. Ça devait déjà être l'heure du déjeuner. Dixième jour. On avait levé le vœu de silence.

J'avais dormi longtemps. Oui, mais avant j'étais restée éveillée longtemps.

Il est temps pour toi de changer de nom, avait dit Mi Nu. Il aurait été tellement agréable de me réveiller dans son lit et de la trouver à mon chevet. Quel genre de nom? J'aime bien Beth. C'était tout moi d'être allée la voir alors que je n'avais pas de vraie question à lui poser, que j'étais incapable de trouver quelque chose d'intelligent à dire. Faut-il que j'aie un nom oriental bizarre pour devenir comme Mi Nu?

Je me suis nettoyée sous la douche et puis je suis retournée chercher mes draps. Il y a une housse en plastique sur tous les matelas du Centre. Encore heureux! Mais j'avais besoin de savoir si j'avais sali le lit de Mi Nu. Comment lui parler sans savoir comment nous nous étions quittées?

En ramassant les draps, je me suis rappelé qu'un jour j'avais taché le canapé de Jonathan. Ça devait être la deuxième ou la troisième fois que nous faisions l'amour. Il avait un grand canapé bleu, dans son atelier, et le sang était marron et tout barbouillé, comme de la rouille humide. J'étais embêtée. Jonathan a trempé le doigt dedans et l'a frotté sur sa bouche. Il a retourné le coussin et a éclaté de rire.

— La vie, ce n'est que salir et nettoyer. Des deux, je préfère salir.

— Mais c'est toujours si bien rangé, chez toi.

— Pour mieux tout saloper, Beth.

En descendant l'escalier grinçant, j'ai songé: Jonathan et Mi Nu ne font qu'un. Je l'ai dit tout haut: "Ils ne font qu'un." Quelle idée ridicule! Comment ces trucs-là me viennent-ils à l'esprit?

Dehors, tout le monde parlait à une vitesse d'enfer. C'est comme ça lorsque prend fin le Noble Silence. Il y a une petite minute d'hésitation, au moment où les gens sortent de la salle de Metta. Ils savent que désormais ils peuvent parler, mais ils ne sont pas habitués au son de leur propre voix. Ils ouvrent la bouche et la referment, réfléchissent un peu. Et puis ils se lancent, et voilà. Brusquement tout le monde y va de ses expériences, de ses douleurs, de ses récriminations, de ses impressions. Et ils voudraient toujours parler plus vite. Ils ne peuvent pas s'arrêter. Cent cinquante bouches à moteur. J'ai fait pareil à la fin de mes premières retraites. Ensuite on commence à se sentir supérieur, on apprend à rester détaché. Quand les gens sont silencieux, ils semblent tellement dignes, tellement prévenants. On ne sait pas d'où ils viennent, à quelle classe sociale ils appartiennent. On ne les critique pas. On n'est pas tenté de draguer. Et puis le dixième jour, à onze heures, brusquement, blablabla, blablabla. Originaire du Nord, du Sud, étranger. Bas de gamme, snob, intelligent, stupide. On a envie de se boucher les oreilles.

Quel nom allait-on me donner ? me suis-je demandé. Et après, me renverrait-on ? J'aimais bien Beth parce que maman trouvait ça horrible. Elisabeth était la fille sage qu'on voulait que je sois. Beth c'était le rock et la rébellion, le prénom que je m'étais choisi. Comment pouvaient-ils me permettre de rester après que j'avais séduit Mme Harper et que je m'étais fourrée nue dans le lit de Mi Nu ? C'était étrange, pourtant, qu'elle n'ait pas été fâchée. Mi Nu n'avait pas été fâchée que je l'aie serrée dans mes bras et n'avait pas été excitée non plus. C'était peut-être ce qu'elle avait en commun avec Jonathan. Je ne pouvais pas la toucher. Et peut-être que me faire appeler Beth était devenu une sorte de piège. Beth *se devait* d'être jeune et rebelle. Mais cette époque était révolue. L'époque Beth. Changer de nom serait-il le prix que j'aurais à payer pour demeurer au Centre ?

Je n'avais pas envie de commencer une nouvelle retraite.

Je ne voulais pas partir non plus.

Dans la buanderie, la machine à laver tournait et le sol était couvert de corbeilles en plastique. Il flottait un mélange d'odeurs propres et crasseuses, de savon et de saleté, et chaque corbeille était surmontée d'une étiquette : "Torchons 9e jour." "Tabliers

9e jour." "Harper 8e jour." "Équipe d'entretien 8e jour." Mi Nu avait-elle parlé de ma visite à Mme Harper? Signalerait-elle ce que j'avais raconté sur Mme Harper, qui avait cherché à m'embrasser? J'ai mis les draps tachés de sang dans une corbeille et inscrit sur l'étiquette : "Beth, draps, 10e jour. Désolée."

Le dixième jour, il y a un dîner en plus du déjeuner, pour préparer les participants à réintégrer le monde, les préparer à leur départ le lendemain matin. Je suis allée à la cuisine aider les autres. Des choses importantes étaient sur le point de se passer mais je voulais retrouver la routine pendant un moment. J'avais besoin de souffler. Arrivée par l'entrée de service, je venais à peine de mettre mon calot et mon tablier quand Kristin m'a raconté que Rob et Meredith avaient fichu le camp. Ils avaient été là tous les deux pour le petit-déjeuner mais ils avaient filé. Il n'y avait pas eu de porridge. Maintenant il y avait un repas supplémentaire à préparer, deux fois plus de vaisselle à laver que d'habitude, et deux personnes en moins pour le faire.

La nouvelle m'a remonté le moral et je me suis activée, en éminçant des poireaux et empilant des assiettes. Rob et Meredith s'étaient enfuis! Personne ne voyait l'intérêt de foutre le camp le dernier jour, alors qu'il ne restait plus qu'une nuit et un petit-déjeuner. Qu'y avait-il de si urgent? Ils avaient lâché leurs amis au pire moment. Pour quoi? Pour quelques heures.

— Nous n'étions peut-être pas franchement des amis, a remarqué Ines.

Ralph m'a demandé de l'aider à préparer le dessert au chocolat. La gâterie du dixième jour. Nous avons pointé les ingrédients. J'étais heureuse à présent, je me sentais redevenue moi-même. Et puis, à l'instant où je ressortais de la chambre froide avec le lait de soja, je l'ai vu vider une boîte de deux kilos de cacao en poudre dans la grande jatte en alu. Il l'a ouverte et retournée. *Plouf!* Ce qui a envoyé une éruption de poudre au plafond. D'une telle densité qu'on se voyait à peine l'un l'autre. On respirait du cacao.

— Super.

J'ai passé la main à travers le nuage et lui ai pincé la taille.

— Crotte! a-t-il gémi.

— En chocolat, alors!

Kristin est partie d'un de ses rires tonitruants. Pas de doute, c'était le dixième jour.

Puis, ayant attendu que Mme Harper soit à portée de voix, j'ai dit :

— J'ai pigé. Meredith avait besoin de la *pilule du lendemain*. Ce qui expliquerait la précipitation. Elle avait besoin d'une ordonnance.

Mme Harper avait les yeux fixés sur la vitre du Four Rational. Elle ne s'est même pas retournée.

— Ils n'ont pas pu être aussi bêtes, a protesté Marcia.

— Quelle que soit la raison, c'est un manque de respect, a clamé Ines. Et si tout le monde se barrait, hein ?

Paul se sentait personnellement abandonné, a-t-il avoué.

— Enfreindre les règles ensemble peut être une façon de cimenter l'amour, a suggéré Tony. Le genre alliance contre le monde entier.

Stéphanie a dit qu'elle était d'accord.

— Rob est amoureux.

— Vous voyez ce qui arrive dès que Beth a le dos tourné ? ai-je lancé en riant.

Mme Harper a décrété que cela suffisait, que nous devions nous concentrer sur notre travail et ne pas nous laisser distraire par les suppositions et les ragots.

— Ils nous ont lâchés mais nous n'avons pas besoin de nous demander pourquoi. Nous allons nous débrouiller.

Ralph a branché le gros batteur. La recette indiquait de mélanger le chocolat à la cuillère, mais avec dix litres de lait de soja il nous aurait fallu un temps fou. Nous nous sommes rapprochés de la fenêtre et des prises de courant, et j'ai tenu la jatte pendant qu'il pointait le pied de l'ustensile.

— Ralph, ne le mets pas en route avant que le fouet soit bien dedans.

Il m'a lancé un regard peiné.

Le liquide a tourbillonné, blanc et brun. Ralph était solennel, il ne cessait balader le pesant moteur pendant que je maintenais le saladier. Je voyais la concentration crisper sa mâchoire. Il y avait un voile de cacao sur ses jeunes poils de barbe. Du miel sur le fil d'un rasoir. Le mélange épais se soulevait et retombait en grandes gifles molles. Profitant du bruit, il a demandé :

— Je peux encore t'embrasser, Bess ?

J'ai jeté un coup d'œil autour de moi, plongé mon doigt dans le mélange que j'ai appliqué sur sa bouche.

— Non.

— Bess, a-t-il gémi.

— Je ne suis pas Bess. Même pas Beth.

Il a souri.

— Tu ne peux pas me raconter que tu es Merediz, cette fois.

— Tu aurais dû filer avec elle. C'est d'abord après toi qu'elle courait.

— Tu me plais, Bess.

— À partir de maintenant, tu dois m'appeler Lisa.

GEOFF

Lorsque est rompu le vœu de silence, on replie le paravent du réfectoire. Hommes et femmes peuvent se mélanger. Les bénévoles mangent avec les méditants. Les têtes se redressent, les gens vous regardent droit dans les yeux. C'est le retour du langage corporel habituel. Harper installe une table dans un coin pour recueillir les dons. On peut payer par carte bancaire ou en espèces, un montant aussi élevé ou aussi petit que l'on désire. C'est tout simple. On ne coche pas les noms et on ne cherche pas à savoir qui a déboursé quoi. Le Centre est un établissement libre.

Une fois le repas préparé et servi, j'ai trouvé une place au bout d'une table et écouté les conversations. Il y avait un tel brouhaha dans la salle. Une femme était convaincue d'avoir lévité. Un homme racontait qu'en pleine crise de somnambulisme il avait cherché à se coucher dans un autre lit que le sien. Ils étaient quatre dans la chambre. Il était très souvent sujet à ces crises. Ensuite, l'ennui c'était qu'à cause du vœu de silence il n'avait pas pu donner d'explication au type qu'il avait réveillé.

Tout le monde a éclaté de rire.

— Jamais entendu autant de bobards de toute ma pôv' vie, a lancé une femme âgée. Le karma, des bobards, la réincarnation, des bobards, le nirvana, des bobards.

Je mangeais lentement mon risotto. La femme qui disait "ma pôv' vie" et "bobards" avait un accent snob. J'ai laissé les grains se dissoudre sur ma langue avant d'avaler. Du riz qui se changeait en Beth qui le changerait bientôt en merde. *Anicca*. Euh non, Lisa. À partir de maintenant, je vais être Lisa. J'étais là à écouter le vacarme. Je nageais dans le bruit, dérivais sur le bruit.

Il y avait une femme à la voix rauque qui en gloussant parlait de mauvais karma, et un vieux bonhomme braillait qu'il préférerait, et de loin, la réincarnation au Paradis de Dante.

Quelque chose avait changé, ai-je songé. Je me sentais calme. Je me sentais parfaitement calme. Je n'avais pas la moindre idée de ce que j'allais faire, même pas dans les quelques heures à venir, si j'allais rester ou partir, si j'aurais droit à une autre conversation avec Mme Harper ou Mi Nu, ou si elles ne m'adresseraient plus jamais la parole. Mais j'étais calme. Le passé était là, lui aussi. Là, au réfectoire. Jonathan, Carl, Zoë, maman, papa, ils étaient tous là, dans le bruit qui régnait dans ma tête, ils n'avaient été ni éliminés ni enterrés, ni oubliés. Je pouvais les imaginer assis à la table derrière moi, bavardant tous ensemble. Comme ce fameux soir, à Soho. Ou les fois où Carl venait dîner à la maison et discutait de pêche avec papa. Ils étaient tous là pour la fête du dixième jour. Mais je n'étais pas fâchée. Je n'avais pas besoin de les chasser. J'étais calme. Ce n'était pas mon immobilité de la salle de Metta. Mais ce n'y était peut-être pas étranger.

— Alors, ce rapport de lecture, je l'aurai quand ?

GH s'est assis à côté de moi.

— C'est Gary ? ai-je demandé. Gregory, Gordon, ou bien George ?

— Geoff. Geoff Hall.

— Je m'appelle Lisa.

— Enchanté, Lisa.

Je lui ai demandé ce qu'il avait pensé des repas, et il a répondu que, manque de pot, il n'avait jamais pu mettre la main sur une banane.

— Les petites pommes étaient acides.

— J'ai quand même eu l'impression que vous aviez apprécié les melons.

— Je vous demande pardon ?

Il n'avait pas compris. C'était le genre de type qui dit : "Je vous demande pardon ?" Et il était très fort dans le haussement de sourcils broussailleux. Et puis il a pigé.

— Ah oui. Les melons. Désolé.

Nous sommes sortis nous promener dans le pré. Il y avait des gens par deux ou par petits groupes, qui marchaient, qui étaient adossés à des arbres ou assis sur des bancs. Le ciel était laiteux.

— Comment se fait-il que vous vous soyez trouvée dans ma chambre ? a-t-il demandé.

— Comment se fait-il que vous ayez tenu un journal intime ? Vous savez que vous n'êtes pas censé le faire.

Il n'a pas répondu. Il était peut-être encore étonné de s'être remis à parler.

— Vous passez toute la journée dans la salle de méditation où vous êtes supposé dissiper votre gros ego, et ensuite vous vous ruez dans votre chambre et vous vous mettez à griffonner comme un fou et à le reconstruire.

— Quel choc de vous avoir trouvée là !

Il a ri.

— J'apportais des couvertures à un étudiant qui avait eu froid. Je me suis trompée de porte.

— Et comme par hasard vous avez vu les cahiers, et comme par hasard vous vous êtes assise pour les lire, et comme par hasard vous avez pris un stylo et vous m'avez écrit un message.

J'ai ri.

— Vous êtes venue plus d'une fois. Et vous avez arraché une page. Mais pour quelle raison ?

— C'est un interrogatoire, ou quoi ?

On voyait bien qu'il était émoustillé que quelqu'un ait lu ses trucs.

— À propos, ce que vous avez écrit sur votre fille m'a vraiment plu.

— Ah bon ? Quoi, en particulier ?

Je me suis alors rendu compte que les trucs sur sa fille qu'il adorait étaient dans la lettre. Et qu'il ne savait pas que je l'avais lue.

— L'attachement évident que vous avez pour elle.

Il a soupiré. Il y avait chez lui quelque chose de buriné et de soucieux, mais quand il riait, il se détendait.

— Prenons en travers, ai-je proposé. Nous avions fini un premier tour de pré. Nous pouvons suivre le bout de chemin dans les bois.

Nous avons quitté l'allée et marché dans l'herbe mouillée.

Il était silencieux.

— Vous rentrez demain, alors ?

— Oui.

— Comment sortirez-vous de votre fameux dilemme?

— Aucune idée. J'espérais que la méditation m'aiderait à prendre une décision.

— Mais non. Elle n'aide qu'à admettre qu'on est nul à chier.

Il a froncé les sourcils.

— En fait, ce n'est pas un si mauvais début.

— Avez-vous déjà récupéré vos affaires dans le casier? Vous pouvez, vous savez. Vous pouvez vous servir de votre téléphone, si vous voulez.

Il a dit qu'il avait ouvert le casier mais que finalement il l'avait refermé.

— Vous avez la trouille?

— Bien sûr que j'ai la trouille.

Il a réfléchi à ce qu'il venait de dire.

— Mais moins qu'en arrivant. Je me sens plus fort, ces derniers jours.

— Ah. Je n'ai rien lu depuis le septième jour.

— Je n'ai rien écrit. J'ai arrêté.

— C'est vrai?

Il n'a pas répondu. Nous avons marché. Et tandis que nous marchions, j'ai su que je commençais à bien l'aimer. J'aimais bien son côté soucieux.

— Pourquoi avez-vous arrêté? Racontez-moi.

— J'ai vécu comme une expérience, en méditant.

Il a attendu un peu, le temps que nous croisions deux types venant en sens inverse.

— Une de ces atroces séances de Ferme Résolution. Mes chevilles et mes cuisses étaient en feu, mais j'étais résolu à ne pas bouger avant la fin de l'heure. Et puis j'ai compris combien c'était stupide. Je tenais bon pour être fier lorsque j'aurais réussi, ce qui est précisément le contraire de ce qu'est censée être la méditation. Je ne sais pas comment les choses se sont déroulées, à ce moment-là. J'ai décidé de capituler, de changer de posture, non pas parce qu'il le fallait absolument mais pour échapper à cet état d'esprit exaltant l'épreuve d'endurance. J'ai pensé qu'il serait mieux d'être humble et d'admettre que j'étais battu. Mais au lieu de décroiser les jambes je me suis penché un peu en avant, appuyé contre la douleur dans mes genoux, dans mes chevilles, et j'ai lâché prise, mentalement. C'était une sensation tellement étrange. Comme si je plongeais dans une profonde mare de douleur, que je m'offrais à elle. Et à l'instant même où je pensais que j'allais me noyer, que je serais submergé, elle s'est écoulée jusqu'à la dernière goutte, elle s'est retirée comme de l'eau. Voilà l'effet que cela faisait, comme de l'eau chaude qui s'en va, et je me sentais bien. Je n'ai eu aucun mal à aller jusqu'au bout de l'heure, je suis même resté à méditer un peu plus longtemps.

— C'est l'expérience qui rend tout le monde accro, ai-je remarqué.

— En tout cas, après je m'y suis vraiment mis. Et j'ai arrêté d'écrire. Je suis même triste que ce soit fini.

— Alors vous devriez peut-être rester. J'ai ri. Je suis ici depuis bientôt neuf mois, vous savez.

Il a demandé pourquoi et je lui ai expliqué que le Centre avait toujours besoin de bénévoles, qu'on travaillait en échange du vivre et du couvert.

— À part la cuisine, il y a toutes sortes de petits travaux d'entretien. Jardinage. Plomberie. Électricité.

— Je voulais dire, comment cela se fait-il que vous soyez là depuis si longtemps ?

Je l'ai laissé poireauter un petit peu.

— Ça me regarde.

— Oh, allez, dites-le-moi.

— Pourquoi ? Pourquoi voulez-vous le savoir ?

Il a souri.

— Je suis curieux de vous connaître.

— Donnez-moi une bonne raison de vous le dire.

— Vous avez lu des trucs sur ma vie.

— Pas une bonne raison.

Il a ri tout fort.

— Parce que je vous aime bien.

Qu'entendait-il par là ?

Nous sommes arrivés à l'angle du pré et nous avons pris l'allée recouverte d'écorces broyées, entre les arbres bordant la clôture du bas, par là où les gens filent en douce au pub.

J'ai dit :

— D'accord. Il y a eu une noyade. L'été dernier en France. J'ai été sauvée par un hélicoptère mais l'autre gars dans l'eau a fini dans le coma. Comme c'était plus ou moins ma faute, cela m'a poussée à réfléchir. Et puis sur le ferry du retour quelqu'un a parlé d'ici.

— Est-ce qu'il a survécu ? Le type dans le coma.

— Pas la moindre idée.

— Vous ne le savez pas ?

— Non.

— Mais pourquoi ? Vous avez bien un téléphone ?

— Il est resté dans le casier depuis mon arrivée.

— Avez-vous peur de téléphoner, au cas où il serait mort ?

J'y ai réfléchi.

— Avant, oui. Mais plus maintenant. À vrai dire, qu'il soit mort ou non ne change rien. Ce qui est fait est fait. Qu'il soit mort ou non, mon problème reste mon problème. Je le connaissais à peine, en fin de compte.

Il était silencieux.

— Désolée, c'est une histoire plutôt compliquée.

Un peu plus loin, il s'est arrêté près d'un arbre.

— Il y a deux ou trois jours, j'ai été absolument subjugué par cette branche. Il a désigné un long rameau aux gros bourgeons poisseux. Je suis resté planté là à regarder les bourgeons prêts à fleurir, couverts de gouttes de pluie.

— Un moment typiquement Dasgupta. Genre huitième jour, je suppose.

— Je ne sais plus.

Puis il a proposé :

— Allons chercher nos téléphones. Et donnons les coups de fil que nous devons donner.

— Non.

— Allez. Faisons-le. Ensemble.

— Non.

J'ai repris le chemin en sens inverse en marchant à côté de lui.

MAMAN

Dans mon casier je trouverais les boucles d'oreilles que Jonathan avait rapportées d'Inde, la broche de Zoë représentant un cygne noir, et la curieuse amulette avec l'insecte pris dans l'ambre que Carl avait trouvée sur le marché africain de Bordeaux. Les bijoux, ça aussi c'est interdit au Centre, et le maquillage, et le parfum. Tout ce qui brille ou qui sent. L'amulette était censée protéger contre une mort subite, avait expliqué Carl, bien qu'elle m'ait plutôt paru être de mauvais augure. Qui veut être préservé dans l'ambre?

— Dès que tu sortiras d'ici, nous descendrons dans un bon hôtel et nous prendrons une douche fabuleuse, avait-il promis.

Il était toujours là quand je me réveillais le matin et quand je m'endormais le soir. C'était la dernière semaine d'août et il n'y avait pas de climatisation. Le mot que j'avais laissé disait : "C'est fini, Carl. Je suis désolée. Ne cherche pas à me joindre."

Les livres aussi sont interdits. J'avais enfermé un exemplaire de *Jules et Jim* que Jonathan m'avait offert. Et la biographie du groupe T. Rex. Et mon MP3. Soixante concerts. La batterie va être à plat. Et celle de mon téléphone. Mais le chargeur était là, et quand je l'allumerai il y aura tous les anciens numéros et tous les messages qui étaient allés et venus depuis New York, et le dernier message que j'avais envoyé à tout le monde. JE SUIS PARTIE FAIRE UNE RETRAITE. NE VOUS INQUIÉTEZ PAS.

Peut-on se plaindre que personne ne soit venu vous chercher alors qu'on l'a soi-même demandé? Peut-être que oui. Neuf mois, c'est long pour une retraite. Je crois que si un homme tenait à moi, ou alors un parent, ils viendraient ici faire un tour, c'est sûr.

Combien de lieux de retraite peut-il y avoir en Grande-Bretagne? Je ne pense pas qu'il faudrait à la police plus d'un après-midi pour me retrouver. Ou peut-être que des gens sont venus et qu'un imbécile au bureau a consulté la liste des étudiants et répondu que non, il n'y avait pas d'Elisabeth Marriot parmi les méditants, sans se rendre compte que j'étais Beth, la bénévole.

Non, je ne peux pas allumer mon téléphone, ai-je songé en remontant l'allée à côté de mon auteur de journal intime. J'avais toujours le même sentiment de calme mais le téléphone c'était un pas trop important. Geoff avançait à grandes enjambées très décidées. Il avait la démarche typique du dixième jour, du genre "revenons-en aux choses sérieuses". Lorsque nous sommes passés devant la salle de méditation, j'ai dit :

— Excusez-moi, Mi Nu est là, j'ai à lui parler.

Et j'ai foncé.

Elle portait un jean et un grand pull en coton noir. Les cheveux ramenés en queue de cheval. C'était une Asiatique banale. Là encore, c'était typique du dixième jour. Lorsqu'on rompt le silence, les enseignants paraissent soudain très banals.

— Mi Nu, je suis désolée.

Elle s'est retournée.

— Je veux dire, pour hier soir.

Elle a laissé tomber ses cheveux sur le côté.

— Tout va bien, Beth.

— Lisa. J'ai décidé de me faire appeler Lisa.

Elle a eu l'air perplexe.

— Vous vous souvenez que vous m'avez parlé de changer de nom? C'est un peu Beth, sans être Beth, si vous voyez ce que je veux dire.

— Ah.

Je ne crois pas qu'elle voyait.

— Alors vous avez décidé de nous quitter.

— Non, non.

Je voulais qu'elle ajoute quelque chose mais elle ne parlait pas.

— En fait, je réfléchissais à quel point ces derniers jours m'ont été *utiles*. Mon équanimité. Je suis vraiment plus calme. Encore un mois et...

Et quoi?

— Vous pouvez toujours partir et puis revenir, vous savez, si vous le désirez.

J'ai secoué la tête.

— Le Centre Dasgupta sera toujours là. Vous serez toujours la bienvenue.

— Mais je ne pensais pas partir.

S'ils avaient l'intention de me flanquer dehors, il faudrait qu'ils le disent. Mi Nu a joint les mains en signe d'adieu.

— Que le Dhamma vous guide, Lisa.

Elle a pivoté sur ses talons pour regagner son bungalow.

J'avais envie de la suivre. J'avais envie de lui courir après et de lui demander de voir sa chambre à la lumière du jour. Ces visages en haut du mur. Je voulais qu'elle me dise si oui ou non on me jetait dehors. Je voulais lui expliquer combien c'était important de l'avoir pour amie. Mais il fallait aussi que je coure après mon auteur de journal intime. Ce serait agréable d'ouvrir mon casier en sa présence. Je me sentirais mieux. Allais-je vraiment finir par le faire ? La clé se trouvait dans la poche latérale de mon sac à dos. Mais pourquoi tous ceux du Centre voulaient-ils que je m'en aille ? Ils s'étaient totalement retirés du monde – Mi Nu, les Harper, Paul, Livia –, ils avaient laissé tomber le sexe, laissé tomber tout le reste. Pourquoi étaient-ils si décidés à me larguer de nouveau dans la nature ? Comme si je ne méritais pas d'être avec eux. Si je n'étais pas assez pure. Ou peut-être me voyaient-ils comme une menace ? Je menaçais Mme Harper parce que je l'attirais.

Je me suis mise à rire. Ils devaient plutôt chercher à se montrer gentils. Mi Nu me suggérait de partir pour mon bien. Comme disait toujours Jonathan : "Tu es trop jeune pour moi, Betsy M. Trop jeune pour un vieux tocartiste taré."

J'ai pris ma clé mais Geoff n'était pas au vestiaire. Deux jeunes types regardaient les résultats du foot sur un iPhone. Et puis j'ai repensé qu'il y aurait aussi mon sac. Avec photos, carte bancaire et espèces. Pas grand-chose. Et mon passeport. Elisabeth Jane Marriot. "Tu as l'air d'un génie échappé d'une bouteille", disait Jonathan. J'avais les cheveux en bataille, des grandes dents et des yeux globuleux.

Je commençais à grelotter. Je me suis accroupie, j'ai introduit la clé dans la serrure et je me suis arrêtée. Ne m'étais-je pas promis de ne reprendre mes affaires que lorsque je pourrais le faire calmement, quand les messages sur le téléphone, les photos dans le sac, l'amulette ridicule, les boucles d'oreilles, ne représenteraient plus rien ? N'ouvre ton casier qu'une fois libérée, me répétais-je. Alors pourquoi maintenant ?

Parce que tu es calme, a dit une voix. Tu es libérée. La voix de Lisa.

Le casier se trouvait dans la rangée du bas. Je me suis assise sur mes talons, j'ai tourné la clé et ouvert la porte.

La démo de Pocus. Je l'avais oubliée. *Safe Crash*. Et un flacon de Chanel piqué à maman avant le voyage en France.

Et puis je me suis retrouvée sur pilote automatique. En quelques secondes j'étais dans la cuisine, plongeant le chargeur dans la prise du hachoir, allumant le téléphone. Quel était le code PIN ? Je l'avais oublié. Réfléchis. L'âge de Jonathan et celui de Carl. 5229. Code accepté. Crédit ? 1,78 £. J'ai appelé maman.

— Elisabeth ! Ça alors !

— Bonjour, maman.

Silence.

— Maman ?

— Excuse-moi, ma chérie, je suis au volant, c'est un peu difficile. Où es-tu ? Je me suis tellement inquiétée.

— Oh, moi ça va. Je ne suis pas loin. Dans un truc bouddhiste.

— Bouddhiste ? Tu n'es pas devenue bouddhiste, au moins ?

— Disons que oui et non.

— Ah.

Que devrais-je ajouter ?

— Tu as eu des nouvelles de papa ? a-t-elle demandé.

— Quoi ? Comment ça ?

— Alors tu ne sais pas ?

— Quoi ?

Ralph a passé les portes battantes à grand fracas en poussant un chariot d'assiettes sales qu'il a entrepris d'entasser dans l'évier. J'ai battu en retraite près de la porte de service, en plaquant le récepteur contre mon oreille.

— Ton père est parti, Elisabeth. Juste avant Noël. Attends, il va falloir que je me gare. Ne quitte pas.

Quand elle est revenue sur la ligne, elle pleurait. Papa était parti. Au bout de trente et un ans. Jamais elle n'aurait imaginé que c'était si douloureux.

— Je suis une ratée, Elisabeth. Je suis la dernière des ratées.

— J'arrive.

— Non, non, je t'en prie, ma biquette.

— Je viendrai ce soir.

— Non, Elisabeth. S'il te plaît. Elle avait trouvé un mouchoir. C'est gentil de ta part, mais je ne veux pas que tu changes tes plans à cause de nos problèmes. Ou plutôt des miens. Je suis sûre que ton père s'amuse comme un petit fou. Il...

— Je rentre ce soir, maman.

SON PAQUET

Il était six heures et demie passées, moins d'une demi-heure avant la dernière causerie du soir, celle où Dasgupta explique que si dans sa philosophie il y a quoi que ce soit que l'on trouve difficile à croire on peut le laisser de côté et adhérer au reste, comme le garçon qui veut bien avaler la soupe de sa maman mais sans les bons petits trucs croustillants, les graines épicées, les boulettes. "Si vous ne parvenez pas à croire à la réincarnation, laissez-la de côté, peu importe, si vous ne parvenez pas à croire aux *sankhara*, laissez-les de côté. Peut-être vous rendrez-vous compte un jour que ces éléments ajoutent une délicieuse saveur de noisette, qu'ils ont du sens. Mais pour le moment, tout ce qui compte c'est la pratique. Observez la sensation, développez l'équanimité. Gardez *silā*, les Cinq Préceptes, travaillez à votre *samādhi*, explorez le champ de la *paññā*. Tout ce qui compte c'est la pratique, et rien d'autre. Une heure le matin et une heure le soir, suivies de dix minutes de *metta*. Observez la sensation juste avant de vous endormir et observez-la de nouveau dès que vous vous réveillez. La continuité est la clé de la réussite, mes amis. L'équanimité c'est la pureté et la pureté c'est la libération."

Tout à coup j'ai pensé : si j'entends la voix de Dasgupta raconter ces trucs-là une fois de plus, je vais devenir dingue. J'ai filé droit au Dortoir A côté hommes, j'ai envoyé valser mes chaussures et pris le couloir à fond de train. J'ai poussé sa porte.

Le tout formellement interdit.

Il était allongé sur son lit, en slip, et parlait au téléphone. Tout juste sorti de sa douche.

Je me suis appuyée contre la porte et j'ai observé la scène. Il m'a regardée, a fait son numéro de haussement de sourcils, a pressé plus fort le téléphone contre son oreille.

Et puis l'appel du gong a démarré. Plus que dix minutes. Quelqu'un frappait dessus quelque part près des toilettes, et de nouveau, plus près, dans le Dortoir B.

"Pendant un certain temps, oui, disait Geoff. Parce que la situation est trop moche. Tu le sais bien… je vais déposer le bilan… Où je serai, cela me regarde, non?… Susie est une adulte, Linda, elle n'a pas besoin de nous, elle ne veut pas qu'on en fasse toute une affaire."

Il n'avait pas tiré les rideaux. On voyait des types dans l'allée à quelques mètres de là, partant vers la salle assister à la dernière causerie de Dasgupta.

Puis le gong a retenti juste derrière la porte. L'animateur était dans le couloir.

"Pour la dernière méditation, expliquait mon auteur de journal intime. C'est un gong."

Il a commencé tant bien que mal à mettre son pantalon tout en poursuivant la conversation.

"Non, je ne suis pas devenu un enragé de la religion. C'est plus sain ici que notre façon de vivre à la maison."

Il n'arrivait pas à passer les pieds. Une des jambes du pantalon était entortillée.

"Non, je ne me dégonfle pas."

Je me suis accroupie, j'ai remis le pantalon d'aplomb et le lui ai tenu ouvert. Il était large, en lin noir, fermé en haut par un cordon. Un joli pantalon de méditation. Geoff a souri, s'est levé, et j'ai remonté le pantalon sur ses cuisses et son derrière. Il avait un corps mince et anguleux, mais sa peau était lisse et le paquet entre ses jambes compact et rebondi. J'ai donné une petite tape dessus et noué le pantalon serré.

"Bien au contraire, Linda."

J'ai regardé autour de moi. Un tee-shirt pendait à l'une des patères près de la porte. C'était agréable de le retrousser pour lui, il dégageait une odeur agréable. Geoff a penché la tête pour que je l'aide à l'enfiler, et écarté de son oreille le téléphone qu'il a glissé par une manche. À ce moment-là, j'ai entendu une voix de femme déclarer : "Apparemment, tu n'y as pas pensé du tout."

"Tu feras exactement ce que tu ferais si j'étais encore là, a-t-il hurlé. Dans notre tête, nous sommes séparés depuis des années."

J'ai roulé ses chaussettes l'une après l'autre, les lui ai passées sur les orteils et les ai remontées sur ses chevilles et ses mollets. C'étaient des chaussettes hautes. Propres, par chance. Un type qui a des chaussettes propres le dixième jour est digne d'admiration. Sans reculer, je me suis mise debout. Mon visage était à quelques centimètres de son cou. J'ai souri.

"Eh bien, viens donc voir, si tu ne me crois pas. La dernière chose à laquelle les gens pensent, ici, c'est au sexe."

Ses yeux se sont posés sur moi.

— Nom d'un chien !

Il a détaché le téléphone de son oreille et a regardé l'écran.

— Elle a raccroché.

Puis il s'est tourné vers la porte à laquelle pendait sa veste.

— N'allez pas à la causerie, Geoff, ai-je lancé. Venez avec moi. Partons tout de suite. Emmenez-moi à Londres. Ce soir.

Il s'est arrêté.

— Quoi ?

Les coups de gong ont repris. Plus que cinq minutes.

— Emmenez-moi à Londres. Ce soir.

— Impossible.

— Vous avez une voiture, non ? Allons-nous-en. Cette dernière causerie est rasoir. Elle n'en finit pas.

— N'avez-vous pas entendu ce que je disais ? Au téléphone.

En fait, non, je n'avais pas entendu.

— J'ai décidé de rester. J'ai demandé à Harper s'ils auraient besoin de travail bénévole pendant les deux ou trois semaines à venir, et il a répondu que oui.

J'ai secoué la tête.

— Après tout ce que vous avez écrit dans votre journal…

— Je vous l'ai dit, j'ai commencé à vraiment accrocher ces derniers jours.

— Mais comment pourrez-vous aider votre fille en étant ici ?

— Susie n'a pas besoin de mon aide. La seule urgence, c'est de déposer le bilan. Ce dont mon comptable peut se charger. Tout au plus, il faudra que je rentre pour deux ou trois signatures.

— Vous ne venez pas?

— Non.

J'ai laissé ma tête tomber sur le côté.

— Même pas pour cette bonne vieille Lisa?

— Ce n'est pas le bon moment.

— Vous n'aurez pas de seconde chance, monsieur l'Auteur de journal intime. Je ne demande jamais deux fois.

Il a paru troublé mais a secoué la tête.

— C'est peut-être aussi bien! ai-je lancé, et je suis sortie.

DE PROFONDS, PROFONDS *SANKHARA*

À dix-neuf heures trente, j'étais partie. Sans un adieu. Je suis retournée dans ma chambre, j'ai fourré mes affaires dans mon sac à dos et j'ai filé. Meredith s'était fait la malle le matin, Stéphanie était de ménage, Kristin et Marcia avaient dû aller assister à la causerie. Tant mieux. Je n'étais pas d'humeur à laisser des petits mots. Si je voulais rentrer dormir à la maison, j'avais intérêt à faire vite. Le moins qu'on puisse dire, c'est que le Centre Dasgupta n'est pas sur un sentier battu.

— Adieu, Souris, ai-je lancé.

C'était énervant que mon auteur de journal intime, qui au début avait été tellement virulent à l'égard du Centre, préfère maintenant le gros gourou à Beth. Après que je l'avais aidé à enfiler son pantalon et que j'avais donné une tape sur son paquet !

Tu n'es plus Beth, m'a rappelé une voix.

Dehors, entre la salle de Metta et le réfectoire, je me suis arrêtée. Je devrais au moins dire quelques mots à Mme Harper. Non. J'ai traversé le réfectoire à toute vitesse, je suis passée devant la cuisine et le bureau, et je suis sortie.

C'était un soir d'avril légèrement venteux. Oui, on devait être en avril. Je n'avais pas consulté les horaires de bus. Il y avait plus d'un kilomètre de chemin de terre avant d'arriver à la route. Il fallait que j'y sois avant la nuit. Mais le sac à dos était lourd. Je n'avançais pas. Les haies étaient hautes, des arbres se déployaient au-dessus, vous enfermaient. Et tout en marchant je me suis aperçue que j'avais une peur bleue. De quoi ? Chaque cellule de mon corps était effrayée. Je le sentais sur ma peau. Un picotement. Mais j'étais confiante, aussi, et même excitée. Je respirais la peur, respirais la confiance, j'étais vivante et j'étais effrayée. Respire, Lisa, respire. J'irai au-devant de la peur calmement, gaiement. Il y avait aussi des oiseaux qui chantaient. Des pépiements du soir. Et des odeurs. D'herbe coupée, de fumée de bois, de fumier. Dommage qu'il y ait de la boue et des flaques. Mes baskets étaient dégoûtantes. Dommage que j'aie mes règles. J'avais encore oublié de changer de tampon. Et dommage que les bus ne passent que toutes les heures. Est-ce que j'allais me remettre à fumer ? Je ne savais pas. Est-ce que j'allais me mettre à picoler ? Trouver un petit ami, entrer dans un groupe, prendre un boulot, aller à la fac, finalement. Qui est Lisa Marriot ?

Je marchais, et à chaque pas sur ce chemin boueux bordé de hautes haies je me sentais plus inquiète, plus confiante et plus excitée. Bourrée d'énergie et pleine de calme. Et puis ça m'est revenu : papa a quitté maman. Avant Noël. Il y a donc quatre ou cinq mois. Un bon bout de temps. Ça, c'était arrivé pour de vrai. La guerre de Trente Ans était terminée. Deux ou trois mois sans Beth et voilà, ils se séparent. Tout s'écroule.

Bon, très bien !

J'ai de nouveau eu un petit accès de peur et de bonheur. La vie peut réellement changer. *Anicca*. C'était terrifiant. Je peux reprendre à zéro, me suis-je dit. S'est dit Lisa. Vraiment réppp-pprendre. Je pouvais rentrer à la maison, ce soir, et je pouvais quitter la maison, demain peut-être. Au lieu d'être *obligée* de vivre là-bas pour qu'ils restent en bons termes et *ne pas pouvoir* vivre là-bas parce qu'ils n'étaient jamais en bons termes. Tout à coup je n'avais plus la conviction que le temps passé au Centre ait eu quoi que ce soit à voir avec Jonathan ou Carl, la plage ou l'accident. Papa était parti. Maman l'avait laissé faire. J'étais libre.

La nuit est tombée. Et la pluie. L'air a viré au gris et s'est épaissi. Merde. Je n'avais pas de parapluie. À l'arrêt du bus, je n'ai pas cherché à m'abriter. Mes cheveux seraient poisseux et emmêlés. J'avais déjà les épaules humides. Ne réagis pas. Mais je n'avais aucun moyen de réagir. L'arrêt était en plein désert. À un virage sur un chemin de campagne. Haies et champs. Un emplacement gravillonné. La pluie dégringolait à travers un petit vent glacial. J'avais quitté le Centre. Laisse le téléphone éteint, me suis-je dit. Et papa avait quitté maman. Attends le bus. Il viendra. Même à la campagne le dernier bus ne doit pas démarrer avant vingt heures.

Il était presque vingt et une heures quand des phares ont émergé de la piste menant au Centre et sont passés sur moi au moment de tourner. La voiture a changé de vitesse, accéléré, puis de nouveau rétrogradé et s'est arrêtée quelques mètres plus loin. La vitre côté passager est descendue en bourdonnant.

— Lisa !

— Monsieur l'Auteur de journal intime.

— Vous êtes trempée. Montez. Je vais mettre votre sac derrière.

En fait, je n'étais plus très sûre de vouloir qu'il m'emmène. Mais je n'étais pas sûre non plus qu'un bus viendrait. Il y avait une heure que j'étais là. Il a sauté de son siège, a pris mon sac, et tout à coup j'étais assise dans une voiture à côté d'un homme.

— J'ai décidé de régler une ou deux questions au bureau.

— Très bien.

— Et puis de revenir ici avant le début de la prochaine retraite.

— Si vous pouviez me conduire à Londres, ce serait formidable.

— Où, à Londres ?

— À Chiswick.

Ce n'était pas exactement sur sa route, mais pas de problème. Il dormirait au bureau.

— Très bien.

Au bout de quelques minutes, il a tenté sa chance.

— Vous n'êtes pas gelée ?

Je n'ai pas répondu.

Il a continué à rouler. Moi, j'étais assise et j'observais. Je n'étais pas montée en voiture depuis tellement longtemps. J'observais le pare-brise noir, les phares, la pluie et les essuie-glaces. Il a mis le chauffage.

— Si vous voulez vous changer, a-t-il proposé, je ne regarderai pas.

Nous nous sommes arrêtés et je suis passée à l'arrière. J'ai fouillé dans mon sac pour en sortir quelques affaires sèches.

— C'est un peu dangereux, l'ai-je prévenu. J'ai mes règles.

— Ne vous en faites pas.

Il avait redémarré.

— Que va penser votre femme si elle commence à trouver des taches sur la banquette arrière ?

— Ne vous en faites donc pas.

Je me suis allongée sur la banquette, j'ai ôté mes baskets crottées, mes chaussettes, et commencé à baisser mon jean trempé. Nous étions encore sur les petites routes avant d'arriver à l'autoroute et la voiture bringuebalait.

Il a ri.

— Je suis d'une humeur tellement étrange. Je n'arrive pas à savoir si je veux mettre la radio ou non. C'était tellement bon de ne rien entendre pendant dix jours, et en même temps je suis tellement tenté. Seulement, je sais que lorsque je l'aurai fait j'aurai perdu quelque chose et que je me sentirai pollué.

J'ai envoyé valser mon slip et me suis un peu redressée pour passer mes pieds dans celui qui était propre.

— Nous devrions peut-être nous arrêter dans une station-service, ai-je dit. Il faut que j'achète des tampons.

— D'accord.

Il n'a pas quitté la route des yeux.

— Et aussi, je n'arrive pas à savoir si je veux allumer une clope ou non. C'était facile de ne pas fumer, là-bas, mais je fume toujours en voiture.

J'étais occupée à arranger mes petites affaires.

— C'est bizarre, mais je suis sûr que si je mets la radio j'allumerai aussitôt une cigarette. C'est la même décision.

J'ai fourré une poignée de mouchoirs en papier dans mon slip et je l'ai remonté bien haut. J'avais choisi une jupe plutôt qu'un pantalon. Il était interdit de montrer ses genoux au Centre.

— Vous aurez tout le temps de ne pas fumer, lui ai-je promis, si vous retournez là-bas.

— C'est vrai.

— Je parie que non, pourtant.

Il n'a pas répondu. J'ai passé la main sous mon tee-shirt et dégrafé mon haut de maillot. Tout était humide.

— Un autre truc que je ne sais pas... a-t-il continué à voix basse.

Sachant que j'étais censée dire : "Oui ?" je n'en ai rien fait.

— C'est si je veux vous reluquer en douce.

— Ha ! Est-ce que je sais, moi !

— Vous êtes une drôle de fille, a-t-il remarqué.

Il a hésité.

— Je veux parler de quand vous avez remonté mon pantalon.

— Ce serait marrant, ai-je lancé en riant, que vous allumiez la radio et qu'on entende la voix de Dasgupta. Rré-pprenez.

— Elle est réglée sur BBC6.

— Ah, monsieur est progressiste.

J'ai enlevé mon haut de maillot, j'en ai passé un autre autour de ma taille, un rouge, j'ai fermé l'attache, j'ai ramené les bonnets sur mon ventre et je l'ai remonté. Je suis restée un instant comme ça, avec ce haut de maillot rouge sous les nichons, dans l'étrange lumière de la voiture, les clignotements changeants jaunes et roses de la route. Il régnait un silence de mort à l'avant. J'ai tiré sur le soutien-gorge et à ce moment-là la radio a démarré à fond. C'était du rockabilly endiablé.

J'ai éclaté de rire.

— Trop tard, mon pote. J'ai fini.

J'ai enfilé un pull noir, j'ai escaladé le dossier, je suis repassée sur le siège avant et me suis tortillée pour trouver une position confortable.

— Alors, comment ça va, Geoff?

Il a soupiré.

— Vous voulez une clope?

Vers vingt-deux heures il a quitté l'autoroute, a rapidement tourné deux ou trois fois, avec l'air de savoir où il était, et s'est garé à une trentaine de mètres d'un pub.

— Avant que ça ferme, a-t-il dit. Rien qu'une petite.

— Pourquoi pas?

L'endroit était bruyant. Geoff a été chercher les bières pendant que j'allais aux toilettes. Il y avait un distributeur de tampons. J'ai arrangé mes petites affaires. Traverser le bar en passant entre les tables m'a semblé très bizarre et très banal.

— Y en a un qui est heureux.

Il avait déjà descendu la moitié de sa pinte.

— Êtes-vous sûr de vouloir retourner là-bas? Je ne vous vois vraiment pas adoptant le profil Dasgupta. Vous êtes trop…

Je n'ai pas trouvé quoi.

— J'en suis sûr et certain.

Il me regardait droit dans les yeux.

— *Silā, samādhi, paññā*, ai-je énoncé.

— Oui.

— Vous devrez observer les Cinq Préceptes. Pas d'alcool, pas de clopes, pas de bouffe passé midi, pas de parlotte, pas de sexe.

— Exact.

— Difficile de piger pourquoi vous cherchez à baiser avec moi, alors, monsieur l'Auteur de journal intime.

Il a souri.

— Je ne cherche pas à baiser avec vous, Lisa.

— OK. En tout cas, j'ai plus ou moins retrouvé ma virginité après neuf mois passés au Centre. Je vous aurai prévenu.

Qu'est-ce que ça voulait dire ?

Il buvait vite.

— Ce que je ne comprends pas, a-t-il avoué, c'est pourquoi vous avez décidé de partir maintenant. Disons, après si longtemps.

Moi aussi j'appréciais ma bière. Elle était si amère et si ronde en bouche.

— C'est à cause de votre journal.

— De mon journal ?

Il ne savait pas trop si c'était une blague ou non.

— Une autre bière ? a-t-il proposé. J'ai à peine senti passer la première.

Je l'ai observé au bar. Il était sympa mais paraissait un peu nerveux. En rapportant les verres à la table, sa main droite tremblait.

Ce que les pubs peuvent être merveilleux, ai-je alors pensé. J'étais envahie par de soudains flots d'enthousiasme. Mais que c'était merveilleux, aussi, de ne pas avoir été dans un pub depuis si longtemps. Lisa n'est pas très pubs, me suis-je dit.

— Votre femme ne vous laissera jamais partir, ai-je affirmé. Elle va planter ses griffes en vous. Vous allez vous sentir coupable et céder.

— On verra bien.

— Je parie qu'elle vous aime pour de bon. Simplement, elle est pleine d'amertume parce que vous lui donnez l'impression d'être vieille et inutile, avec vos jeunes et jolies petites amies et votre obsession pour votre tête de linotte de fille.

Il a bu sa bière en m'observant d'un air pensif.

— Sans parler de votre fixation sur votre carrière. Mais enfin, vous arrive-t-il de relire ce que vous écrivez ? C'est moi moi moi, et rien d'autre. Putain !

Il n'a pas répondu.

— Je suis sortie avec un vieux qui faisait une véritable fixation sur sa carrière, il y a longtemps. C'était loin d'être érotique. Pas vrai. Je trouvais ça follement érotique.

— Pourquoi mon journal vous donnerait-il l'envie de partir ? a-t-il demandé. Et d'ailleurs, pour quoi faire ? Vous avez des projets ?

— Dès que vous serez rentré, lui ai-je assuré, vous allez vouloir sauver votre maison d'édition, ou écrire un livre, ou faire quelque chose pour prouver que vous n'êtes pas un raté. Vous ne retournerez jamais au Centre. Vous remettrez sans cesse au lendemain, et puis vous l'oublierez. Vous aurez une nouvelle liaison avec une nouvelle secrétaire. Vous êtes comme ça. Il suffirait à n'importe qui de lire ce que vous avez écrit pour s'en rendre compte.

Il a froncé les sourcils.

— Vous n'avez pas répondu à ma question – mais alors il a jeté un coup d'œil à sa montre. Je suppose qu'on ne devrait pas trop traîner.

Il a entrepris de finir son verre.

— Allez, dites-moi la vérité, pourquoi mon journal vous a-t-il donné envie de partir ? Si c'est le cas.

J'ai amené mon rond à bière au bord de la table, pour qu'il dépasse de quelques centimètres dans le vide, je l'ai fait sauter en l'air avec le dos de la main et l'ai rattrapé au deuxième saut périlleux.

— Neuf mois sans entrer dans un pub et j'y arrive du premier coup.

— Pourquoi ? Allez.

— Cela m'a fait penser au sexe.

— Au sexe ? Je ne me souviens pas d'avoir parlé de sexe.

— Cela m'a fait penser combien il était excitant d'être anxieuse et d'avoir des décisions à prendre. Il n'y a rien de tout cela au Centre.

— Ce n'est pas du sexe.

— Je trouvais que si.

— Finissez votre verre.

J'ai vidé la moitié de ma seconde bière dans la sienne. Il a souri et l'a avalée.

En repartant à la voiture je lui ai pris la main, d'un geste machinal, tout comme j'avais fait sauter le rond à bière, tout comme j'avais vidé mon verre dans le sien, et au moment où nous allions nous séparer pour ouvrir nos portières respectives, il m'a attirée à lui et embrassée. C'était un baiser court et bien planté sur la bouche, rien d'audacieux, mais dès que nous avons été dans la voiture je me suis tournée vers lui, il s'est penché vers moi, et nous avons recommencé. Cette fois c'était un baiser appliqué, qui est devenu chaleureux puis vorace et ensuite animé, vraiment animé. C'était un bon baiser.

— Mince alors. J'ai ri. D'abord la radio, les clopes, ensuite l'alcool, maintenant le baiser. Et après ?

— C'est encore meilleur après dix jours d'abstinence.

— Presque dix mois, dans mon cas.

Nous avons repris la route et au premier croisement il y avait un véhicule de police, les avertisseurs lumineux lançant des éclairs mais la sirène éteinte.

— Merde ! s'est-il écrié.

J'ai dit d'une voix tranquille :

— Si vous pensez que vous ne devriez pas conduire, alors arrêtez-vous. Nous trouverons un endroit où passer la nuit.

Les mots sont restés en suspens. Il a continué à rouler. Au bout d'un ou deux kilomètres, la voiture de police a tourné. Ensuite nous étions sur l'autoroute, il a mis la radio et m'a de nouveau proposé une cigarette. La voiture a accéléré. Les cigarettes rougeoyaient. Nous n'avons rien dit pendant un moment. Et puis, en secouant un peu la tête, j'ai murmuré :

— De profonds, profonds *sankhara*, Geoff.

Les mots sont sortis tout seuls. Il a hoché la tête. Il avait les yeux fixés sur la route.

— Des *sankhara* de désir, ai-je dit à mi-voix.

— Certainement.

— Des *sankhara* d'aversion.

— Quand j'arriverai chez moi, sans aucun doute.

— Une profonde souffrance, ai-je murmuré. Une profonde, profonde souffrance.

— *Dukkha*, a-t-il dit. Toute la vie est *dukkha*.

— Restez t-très attentif, Geoff, t-très vigilant.

Il a eu un petit sourire.

— Reprenez, Lisa, a-t-il dit, répp-prenez.

— Avec un esprit calme et tranquille.

— Un esprit égal, plein d'équanimité.

— Plein d'équanimité. Plein d'équanimité.

— Si vous ressentez des sensations grossières, amplifiées, solidifiées, Lisa…

— Observez, sans plus, Geoff, observez, sans plus.

— Si vous ressentez un libre flux de sensations subtiles parcourir votre corps…

— Observez, sans plus, observez, sans plus.

— Douleur, douleur, pas ma douleur.

— Plaisir, plaisir, pas mon plaisir.

— *Bavatu sava mangelam.*

— *Sadhu, sadhu, sadhu.*

J'ai pressé le bouton pour faire descendre ma vitre et balancé ma clope dehors.

— Merveilleux baiser, au fait.

Il a soupiré.

— Vous êtes superbe dans cette jupe.

— Je sais.

Nous sommes sortis de la MI sur le périphérique nord. BBC6 jouait un affreux rock progressif.

Il a dit :

— Nous ne sommes pas masochistes. Nous ne sommes pas ici pour nous torturer. Mais un peu d'inconfort peut s'avérer nécessaire dans le processus de purification. Vous vous rappelez?

— Cinquième jour, ai-je répondu, quand il explique l'heure de Ferme Résolution. Vous devez sortir à Uxbridge Road. Et ensuite prendre Askew Road.

Et je lui ai dit :

— Si vous finissez par quitter votre femme, il se peut que votre fille change aussi.

— Vous croyez?

Il a tourné dans Askew Road. Ce n'était plus qu'une question de minutes.

— Vous savez, je vous envie, Geoff.

— Mais pourquoi donc?

— Je vous envie, vous qui êtes au début d'un long séjour au Centre. Comme si c'était moi il y a neuf mois.

Tout à coup, j'ai senti venir les larmes. Ma poitrine montait et descendait.

— Racontez, a-t-il demandé. Je croyais que vous en aviez assez.

Il parlait à voix basse.

— Racontez-moi.

— Oh, il y a des trucs qui vont me manquer. J'ai attendu que ma voix s'apaise. Les lapins dans la rosée avant l'aube, par exemple. Ou être assise sur mon tapis les yeux fermés pendant que les autres vont et viennent.

— Et le gong.

— Le gong. Pardon, prenez la première à droite après le feu et c'est à peu près au milieu de la rue sur la gauche. Au numéro 38.

— Ici ?

— Oui. Faites attention au ralentisseur.

— Vu.

J'ai réfléchi, soupiré, et me suis mordu la lèvre.

— Plus que tout, pourtant, ce qui me manquera c'est l'impression que j'ai toujours eue là-bas que peut-être – mais je n'étais pas certaine de savoir comment formuler cela – eh bien, qu'il serait éventuellement possible de *ne pas vivre*, si vous voyez ce que je veux dire. Vous voyez ? De ne pas avoir à vivre. Comme Mi Nu lorsqu'elle se drape dans son châle, s'assoit sur son coussin, et qu'elle est simplement là. La pensée que l'on pourrait n'être rien, mais de façon admirable, pour toujours. Que l'on serait épargné.

— Lisa !

Il a arrêté la voiture et coupé le moteur. Il souriait et secouait la tête.

— Hé ! ai-je lancé en riant. J'écris des chansons, vous savez. Je suis quelqu'un de profond. Une dernière cigarette ?

— Pourquoi pas ?

Il m'a tendu le paquet et a enfoncé l'allume-cigare. En aspirant la première bouffée, j'ai été absolument sûre que c'était la dernière. Lisa n'était pas une fumeuse.

Il a allumé une clope, lui aussi.

— Maintenant il faut que je voie ma mère et lui explique où j'étais pendant tout ce temps. Et puis ce sera les mails, je suppose, et Facebook. Je resterai debout toute la nuit.

Il regardait à travers le pare-brise, les sourcils froncés.

— Plus de baisers.

— Baisers, baisers, pas mes baisers.

— Vous voulez mon numéro de portable?

— Non.

— Sage décision.

— Vous aimez trop vos maux, monsieur l'Auteur de journal intime.

— Oui. Il a secoué la tête. Pas de sexe, pas d'histoire.

— Pas de joie, pas de peine.

Il a souri.

— Le dixième jour est terminé, mes amis. Vous avez le restant de votre vie pour travailler.

— Merci de m'avoir raccompagnée, Geoff.

ANICCA

C'était il y a deux ans. Non, j'exagère, dix-huit mois. À peine un peu plus. Je fais maintenant des études de psychologie à Manchester, je partage un appartement près d'Oxford Road et chante dans un pub le vendredi soir. Une autre fille et moi, personne d'autre, tout en acoustique. J'ai un petit ami très sympa, vraiment très sympa, en fait. J'envisage de le quitter juste avant qu'il ne me quitte. *Anicca.* La loi universelle de l'impermanence. Je médite une heure le matin, si je n'ai pas trop picolé la veille au soir. J'essaie de prendre ça au sérieux, d'être t-très consciente, t-très vigilante. Et quand les choses dérapent un peu, les pensées de Dasgupta me maintiennent en équilibre. Plus ou moins. Un jour je retournerai là-bas, me dis-je, et je me sens aussitôt plus joyeuse. J'y retournerai et les vidéos seront les mêmes, les psalmodies seront les mêmes. *Buddham saranam gacchami.* L'immobilité. Mi Nu. Mi Nu sera là-bas pour l'éternité. J'aime cette idée. De M. Geoffrey Hall je n'ai eu aucune nouvelle, que dalle. Philippe est mort. En attendant, le prof d'anthropologie a l'œil sur moi. Sur certaines parties de moi. Il a une jolie voix et un sourire moqueur. On verra bien. Parfois je me demande si je n'aurais pas réussi à séduire le vieux Dasgupta en personne, si j'avais eu l'occasion de le rencontrer.

Dans une autre vie, peut-être.

TRADUCTION DES PASSAGES
EN ANGLAIS DANS LE TEXTE

Page 11 : "La journée de travail terminée, les filles ne pensent qu'à s'amuser."

Page 75 : "Je ne pouvais pas être ce qu'il voulait que je sois."

Pages 80, 139, 187 : "Bien mieux en solo."

Page 191 : "Les filles ne pensent qu'à s'amuser."

Page 201 : "Cruelle, sexy et sadique."

Page 201 : "Ne t'attends pas à de la pitié, bébé, ne m'demande pas d'être angélique, j'suis cruelle, sexy et sadique, j'suis cruelle, sexy et sadique, comme tu peux pas l'imaginer."

Page 202 : "Maintenant peut-être, mais plus jamais. Aime-moi maintenant, Babe, et puis plus jamais."

Page 202 : "Construis-moi un château de sable, avant que la marée commence à monter. Aime-moi maintenant et puis plus jamais."

Page 202 : "Maintenant c'est à tout jamais quand je suis avec toi."

Page 222 : "Allez, les mômes, crachez le morceau !"

OUVRAGE RÉALISÉ
PAR L'ATELIER GRAPHIQUE ACTES SUD
ACHEVÉ D'IMPRIMER
SUR ROTO-PAGE
EN JANVIER 2014
PAR L'IMPRIMERIE FLOCH
À MAYENNE
POUR LE COMPTE DES ÉDITIONS
ACTES SUD
LE MÉJAN
PLACE NINA-BERBEROVA
13200 ARLES

DÉPÔT LÉGAL
1ʳᵉ ÉDITION : FÉVRIER 2014
N° impr. : 86189
(Imprimé en France)